교육에 진심입니다

경기 교사 연구년 7인의 이야기

김진수·김혜영·이선아·이현영·한미경·한민수·황희경 공저

2023 경기교사 연구년 3-1분임 공동연구 주제 <자발적인 글쓰기를 통한 교사의 치유와 회복, 교육 공동체 성장 방안 연구에 대한 공동 연구> 보고서 입니다.

추천사

'교육에 진심'인 리더 교사 7인의 성장 서사는 좋은 선생님이 되고 싶어 하는 교사들에게 또 하나의 길을 보여 줄 것으로 기대합니다. 더불어 선생님들의 성장을 이끈 학교 교사 공동체의 연대와 지지, 함께하는 연구와 실천 등의 학교 문화는 교육권이 흔들리는 이 시대에 복원해야 할 소중한 가치임을 다시금 일깨워 줍니다.

- 보평초등학교장 권현정

학교 선생님으로 가족의 구성원으로 오롯이 나 자신으로 언제나 진심으로 치열하게 살아가던 경기교사 연구년 연구교사 7인의 도서 《교육에 진심입니다》의 출간을 진심으로 환영합니다.

극장에서 영화 볼 때 엔딩 크레딧이 다 올라간 후에 나오는 짤막한 영상을 쿠키 영상이라고 합니다. 주로 명장면의 비하인드 신이나 본편에서 미처 다 설명하지 못한 장면의 해명, 속편에 대한 예고편이나 NG 장면입니다. 메인 식사 후에 주어지는 달콤하고 가벼운 디저트의 의미로 쿠키라고 부른다고 합니다. 또한, 이것은 기다림에 대한 보상이기도 합니다. 끝까지 자리를 지킨 관객만 볼 수 있는 선물 같은 것이니까요.

일곱 분의 보석 같은 연구교사들께서 맞이했던 2023년 경기교사 연구년 한 해가 삶에 있어서 쿠키 영상과 같은 선물이 되었기를 바랍니다.

또 다른 자리에서 진심을 지니고 자신의 자리를 지켜내며 앞으로 걸어가는 분께도 이 책이 선물이 되기를 바라봅니다.

- 경기도미래교육연수원 교육연구사, 2023 경기교사 연구년 총괄

운영 담당 조인정

저에게 글을 쓴다는 건 참으로 고통스러운 일입니다. 중고등학교 국어 교사로 재직하면서 아이들과 글쓰기 수업을 할 때도 그랬고, 전문 연구자로 살고 있는 지금 논문이나 보고서를 쓸 때도 그렇습니다. 이 책을 읽고 추천사를 쓰고 있는 이 순간도 감사의 마음 못지않게 고통스럽다는 생각이 듭니다.

왜 그럴까요? 생각하고 말하는 것보다 글을 쓰는 것이 훨씬 더 고통스럽게 느껴지는 이유는 무엇일까요? 여러 이유가 있겠습니다만, 아마도 글을 쓴다는 것은 훨씬 더 정련된 사고가 필요한 일이기 때문일 겁니다. 때로는 내가 쓰고 있는 글이 그럴 만큼의 쓸모가 있는 것인지를 확신할 수 없어 글쓰기를 포기하기도 하고, 글을 쓸 만큼의 시간이 없다는 이유로 아예 시도조차 하지 않을 때도 많습니다.

이 책은 글쓰기에 대한 이런 생각이 한참 잘못되었다는 것을 깨닫게 해 줍니다. 경기도교육청이 선발한 연구년 교사로 처음 만난 7명의 선생님들은 이 책을 통해서 글쓰기는 치유와 성장의 기쁨을 주는 활동이라는 것을 알게 해 줍니다. 물론 머뭇거리는 시간도 있었고, 고통스러운 기억도 있었겠지만, 이 책 전반에 흐르는 정서는 치유와 성장의 기뽐입니다. 머뭇거림과 고통의 글쓰기를 치유와 성장이 있는 글쓰기로 바꿀 수 있었던 것은 아마도 7명의 선생님들이 서로서로 곁을 지켜 주는 역할을 했기 때문일 겁니다. 그리고 무엇보다도 서로가 서로를 '진심'으로 대하면서 글을 쓴다는 것도 결국은 내 진심을 담아 내는 것임을 알게 해 주었기 때문일 겁니다.

　세상이 어수선합니다. 그러지 말아야 할 최후의 공간인 학교도 어수선합니다. 선생님들도, 아이들도, 학부모님들도 인정보다는 비난에 익숙해져 있습니다. 돌봄과 성장의 공간이 되어야 할 학교가 악다구니와 체념의 공간이 되고 있습니다. 이런 곳에서 관계와 배움의 기쁨을 맛볼 수는 없을 겁니다. 어쩌면 지금 우리의 학교는 인내의 임계치를 넘어서고 있는 중일지도 모르겠습니다. 그렇기 때문에 이 책이 더 소중하게 느껴집니다. 글쓰기에는 치유와 성장으로 이끄는 힘이 있으며, 그 힘은 동료와 함께 할 때 더 커진다는 것을, '진심'을 담아 글을 쓰다 보면 어수선한 세상을 바로 할 수 있는 힘이 생긴다는 것을 알게 해 주기 때문입니다.

　글쓰기를 글짓기라고도 부릅니다. 아마도 글을 짓는 데는 집을 짓거나 밥을 지을 때처럼 '쓴다'라는 동사로는 담아 내기 힘든 공력과 정성이 필요하기 때문일 겁니다. 어쩌면 글을 쓰는 것은 관계를 짓고 세상을 짓는 것으로 이어지는 것이기 때문일지도 모르겠습니다.

　새삼 글짓기의 힘을 알게 해 주신 선생님들께 감사드립니다.

- 경기도교육연구원 선임연구위원 백병부

추천사를 쓰기 위해 미리 받은 이 책의 원고를 보며 울컥해져 오는 순간들이 많아 진도를 나가기 어려웠다. 연구년을 보내고 있는 7인의 교사들이 쓴 글에는 내가 전혀 짐작하지 못했던 삶에 대한 고뇌와 교육에 대한 치열한 고민 그리고 학생들에 대한 진실한 사랑이 담겨 있었기 때문이다. 교사들의 '진심'이 희망을 주었다. '그래, 이런 마음으로 교육하는 교사들이 있기에 우리 아이들이 쉽지 않은 인생을 개척해 갈 마음의 힘과 능력을 갖출 수 있겠구나.' 하는 신뢰가 생겼다. 이 책의 공저자들은 같은 길을 가는 교사들에게 도움이 되었으면 하는 마음에서 글을 쓴 듯하다. 하지만 이 책은 학부모들에게 더 필요한 책이라는 생각이 든다. 학부모들이 이 글을 읽게 되면 다시 '선생님'들을 존경하게 될 것이다. 학교 교육을 신뢰하게 될 것이다. 학부모들도 독서를 하게 되고 글을 쓰게 될 것이다. 교사들이 쓴 글이지만, 모든 직업인이 보아야 할 책이다. 이 책에 등장하는 교사들처럼 자기 직업의 본질에 대해 고민하고 연구하며 글을 쓴다면 그들은 성공적이면서도 행복한 직업인이 될 것이기 때문이다. 연구년을 맞이해 이런 소중한 결실을 맺은 7인의 교사에게 진심으로 존경의 박수를 보낸다.

- 《내 상처의 크기가 내 사명의 크기다》 저자 작가 송수용

거짓이 없는 참된 마음이라는 뜻을 가진 진심(眞心)이란 단어가 참 좋습니다. 나는 무엇에 진심인가 생각해 보면, 돈이 안 돼도, 남들의 시선에 아랑곳하지 않고 하는 것. 책을 읽고 콘텐츠를 만들며 내 심장 소리를 기준 삼아 살아가는 지금이 내 삶에 진심인 순간입니다. 저는 나 하나의 행복만 생각했는데, 책을 읽으며 대한민국에 이런 선생님들이 있다는 사실에 감사했습니다. 진심이란 단어의 뜻을 떠올리면《교육에 진심입니다》라는 제목이 더 고귀하게 다가옵니다. 진심을 전달하기 위해 노력하는 7인의 삶은 희로애락 중 슬프고 힘들었던 순간이 많았을 겁니다. 가슴에 삭이고 목젖으로 눌러 앉혔다는 구절에는 선생님들의 말하지 못한 아픔이 느껴졌습니다. 독자로서는 교사의 학교 이야기와 삶을 들어볼 수 있어서 좋았고, 국민으로서는 대한민국의 선생님들을 응원하게 됐고, 강사로서는 자기계발을 멈추지 않는 선생님들의 도전에 자극받았습니다. 작가이자 선생님이신 분들의 연구년의 멋진 결과물이 부디 많은 분께 사랑받기를 바랍니다.

-《디지털노마드 책먹는여자》저자 작가 최서연

프롤로그

그 사람이 내 맘에 앉은 건
어느 뜻밖의 순간.
몸을 낮추고 눈을 맞추던
시작의 순간.

이승환 님의 '그 한 사람'이라는 노래의 노랫말입니다.
 살다 보면 이렇게 어떤 사람으로 인해 삶이 바뀌는 순간이
있습니다.
 우리에게는 올해가 그랬습니다.

 그 어느 봄날 교사 연구년 공동연구를 위해 처음 만난 일곱
명의 우리가 어색한 표정으로 책상만 내려다보고 있던 처음
순간이 떠올라 살짝 웃음이 납니다. 아직은 품은 속내와 내공
을 드러내지 않은 탓에 무려 제비뽑기로 리더를 뽑고 돌아가
며 자기소개를 했습니다. 그저 소개만 했을 뿐인데, 20여 년
을 교사로 산 치열했던 시간의 고단함과 쉼의 간절함, 교육에
대한 애증이 선명하게 드러났습니다. 서로 다른 연구 주제와
관심을 가졌으나 우리는 모두 비슷한 교사로서의 삶과 여러

모양의 글쓰기를 경험한 사람들이었습니다. 우리 이야기는 '교사의 글쓰기'로 모였고, 글쓰기가 주는 두려움과 설렘 그 어디를 서성이게 되었습니다. 그러다 결국 연구년을 빌려 교사로 살아온 이야기를 써 보기로 하였습니다.

사실 글쓰기를 가르치는 것을 업으로 하는 교사들이지만 어찌 보면 글쓰기는 몇몇 교사들의 전유물일지 모릅니다. 그만큼 이렇게 작정하고 교사로서의 삶을 들여다보는 글을 써 본 적이 없고, 그것을 공유한 적은 더욱 없던 터라 이런 작업이 우리에게 신선하긴 했지만 부담스럽기도 했습니다. 그런데 또 한 편으로는 글쓰기가 성장과 치유를 주는 고도의 작업이라고 하는데 정말 우리에게 그런 것을 줄 수 있을지, 글을 쓰고 공유하는 것이 상처 입은 학교 공동체를 세우는 지주대가 될 수 있을지 궁금했습니다. 글쓰기가 어떤 특별한 힘이 있어 오랫동안 교사로 산 우리를 새로운 세상으로 이끌 수 있기를 막연히 바라기도 했습니다.

'글'과 '교사 삶'를 주제로 총 35편의 이야기를 함께 쓰고, 서로의 글을 본 소감을 공유했습니다. 말이 아닌 '글'로 서로를 알아가는 경험은 또 특별해서 깊은 유대감과 친밀함을 가

저다주었습니다. 서로 다른 일곱 개 빛깔의 삶에 공감과 공명을 주고 살아온 삶에 위로와 살아갈 삶에 크고 작은 용기를 주었습니다. 그리고 이렇게 글을 모아 책으로 엮는 놀라움에 이르렀습니다.

책을 만들게 된 건 우리의 글쓰기 실력이나 학교에서 쌓은 알량한 치적들을 자랑하기 위한 것이 아닙니다. 열심을 내어 교사로 살면서 가슴에 삭이고 목젖으로 눌러 앉힌 수많은 학교의 순간들을 함께 이야기하고 싶어 선택했습니다. 만약 누군가가 지금 우리가 보낸 시간 속을 걷고 있다면, 그래서 힘들고 지쳐 있다면 위로와 응원을 보내고 싶었습니다. 부끄럽고 많이 부족하지만 먼저 걸어간 우리가 있고 당신의 편이라고 말하고 싶었습니다.

우리가 책 쓰기를 시작하며 주저했을 때 우리를 북돋아 주고 이끌어 준 막내 밀알샘이 하던 말이 있습니다.

"괜찮아요. 우리의 삶은 다 의미가 있잖아요. 그걸 글로 쓰면 됩니다. 누군가는 우리의 이야기를 기다리고 있어요."

이 말을 들은 우리는 "정말 그럴까? 아닐 껄? 아닐 수도 있어. 그냥 말로 해도 되잖아."라며 출간에 대한 소심함을 농담으로 주고받았습니다. 그런데 결국 우리의 글은 서로에게 의미와 위로가 되고 고마움과 기다림이 되었습니다.

그러더니 마침내 그 한 사람이 되어 각자의 마음에 살포시 들어와 앉았습니다.

삶에 중요한 것들을 만드는 말로 '짓다'가 있습니다.

이렇게 소중한 우리를 만들어 준, 함께 지은 수줍은 글들을 엮어 냅니다. 이 책을 읽게 된 뜻밖의 순간 당신이 미소 지을 수 있으면 좋겠습니다.

우리가 '그 한 사람'이면 정말 기쁘겠습니다.

2023년 가을. 진심을 담아.

교사 이선아 드림

무념무상(無念無想)에 진심입니다

황희경

자문자답에 진심입니다

김혜영

소통에 진심입니다

한민수

국어 수업에 진심입니다

이현영

교사 공동체에 진심입니다

이선아

교사라는 직에 진심입니다

한미경

책 쓰기에 진심입니다

김진수

01

무념무상(無念無想)에
진심입니다 황희경

01 슬기로운 연구년 첫걸음 이야기

전 세계가 새로운 밀레니엄을 가슴 벅차게 맞이하며 들썩거리던 2000년 3월, 비인기 지역이라 신규 교사들만 대거 발령을 하는 것으로 유명한 양평에서 첫 교직의 발을 내디뎠다. 밤잠을 설쳐가며 참 교사가 되겠노라는 발령 소감문을 작성한 것이 엊그제 같은데, 이 글을 쓰며 되짚어 보니 벌써 교사 발령을 받고 20여 년의 세월이 훌쩍 흘렀다. 집에서 새벽 별을 보며 나와서 몇 번이나 대중교통을 갈아타고 양평까지 출퇴근하던 새내기 교사 시절부터, 결혼과 출산, 육아와 병행하는 험난한 '워킹맘' 생활을 지나, 현재 혁신학교 10년 차 생활을 마무리하기까지 한 번도 쉬지 않고 달려온 길이다. 그 길이 때로는 버겁기도 하고 때로는 가고 싶지 않기도 했지만, 대부분은 열심히, 나름의 보람과 긍지로 신나게 걸어온 길이었다. 이렇듯 이 시대의 모든 직장인과 별반 다르지 않게, 특별한 것

없이 앞으로만 달려가던 나의 교직 생활에 특별한 사건이 생겼다. 그것도 바로 올해, 대망의 2023년도에, 나에게 크나큰 선물이자 신의 은총과 같은 기적이 일어났으니 바로 경기 교사 연구년에 선정된 것이다.

10년 동안 몸담았던 혁신학교에서 초빙 교사이면서 부장 교사로, 지역의 혁신교육 실천연구회의 리더로 쉼 없이 달리다 보니 솔직히 올해 경기 교사 연구년의 지원 목표는 연구가 아니라 잠시 학교를 떠난 휴식이었다. 그동안 무슨 이유에서인지 폐기되었던 연구년 교사를 다시 뽑는다는 공문을 보고, 별로 하고 싶지도 않은 연구 계획서를 머리카락 뜯으며 꾸역꾸역 작성한 이유는 오로지 1년 정도 학교를 떠나 늘어지게 쉴 수 있다는 검은 야욕 때문이었다. (제발 경기 교사 연구년 정책 관련자들이 이 글을 읽지 않기를 바란다.) 이렇게 불순한 의도를 숨기고 서류 심사부터 면접까지 이어지는 여러 관문에서 나는 주제와 관련된 분야에 관한 관심을 꾸준히 기울여 왔으며, 선정되기만 하면 놀라운 연구 결과로 경기 교육을 혁신적으로 바꾸어 놓을 준비가 다 되어 있는 양 놀라운 메소드 연기를 발휘하였고, 그 결과 이 글을 쓰고 있으니 직업을 배우로 바꿔야 하나? 아무튼 나의 검은 목적은 이미 달성한 셈이다.

하지만 경기도 교육청이 그리 호락호락한 곳이던가? 2월에 진행된 오리엔테이션에 참가해 1년간의 일정을 들어 보니 대충대충 하려는 나의 마음을 미리 알고 있었던 게 틀림없다. 내 앞에 장황하게 펼쳐진 여정은 야심차게 시작하겠다고 호언장담해 놓은 개인 연구뿐만 아니라 다른 선생님들과 팀을 이루어 공동연구도 해야 하고, 다달이 분임 선생님들과 워크숍도 진행해야 하며, 각종 학술대회와 여러 가지 연수 참석은 물론 과정 보고서 및 중간 보고서, 각종 서류 작성까지 쉴 틈 없이 촘촘하게 펼쳐져 있었다. 그렇게 작고 소중했던(?) 나의 꿈은 산산이 부서진 채, 리더십 연구 분야 7명의 선생님과 공동연구 모둠이 만들어졌고, 나의 슬기로운 연구년 생활이 슬프고 찬란하게 시작되었다.

혁신학교에 10년 동안 근무하면서 늘 귀 아프게 들었던 누가 했는지 모를 명언 "관계가 곧 배움이다."라는 말은 진리였던 걸까? 늘어지게 쉬기는 다 글렀다고 자포자기하며 만나게 된 7명의 공동연구팀 선생님들과 모둠이 되어, 각자의 연구년 지원 동기와 함께 연구하고 싶은 주제에 관해 이야기 나눔을 하면서 '연구년 하기를 참 잘했다'라는 생각을 하게 된다. 연구는 개뿔 편히 쉬겠다는 내 생각이 부끄럽게도, 우리 모둠의 선생님들은 하나같이 그동안 나보다 더 치열하고 열정적으로 교사의 삶을 걸어온 것뿐만 아니라, 우리 모둠의 연구도 멋지게 잘해 보자며 자꾸 나태해지려는 나를 토닥토닥 일으켜 세워주시니 말이다. (그 멋진 분들이 바로 이 책의 저자이시다. 우리 공동연구 분임의 선생님들과 만나서 이야기를 나누고 오면 뭔가 하고 싶어진다! 우리 팀의 선생님들이 없었다면 개인 연구도 공동연구도 시작도 못했을 거다.)

말씀하시는 모든 문장이 책 속에 나오는 멋진 문장처럼 문학적인 두 분의 국어 선생님, 이미 여러 권의 책을 집필하신 작가 선생님을 비롯하여 글쓰기를 늘 실천하고 좋아하다 못해 사랑하시는 선생님, 입만 열면 은혜로운 말들로 감동을 내려 주시는 선생님들이 모인 우리 분임의 연구 주제는 〈교사의 글쓰기를 통한 치유와 회복, 학교 공동체 성장 과정 연구〉로 정해졌다. 그리고 나는 우리 모둠 연구의 주요 활동인 글쓰기를 하고 있다. 글쓰기는커녕 간단한 기록도 안 하는 글쓰기 혐오자인 나에게 딱 맞는(?) 주제가 아닐까 싶다. (그래서 힘들다.) 어렵게 생각하지 말고 편하게 아무거나 쓰면 된다며(이 말이 더 무섭다.) 나를 격려해 주시는 선생님들과 함께 오늘 힘겨운 첫발을 내디딘다. 이렇게 하나씩 하나씩 선생님들께

기대어 가다 보면 또 무언가가 이루어져 있겠지. 이렇게 시작
하면 되는 거겠지.

02　보평초등학교 이야기(1)

　　교직 경력 10년 차, 어린아이를 돌보는 육아에 치이면서도
승진을 위한 점수가 많아 인기가 하늘을 찌르는 모 초등학교
에서 평교사로 살아가던 시절이었다. 학교에서 승진에 관심
이 없는 나 같은 교사는 잉여 인간이었으므로 하루하루가 의
미 없던 날들이었고, 집에서는 엄마의 손길만을 기다리는 어
린 자녀로 인해 나를 포기하던 시간이었다. 지금 돌아봐도 하
루하루가 지치고 힘든 고단한 날들이었다. 그래도 조금이라
도 숨 쉬고 싶어 지역의 혁신연구회도 기웃거려 보고, 교원 단
체 활동에도 조금씩 참여해 보면서 몸부림치던 중 TV에서 우
연히 만나게 된 학교, 그 이름도 유명한 혁신학교의 시초 '보
평초등학교'를 알게 되었다. 그 순간 나는 무조건 저 학교에
가야겠다고 생각했다.

　　그래서 무작정 전화하고 초빙 서류를 제출하고, 무엇이든

시켜만 주시면 다 할 수 있다고 꼭 뽑아 달라고 호소하며 그렇게 원하던 보평초등학교에 근무하게 된 지도 10년이 다 되었다. 올해 학교를 떠나며 지금까지의 나의 교직 인생 절반을 함께한 학교에 대해 글을 써 보려니 감회가 새롭다. 그럼, 지금부터 혁신학교의 모범이라 불리는 보평초등학교의 이야기를 순전히 나의 개인적인 경험에 비추어 풀어 보겠다.

"관계가 곧 배움이다."

누가 했는지 모를 이 말은 내가 처음 보평초등학교로 오면서부터 정말 귀에 딱지가 앉을 정도로 반복해서 들은 말이다. 그래서 보평초등학교를 이야기하려고 하니 처음으로 떠오른 문장이기도 하다. 보평초등학교는 관계를 매우 중요시한다. 학생과 교사는 당연하고 학부모와 교사, 교사 간에도 마찬가지로 모든 교육과정이나 학사 운영의 제일 중심에 아이들을 놓고 그 안에서 이루어지는 모든 관계에 대해 하나하나 세심하게 살핀다. 그런 철학을 바탕으로 보평초등학교에서는 아이들이 등교하고 아침을 시작하는 시간에 교사가 컴퓨터 앞에 앉아 업무를 하거나 수업을 준비하는 것을 금하고 있다. 대신 아이들이 등교하는 시간에 맞추어 교실 문 앞에서 아이들

눈을 맞추며 한 명 한 명 정성스럽게 환대하는데, 이를 보평초에서는 '아침맞이'라고 부른다. 아침맞이의 힘을 느낀 순간은 여러 번 있었지만 보평초등학교를 함께 다닌 나의 자녀가 중학교에 진학한 후 이렇게 물을 때였다.

"엄마, 중학교 선생님들은 등교할 때 왜 아침맞이를 안 해 주셔?"

"왜? 아침맞이가 없어서 서운해?"

"응, 아침에 선생님하고 얘기할 시간이 없네…."

딸아이의 말을 듣고 '아침맞이가 아이들에게 이런 시간이었구나…' 하는 것을 새삼 깨닫게 된 순간이었다.

또한 학부모와의 관계도 매우 중요하게 생각해서 1년에 2회 진행되는 개인 상담을 제외하고도 학부모와의 정담회가 1년에 4번이나 있다. (이것 말고도 대표 어머님들과의 협의회 등 학부모님의 참여가 활발하다.) 내가 교사로서 4번이나 있는 정담회 준비를 해야 하는 것은 매우 부담스러운 일이었으나, 바로 이런 문화가 학부모와 학교의 소통을 원활히 하고 함께 교육적인 관계로 성장하는 데 결정적인 자양분이 되었음은 두말할 필요가 없다.

매년 종업식 날에는 학부모님들과의 밴드에 간단한 편지를 쓰는데, 그 답장에 "선생님과 함께 우리 아이를 키울 수 있어 행복했어요."라고 쓰신 문장을 보며 '아이의 성장을 함께 고민하며 도와 가는 파트너'로서 나를 지지하고 신뢰해 주심에 감사했던 기억이 있다.

보통은 교사에게 '우리 아이를 가르쳐 주셔서 감사하다.'라는 말씀이 대부분인데, '함께 키워 주셔서 행복했다.'라는 문장은 학부모와 내가 자녀를 성장시키려는 하나의 목표를 가지고 열심히 달려온 같은 팀이라는 의미를 담고 있는 것 아니겠는가….

마지막으로 학교 구성원들끼리 관계 속에서 어떻게 배우고 성장했는지를 떠올리자니 그동안 무수히 진행되었던 각종 동아리와 TF, 회의가 생각난다. 보평초등학교는 회의가 많기로 유명하다. 쉴 새 없이 진행되는 각종 행사와 교육과정들 그리고 그에 따른 업무를 처리하기도 정말 눈코 뜰 새 없이 바쁘다. 그런데 주기적으로 진행되는 회의는 또 왜 이리 많은지 나는 늘 불평불만을 늘어놓곤 했었다. 하지만 언제나 툴툴거리며 참여했던 그 수많은 회의 속에서 서로 좋은 방안을 찾기 위해 애쓰고 노력하는 동료들이 있음에 든든했고, 늘 이 같은 교육적 고민을 허심탄회하게 이야기할 수 있는 자리가 있음에

감사했으며, 서로 갈등하기도 하지만 더 나은 결과를 위해 서
로 양보하고 성찰하며 더불어 성장했음을 우리는 늘 고백하
곤 했었다.

교사로서의 경험을 능력으로 인정받다

앞에서 잠깐 언급한 대로, TV를 보다가 문득 마주친 이 학
교에 무조건 가야겠다고 마음먹은 이유는, 그때 당시의 내가
생각했던 교사라는 직업과 그 현실 사이의 괴리로 인해 너무
힘들고 고달픈 나날을 보내고 있어서였다. 초임 발령 이후 나
는 양평에서 신규 교사로 여러 선배 선생님의 따뜻한 이끎과
보살핌으로 행복한 교사 생활의 첫발을 내디뎠다. 그곳에서
만난 선배 선생님들은 각종 연구회 활동부터 지역의 교사 동
아리, 교원 단체 활동까지 함께하자고 손 내밀어 주셨고, 건사
해야 할 가정이나 식구도 없는 홀가분한 솔로였기에 선배 선
생님의 손을 잡고 악기나 스포츠를 배우기도 하고, 새로운 교
육 담론을 연구하기도 하면서 신나게 활동하는 날들을 보냈
다. (지금도 양평 지역에는 지역과 학교급을 넘나드는 많은
교사 모임이 있다고 한다.) 학교나 지역에서 만나는 선생님들
과 나누는 대화와 실천은 나의 교사로서의 삶에 기름진 양식

이 되어 주었고, 나날이 내가 배운 것을 아이들과 함께 이야기하고 겪어내며 열정적으로 내 직업을 살아 나갔다.

그러나 내 본가와 너무 멀었던 양평 지역에서 근무는 3년이 마지막이었다. 대중교통으로 출퇴근이 너무 힘들었기에 3년 후 내 본가가 있는 지역으로 이동해 왔다. 하지만 여기에서 생활은 양평에서의 생활과 너무 달라서 정말 많이 힘들었다. 나에게 연구회나 교사 모임에 가자고 손 내밀어 주는 사람도 없을뿐더러, 주위를 둘러보아도 교사 동아리나 아이들 이야기를 나눌 곳이 없었다. 학교 내 모임이라고는 승진을 준비하는 교사들이 서로 팀을 만들어 연구대회에 참가하거나 보고서를 쓰는 모임만 있을 뿐….

그 당시 내 눈에는 그 모임이 얼마나 힘이 있어 보였는지, 그 안에서 승진 점수가 있는 모든 업무가 해결되었고, 학교의 중요한 일들이 진행되었으며, 그러한 논의에 승진을 준비하지 않는 교사들은 배제되었다. 그들은 나름대로 학교의 중요한 일들을 본인들이 다 하고 있다는 자만심으로 다른 선생님들이 그들 덕에 적은 업무를 하며 편히 지낸다고 생각하고 있었고, 나머지 교사들은 정작 교실에서 만나는 아이들과 함께 교사 본연의 역할을 충실히 하지만, 상대적으로 가벼운 업무만 수행하며 무임승차 하는 잉여 인간 대접으로 자존감을 잃어가고 있었다.

어린아이를 둘이나 키우는 워킹맘으로서의 나 역시 당연히 승진 교사 이외의 나머지 교사였다. 내가 그동안 가장 중요하다고 생각한 대로, 학급에서 만나는 아이들과 보내는 모든 시간과 수업에 내 나름의 최선을 다하였지만, 어디에서도 이런 이야기를 나누며 서로 힘이 되어 주는 공동체를 찾을 수가 없었다. 물론 같은 학년에 이런 이야기를 나눌 수 있는 동료가 없는 것은 아니었으나, 승진 위주의 학교 체계와 조직은 내가 지금 하는 일이 한 없이 보잘것없는 하찮은 일로 느껴지게 했다. '내가 정말 이 직업을 계속할 수 있을까?' 하는 회의감으로 학교에 출근하는 것이 의미 없고 행복하지 않은 시절이었다.

그러던 중 보평초등학교의 다큐멘터리를 보게 되었다. 방송에 나온 것들이 사실이라면 '저 학교에 가야겠다. 그래야 나도 살 수 있을 것 같다.'라는 절박함으로 보평초등학교에 오게 되었다. 그리고 이곳에서 하나하나 쌓으며 보낸 10년은 물론 힘들고 고통스러운 순간도 있었지만, 교사로서의 나의 노력과 경험을 능력으로 인정받으며 다시금 나를 일으켜 세울 수 있는 시간이 되었다.

우리는 월요일마다 만나서 아이들과 어떤 수업으로 어떻게 만날 것인가를 치열하게 이야기하는데, 이 시간을 보평초등학교에서는 '교실 나들이'라고 부른다. 이 시간은 보평초등학교의 모든 교사가 같은 학년 동료들과 만나서 깊이 있는 수업 이야기를 나누는 시간으로, 누구도 이 시간에 함부로 교사를 호출하거나 방해하지 않는다. (심지어 교실 나들이 시간에 있는 출장도 가지 않는다. 그리고 이 시간을 충실히 보내기 위해 자발적으로 초과 근무를 하는 학년도 많다.) 나는 이 시간 동안 사려 깊은 동료 교사들과 우리 아이들 이야기, 수업과 교육에 관한 이야기를 충분히 나눌 수 있었고, 그동안 메말라 가던 나의 교사로서의 삶에 충분한 영양을 공급해 줄 수 있었다. (그래서 보평초등학교에 온 이후로는 연수를 잘 듣지 않게 되었는데, 실제로 연수를 들을 필요를 느끼지 못할 만큼 교실 나들이 시간이 지적, 정서적으로 모든 것을 채워 주었다.)

보평초등학교는 그동안 내가 승진 점수를 쌓느라 노력하지 않았지만, 아이들 곁에서 함께 호흡하며 살아온 삶을 더 훌륭한 능력으로 인정해 주고, 나의 경험과 노력을 동료들과 나눌 수 있도록 지원하고 격려해 준 유일한 학교다. 그래서 10년이나 머물렀고, 지금도 떠날 수밖에 없음이 아쉽기만 하다.

03 보평초등학교 이야기(2)

시스템과 매뉴얼에 관한 생각을 바꾸다

내가 앞에서 보평초등학교의 자랑을 한껏 늘어 놓았지만, 보평초등학교에 전입해 온 첫 해 나는 학교에서 인상파로 지내던 교사였다. 초등교사의 한해살이를 간단히 살펴보자면, 학기 중에는 마음대로 화장실 한번을 못 가고, 나만 봐 달라는 고물고물한 초등학생들에게 온갖 에너지를 모두 빼앗긴 후, 바닥난 체력으로 인해 각종 병마에 시달리기 시작할 때 방학을 맞이하게 된다. 교사에게 방학은 그동안 미뤄왔던 병원 투어와 함께 다시금 에너지를 채워 다음 학기를 달리기 위한 준비를 하는 기간인데, 보평초등학교에서는 3월 1일부터 정식 발령인 전입 교사들을 미리 겨울방학에 불러 30시간 직무연수를 시키는 것이 아닌가! 게다가 2월부터 출근을 명하여 각종 연수부터 새 학년 준비까지 에너지를 채우기는커녕 바닥난 체력을 지하에 땅굴까지 파서 쥐어 짜내고 있었더랬다. (지금은 대부분의 학교가 2월에 출근해서 새 학년 준비를 철저히 하고 있지만, 10년 전에는 학년별로 1~2일만 나와 준비하는 것이 대부분이었다.) 새 학교에 옮기는 것만도 벅찬 일인데 보평초등학교에는 왜 이리 생소한 것이 많던지…. 아뜰리에, 다빈치 프로젝트, 계절학교 등등 생전 들도 보도 못한 교육과정에, 4학기제, 미니스쿨제도 등 그동안 경험해 보지 못한 교육과정과 시스템으로 머리가 터질 지경이었다. 나의 아둔한 두뇌로는 감당할 수 없는 새로운 내용들이 쏟아져 내렸고, 나는 이 모든 것을 소화하지 못한 채 인상을 팍팍 구기고 다니는 인상파로 찍히고 말았던 것이다.

그래서 보평초 첫 해 내가 느꼈던 첫 느낌은 '공산당'이다. 학교에 오자마자 왜 이렇게 따라야 할 학교의 시스템과 규율, '함께'라는 이름의 강요가 많은지…. 안 그래도 일반 학교보다 새로운 것도 많고 낯설어 하루하루 따라가기 급급한데 아이들에게 존중어를 사용하라, 스티커 같은 학급 보상 제도는 사용하지 말라, 월요일은 교실 나들이 회의, 목요일은 스쿨 회의, 샤프 사용 금지, 학생 생활지도 매뉴얼, 중간 놀이 운동장, 체육관 사용 규칙 등, 여태껏 보평초등학교에서 이루어지던 공동 생활지도나 학생 지도 매뉴얼이 꽤 자세하고 세밀하게 짜여 있어서 나의 개인적인 학생 지도 노하우나 학급 경영의 기법들을 모두 내려놓을 수밖에 없었다.

그러다 보니 학급에서 행사를 기획하거나 어떤 활동을 할 때도 계속 눈치가 보였고 위축되기도 하였다.

'이건 해도 되나?'

'학교 방침에 맞는 건가?'

그렇다고 사사건건 옆 반에 달려가 물을 수도 없었다. 신규도 아닌 경력 교사가 그런 것까지 물어도 될지 하는 자기 검열과 쉼 없이 돌아가는 교육과정을 정말 바쁘게 진행하고 계시는 같은 학년 선생님도 그런 시시콜콜한 것까지 알려줄 여유는 없어 보였으니까. 그해 나랑 같이 오셨던 동 학년 선생님은 다른 학교에서 많이 하던 대로 학급 아이들과 시원한 물총놀이를 하셨다가 '교실 나들이' 회의 시간에 교육과정과 관계없는 협의하지 않은 수업을 진행했다는 지적과 함께 곤란을 겪기도 하셨다.

그렇다면 보평초등학교는 왜 이렇게 자세하고 꼼꼼한 시스템과 매뉴얼을 구축하고 있을까? 그 이유는 우리나라의 교원

인사제도에서 찾을 수 있다. 우리나라의 국공립 학교는 5년마다 교원이 의무적으로 이동해야 한다. 이런 이유로 여러 혁신학교가 그동안 주도적으로 학교의 정책을 이끌던 리더 교사가 다른 학교로 이동하게 되면 혁신의 동력이 떨어지면서 학교의 방향과 정책이 흔들리는 모습을 보였다. 그래서 어떤 혁신학교는 예전 같지 않다던가, 열심히 하던 선생님들 다 떠나고 지금은 별로라는 세간의 평가를 듣기도 하였다. 그래서 보평초등학교는 잦은 교원의 인사이동으로 인해 혁신학교의 동력이 흔들리지 않도록 최대한 자세하고 꼼꼼한 시스템을 갖추기 위해 노력하고 있다.

보평초등학교에 오기 전 나는 시스템과 매뉴얼은 선생님들을 옥죄이기만 할 뿐 전혀 필요하지 않다고 생각했다. 그런 틀에 박힌 시스템보다는 구성원들 간의 관계나, 그를 위한 학교의 풍부한 지원이 더 중요하다고 생각하였다. (간섭하지 말고 재정적 지원이나 많이 해달라는….) 그러나 보평초에서 근무하면서 사려 깊게 조직된 시스템과 매뉴얼이 우리의 교육 활동을 얼마나 든든하게 지원하는지, 잦은 인사이동으로 인해 불안한 학교 체계를 얼마나 견고하게 받치고 있는지 깨닫게 되었다. 학교에서 벌어지는 여러 가지 일이나 돌발 상황에 잘 짜인 시스템이나 매뉴얼은 나침반과 같이 방향을 잃지 않게 해 주는 길잡이 역할을 해 주었고, 다양한 구성원들의 제각기 다른 요구와 목소리에도 학교의 방향과 정책이 흔들리지 않도록 뒷받침해 주었다.

　그 한 예로 보평초등학교의 공동 생활지도를 꼽을 수 있다. 보평초등학교는 여러 선생님이 함께 논의하여 정한 학교 전체가 함께 지켜야 하는 공동의 규율이 있고, 이 규율은 학급마다 차이가 있을 수 없으므로 우리 반이든 아니든 모든 선생님이 똑같이 학생들을 지도할 수 있는 근거가 되고 있다. 그래서 내 반, 남의 반을 가리지 않고 선생님들이 우리 학교 모든 아이에게 생활지도를 할 수 있다.

　"우리 반은 해도 되는데요."

　"우리 반은 아닌데요."

　이와 같은 말은 통하지 않는다. 실제로 교과 지도 외에 아이들의 생활지도에는 정말 막대한 정신적 에너지가 소모되는데, 학교의 공동 생활지도 시스템은 이러한 사소한 실랑이로 아이들과 소모적인 에너지 낭비를 하지 않도록 만들어 주어 보평초등학교가 더 창의적인 교육과정에 몰두할 수 있도록 해 주고 있다.

　나의 개인적인 경험에 비추어 보아도 해마다 교실에서의 3월은 새로 만난 아이들과 내가 어떻게 합을 맞추어 나가야 하는지 하나하나 공들이며 많은 시간을 보내게 되는데, 이러한 공동 생활지도의 시스템으로 1학년부터 쭉 성장해 온 아이들을 맞이하게 되면, 그런 시간이 현저히 단축된다. 오랜 시간 동안 누적된 시스템은 학교 문화로 자리 잡게 되어 '꼭 그렇게 해야 해요?', '안 하면 안 돼요?' 같은 뾰족한 목소리가 잦아들게 한다. 물론 각자의 경험과 교육 철학이 다른 많은 학교 구성원이 공동의 생활지도 매뉴얼을 협의하여 만들어 내는 과정은 참으로 험난하고 힘든 일이었다. 그러나 그런 과정을 거쳐 만들어진 약속이 있고, 이를 모두 함께 지켜나가는 가운데 학교 문화가 자리 잡는 모습을 보았으며, 모두에게 안전한 학교가 되어 가는 것을 경험하였다. 쉽지 않겠지만 다른 모든 학교도 공동 생활지도 매뉴얼만큼은 꼭 만들라고 권하고 싶다. 만들어 내기까지는 참 힘든 일이지만, 그 효과는 기대 이상일 것이므로….

아는 교육에서 하는 교육으로

　한 학교의 교육에 대한 A부터 Z까지의 모든 것을 총망라해 놓은 문서가 있으니, 그 이름은 바로 '학교 교육과정'이다. 그

학교의 모든 것을 담았으니, 분량이 좀 적은 학교라고 해도 100쪽 정도는 기본이고, 많게는 400~500쪽을 훌쩍 넘는 경우도 많다. 이것이 얼마나 중요한 문서인지 과거에는 '100대 교육과정 대회'까지 있었을 정도다. (실제로 앞에 썼던 교육적 논의 없이 모든 일이 진행되던 학교가 100대 교육과정 상을 받은 학교라는 사실은 참 아이러니하다. 참고로 그 학교에서 교육과정에 대해 논의해 본 기억이 없다.)

그렇게 중요한 문서이기에 교사들은 2월에서 3월 중으로 학교 교육과정에 맞추어 학급 교육과정을 작성하는 데 온 기력을 소모한다. 하지만 불경스럽게도 그때까지 나는 그 중요하다는 학교 교육과정에 대해 진지하게 논의해 본 적도, 한 글자 한 글자 짚어가며 집중해서 읽어 본 적도 없다. 그저 학급 교육과정을 제출해야 하는 시기가 오면 학년 부장 선생님이 학교 교육과정을 받아 우리 학년에 맞게 1차 수정을 해 주시고, 나는 그것을 대충 우리 학급에 맞게 몇 쪽만 휘리릭 바꾸곤 했다. 그다음에는 모든 학급에서 아무도 읽어 보지 않은(학년 부장 선생님은 열심히 읽으셨다. 그분은 제외) 그 엄청난 분량의 문서를 출력하고 구멍을 뚫어 굵직한 파일에 예쁘게 꽂아 넣은 후 결재란에 차근차근 도장을 찍어 캐비닛에 넣는다. 가끔은 열정적인 관리자께서 하나하나 살펴보시기도 하는데,

몇 쪽에 학사 연도가 틀렸다는 둥, 어느 반은 다른 반과 내용이 똑같다는 둥, 말하기도 민망한 지적 사항들을 받아 들고 수정하기도 한다.

하여튼 이러한 과정을 거쳐 그 문서는 1년 내내 캐비닛 깊숙한 곳에서 한 번도 밖으로 나오지 않다가 다음 해가 되면 폐휴지통으로 사라지는 운명을 맞이한다. 이렇게 버려지는 엄청난 양의 A4 용지와 인쇄기의 토너가 전국의 각 학교 학급마다 발생한다고 생각하면, 아이들 앞에서 자원을 아끼라고 부르짖으며 환경 교육을 했던 교사로서 참 면목이 없는 일이다. 결론적으로 나에게 그렇게 중요하다는 교육과정이라는 문서는 딱 그 정도의 의미였던 것이다.

자세히 읽어 보지는 않았지만, 그 문서에는 참 좋은 말이 많이 쓰여 있다. 교육계에서 사용하는 온갖 좋은 단어들과 화려한 정책, 다양한 교육 방법과 어마어마한 교육 활동이 다 녹아들어 있으니 말이다. 그런데 앞에서도 말했듯, 거기 쓰여 있는 많은 좋은 말들을 누구도 들여다보지 않으니 어쩌면 좋단 말인가! 나는 나대로, 학교는 학교대로, 교육과정은 그저 전시용 문서일 뿐, 거기 좋은 말 아주 많이 쓰여 있는 건 교사라면 다 아는 사실, 거기 쓰여 있는 좋은 말들 나도 잘 안다고….

　이렇게 교육과정과 괴리된, 그 문서의 내용을 잘 알고만 있는 표리부동한 나의 교사로서의 삶을 '아는 교육에서 하는 교육으로' 바꾸어 준 학교가 보평초등학교이다. 다른 학교에서도 늘 좋은 말들이 넘쳐나는 교육과정을 갖고 있었지만, 그것을 실제로 실천하기 위해 어떻게 해야 할까를 논의해 본 경험이 일천한지라 보평초등학교의 교육과정과 관련한 협의들은 참으로 신기했다.

　보평초등학교에서는 제일 처음 진행하는 '교실 나들이'에서 학교 교육과정을 놓고 학교의 비전과 철학을 우리 학년에 어떻게 녹여 낼 것인가를 고민하는데, 이렇게 동 학년 선생님들의 의견을 반영하여 학년의 비전과 목표를 세운다. 이때 만들어진 학년의 비전과 목표는 앞으로 1년 동안 펼쳐질 모든 교육 활동의 나침반이 된다. 그 후에는 모든 과목의 교육과정 성취 기준을 모아놓고 분석하며 학기별 주제 통합 학습의 체계를 잡고, 1년의 교육 활동 계획을 직접 교사들의 집단 지성과 손으로 만들어 내는데, 1년 동안 아이들이 학습하게 될 모든 교과의 내용을 통합적으로 검토하며 주제에 맞추어 프로젝트를 구성하는 경험은 참으로 놀라웠다. 그야말로 교육과정이 그냥 좋은 말이 가득한 문서가 아닌, 내가 직접 구성하고 실천해야 할 로드맵이 되는 것이다.

그래서 보평초등학교에서는 항상 동 학년 선생님들과 수업 이야기를 나누는 전문적 학습 공동체 '교실 나들이' 시간에 교육과정은 필수 지참 문서이다. 학년 초 큰 얼개를 짜 놓았던 교육과정 문서를 들고 그 안에 세부적인 수업 계획을 채우고 실행하면서 계속 교육과정을 수정하고 발전시킨다. 말 그대로 만들어 가는 교육과정이 되는 것이다. 몇백 쪽씩 예쁘게 만들어 처박아 두는 것이 아니라 늘 갖고 다니면서 협의하고 수정하고 발전시키느라 너덜너덜해지고 이런저런 보충 내용 필기로 지저분해지는 그런 문서 말이다.

나는 보평초등학교에서 비로소 교육과정이 왜 그렇게 중요한 문서인지를 제대로 알게 되었고, 교육과정에 적혀 있는 것은 그냥 알기만 하는 것이 아니라, 실천해야 하는 것임을 경험하였다.

교육과정에 '아침맞이'가 쓰여 있으므로 교장 선생님은 교문 앞 건널목에서, 모든 교사는 문 앞에서 한 명 한 명 아이들을 맞이하는 학교, '존중어 사용'이 쓰여 있으므로, 학교 내 모든 구성원이 서로에게 존중어를 사용하는 학교, 좋은 말은 문서에만 존재하는 껍데기만 번지르르한 학교가 아닌 들여다볼수록 알차게 속살이 채워진 학교, 보평초등학교는 나에게 그런 학교이다. 비록 100대 교육과정 상장은 없지만 말이다.

04 이 땅에서 초등교사로 산다는 것
: 5월 15일 스승의 날에

초등교사에 대한 환상

나는 어릴 때부터 선생님이 되는 게 꿈이었다. 사실 어릴 때 만났던 모든 멋진 어른들을 보면 그 일을 하고 싶었고, 그래서 선생님도 내 꿈의 목록에 항상 자리하고 있었다. 그런데 초등학교 선생님이 되겠다고 생각한 것은 중학교 때의 일로 지극히 현실적인 이유에서였다. 내가 무척 존경하던 가정 과목의 선생님께 "저도 나중에 가정 선생님이 될래요."라고 말했더니, 선생님께서는 가정 과목 선생님은 너무 적게 선발해서 경쟁률이 세다고, 교대에 가면 초등학교 선생님이 될 수 있는데 교대생들만 시험에 응시할 수 있어서 교대에 입학만 하면 선생님이 되는 길은 훨씬 수월하다고 조언해 주셨기 때문이다. 즉 아이들과 함께하는 삶에 대한 열망이나 교사로서의 사명감으로 초등교사를 꿈꾼 것은 아니라는 것.

어쨌든 우리나라 학생이라면 모두 겪어야만 하는 치열한 입시 경쟁을 뚫고 무사히 교대에 입성하였고, 대학 시절만 하더라도 나의 미래 모습을 맑고 초롱초롱한 아이들과 함께 노래도 부르고 그림도 그리며 아이들의 존경과 사랑을 한 몸에 받는 행복한 초등교사로 그리면서 환상 속에 잠기곤 했었다.

하지만 초등교사가 될 나도 이런 환상이 있었는데 다른 사람들은 오죽할까. 가끔 다른 직업에 있는 사람들을 만나게 되고 초등학교 선생님이라고 내 직업을 밝히면, 제일 먼저 방학이 있는 직업에 대한 부러움과 함께 일도 별로 어렵지 않고 상당히 여유로운 직업을 가져서 좋겠다며, 조금은 다른 환상들을 품고 있는 것 같다. 그래, 이렇게 써 놓고 보니 방학이라는 다른 직업에서는 찾아볼 수 없는 황금 같은 휴식 시간이 있고, 우리의 주된 업무인 수업이라는 것도 하루에 많아야 5~6시간 정도에 공식적으로 4시 30분~5시면 퇴근이 보장된 정말 꿀 같은 직업이 아닌가….

최고의 며느리. 최고의 신붓감

또 다른 초등 여교사에 대한 환상 아닌 환상 같은 속세의 설이 있으니, 바야흐로 오랜 시간 동안 자리 잡아 온 최고의 며느리, 최고의 신붓감이라는 황송한 자격이다. 이러한 이야기

는 각종 미디어에서 설문조사 데이터를 바탕으로 널리 퍼져
왔는데, 그 이유란 것이 참 글로 쓰기도 민망한 이야기들이다.
방학이 있고 퇴근이 빨라 아이를 돌보고 키우는 데 압도적으
로 유리한 측면이 있고, 교육 전문가라 아이 교육을 잘할 것이
라는 이유, 즉 일하는 엄마지만 아이 돌봄에 최적화되어 있다
는 것. 돈도 벌어오는데 자녀도 잘 키우는 두 마리 토끼를 한
꺼번에 잡을 수 있다는 경제적 쓸모로서의 초등 여교사의 존
재론이 있다. 더불어 정년이 보장되어 있고 연금을 많이 받는
다는 노후 대비로서의 유용성 측면, 직업의 특성상 성격이 원
만하고 웃어른께 예의 바르기 때문에 남편이나 시댁에 순종적
일 것이라는 가부장적 문화의 계승자로서의 존재론은 덤이다.

　이제는 공개 석상에서 이런 이야기를 하는 경우는 찾아보기
어렵지만, 초임 발령받을 때만 해도 여기저기서 심지어는 같
은 초등교사 집단 내에서도 이런 말들을 문제의식 없이 시시
껄렁한 농담으로 주고받곤 했었다. 참으로 씁쓸한 기억이다.
그러나 시대와 세상은 끊임없이 진보한다고 했던가? 어떤 교
사 연수에서 교육감이라는 작자가 위와 같은 말을 던졌다가
선생님들의 공식적인 항의와 사퇴 요구를 받았다는 기사를
보며 '이렇게 교직 사회가 한 걸음 앞으로 나아가는구나.' 하
고 기뻐했던 기억이 있다.

5월 15일이 없어졌으면

앞의 두 가지 선생님이라는 존재에 대한 환상은 그래도 교사라는 직업에 대한 부정적인 인식은 아니라며 억지 위안으로 삼지만, 몇 해 전부터 이와 더불어 철밥통을 깔고 앉아 세상 누구나 아는 쉬운 지식을 아이들에게 가르치는 하찮은 일을 하는 사람이라는, 참으로 달갑잖은 초등교사에 대한 환상(?)이 하나 추가된 듯하다. 언젠가부터 5월 15일이 되면 신문 지상에는 참교육으로 아이들에게 헌신하신 스승님이 아닌 온갖 비리와 불법을 저지른 교사들을 발굴하여 보도하고 있고, 부모들이 스승의 날 선물 때문에 힘들어한다는 인터뷰와 김영란법 '이건 되고, 이건 안 된다'라는 자세한 소개 기사까지 교사로서의 존재론적 회의감마저 들게 하는 기사가 도배되고 있다. 더욱 슬픈 건 그 기사의 댓글에는 너나없이 스승의 날을 없애야 한다, 철밥통들을 싹 다 물갈이해야 한다는 무시무시한 내용과 교사는 세상에서 제일 쉬운 일을 하면서 존경과 선물을 바라는 염치도 없는 그런 사람이 되어 있다. 올해에는 교사의 직업 만족도가 5명 중 1명만 '만족'이라거나, 교사 중 80%가 다시 태어나면 교사를 하지 않겠다고 설문에 응했다는 기사들이 보이는데, 이것도 편치 않다.

학교에서는 학생회나 학부모회에서 스승의 날 이벤트를 준
비하느라 분주하고, 선생님들은 부담스러워하므로 차라리 스
승의 날이 없었으면 좋겠다는 의견이 대부분이다. 도대체 어
쩌다 교사도 학부모도 학생도 그 누구도 행복하지 않은 5월
15일이 되었을까?

그래도 나는 이 땅의 초등교사다

내가 그렇게 고고하고 높은 청운의 꿈을 가지고 초등학교
선생님이 되고자 한 것은 아니었지만, 방학도 있고 퇴근도 이
른 세상 편한 직업, 최고의 신붓감, 정년이 보장된 철밥통 때
문에 초등학교 선생님을 꿈꾼 것은 아니다. 그리고 내 주변의
평범한 대부분 선생님도 위와 같은 세간의 편협한 환상과는
달리 아이들을 위해 묵묵히 헌신하고, 화장실 한 번 갈 틈도
없이 아이들 곁에서 귀 기울이며, 우리의 아이들이 잘 자라나
게 하는 데 최선을 다하고 계시다. 그런데도 위와 같은 이야기
를 듣고 있자면 속에서 천불이 끓어오르기도 하지만, 한편 저
리 말하는 사람들은 긴 학창 시절 동안 '존경할 만한 스승님 1
명도 마음에 품지 못한 불행한 학창 시절을 보낸 사람이구
나.' 하는 마음이 들어 안타깝기도 하다.

올해 스승의 날은 연구년으로 여유가 있고 코로나19로 인한 거리 두기도 완화된 상황이라 내가 존경하는 두 분의 스승님을 찾아뵈었다. 작업복 차림으로 급식실에 있는 가림판을 모두 철거하시느라 땀을 비 오듯 흘리시다가 나를 보고 환하게 맞아 주시던 스승님, 연수와 출장으로 식사도 못 하셨지만, 활력과 에너지가 흘러넘치는 스승님, 두 분 모두 이 땅의 평범한 초등교사이고, 지금도 그렇다.

내가 세간의 불편한 환상들 속에서도 좌절하지 않고 나의 직업을 사랑하는 이유, 그리고 이 직업에 대해 자긍심을 갖는 이유도 바로 그런 사려 깊고 헌신적인 나의 스승님들, 동료들 때문이다.

모두가 원하지 않는 스승의 날을 없애자, 말자, 말도 많지만, 늘 아이들을 위해 새로운 배움에 앞장서고 실천하던 많은 동료, 이른 퇴근 시간을 마다하고 아이들과 함께하던 수많은 선생님께 오늘만큼은 감사와 존경을 마음껏 보내고 싶다. 다른 이들까지는 아니어도 선생님들은 서로에게 그렇게 응원하는 날이었으면 좋겠다.

05 챗GPT 교육 담론
나만 불편한가?

따라가기 힘든 시대의 변화

숨이 차다. 얼마 전 챗GPT-3.0이 나왔고 교육계에서도 이런 분야에 재빠르신 선생님들께서 관련 강의를 3월 초 진행해서 듣고 왔는데, 몇 개월 지나지 않아 4.0 버전이 출시되었다고 한다. 이건 또 무엇인가…. (IT 문외한인 나에게는 정말 버거운 일이다.) 어떤 이들은 판도라의 상자를 열었다고도 하고, 어떤 이들은 산업혁명에 버금가는 인류의 변화를 예고하며 챗GPT의 출현에 다들 떠들썩하니, 나도 외면하지 못하고 관심을 가질 수밖에 없지만, 이것은 교육에 또 어떤 변화의 바람을 몰고 올 것인가?

잘은 모르지만, 챗GPT라는 이 녀석은 거대 언어 모델(Large Language Model)을 기반으로 한 대화형 인공지능이란다. 그

동안 인간이 전문적 데이터를 넣어 주며 학습시키던 시스템
이 아닌 인간의 신경망을 본떠서 만든 딥러닝 모델을 갖고 있
어서 여러 데이터 속에서 스스로 잠재된 패턴을 찾아 학습한
다는 것. 초기 인공지능 알파고가 이세돌 9단과의 대결에서
승리하며 세상을 떠들썩하게 한 것이 불과 몇 년 전인 듯한데,
이 녀석은 세상에 존재하는 어마어마한 양의 문서를 대량 학
습하여 미국의 변호사 시험을 상위 10% 안에 드는 성적으로
합격하였고, 최고의 명문대를 우수한 성적으로 합격하는 등
이미 인간의 지능을 넘어서고 있다고….

　핸드폰에서 '시리'를 불러대며 오늘 날씨를 묻는 것과는 차
원이 다른 인공지능이 떡하니 일반인들 앞에 처음으로 나타
난 사건이라서 어떤 이들은 인공지능에 일자리를 빼앗길 것
이라고도 하고, 무척이나 효율적인 인공지능에 노동을 맡기
고 남은 시간 동안 인간은 자아실현을 위한 일을 할 것이라며
행복한 청사진을 그리기도 하는 듯하다. 실제로 발 빠른 사람
들은 '챗GPT에 이렇게 일을 시켜라.', '챗GPT를 이용하여 이
렇게 돈을 벌어라.' 하고 외치며 참으로 자본주의적인 사용법
을 알려주기도 하고, 아이들은 여러 가지 학교 과제와 글쓰기
를 챗GPT에 맡기는 등 발 빠르게 이 녀석을 활용(?)하고 있다
고 하는데….

챗GPT 어떻게 교육에 접목할까?

이렇게 넋 놓고 있으면 안 되겠다 싶어 챗GPT를 교육에 접목하였다는 여러 가지 연수나 강좌를 찾아서 들어보았다. 챗GPT 이렇게 사용하라는 친절한 안내와 더불어 머리 아픈 세획서나 보고서를 맡기라는 따뜻한 조언이 잇따른다. 생활기록부 작성도 챗GPT의 도움을 받아 쉽게 할 방법이 있다고 다음 연수를 기대하라고 하신다. (실제로 학기 말이 되니 생활기록부 작성을 돕는 프로그램이 나왔다.) 정말 교사에게 머리 아팠던 여러 일을 챗GPT가 해결(?)해 줄 수 있나 보다. 수업에 접목하였다는 강좌도 들어보았다. 챗 GPT에 시도 지으라 하고, 그에 맞는 그림도 다 그려 달라고 해서 멋지게 시화를 완성하였다. 아이들은 자기가 원하는 결과물이 나올 때까지 질문을 잘 넣기만 하면 된단다. 그럼 나는 무엇을 가르쳐야 하지? 챗 GPT에 질문을 잘하는 방법만 가르치면 되나?

이런 생각을 뒷받침하듯 '챗GPT 시대 질문이 중요하다'라는 내용의 강좌도 여럿 보인다. 실제로 이 대화형 모델은 질문을 어떻게 넣느냐가 중요해서 '프롬프트 엔지니어링'이라는 새로운 분야의 직업 세계가 급격하게 주목받고 있다. 그렇다

면 나는 아이들에게 챗GPT에 이렇게 질문해야 원하는 결과
가 나온다든지, 인공지능과 원활한 소통을 위해서는 이렇게
해야 한다는 내용을 가르쳐야 하는 건가?

　혼란스럽다. 그동안 교육계에서 질문을 소홀히 한 것은 아
니다. 질문은 학습과 공부에 있어서 매우 중요한 문제라서 그
동안 진행되었던 질문에 대한 수업은 '하브루타를 기반으로
한 좋은 질문이란 어떤 질문인가?'에 대해 초점이 맞추어져
있었다. 우리에게 '질문하는 사람'이라고 하면 떠오르는 바로
그 한 사람 '소크라테스'만 보더라도 자신이 모른다는 것을
알게 하는 반어법이라는 커다란 질문으로 인류 역사에 한 획
을 그은 것이 아닌가 말이다.

　자신이 모른다는 것을 깨닫게 하는 질문, 정보가 아닌 의미
를 구하는 질문, 멈추고 생각하게 하는 진지한 질문, 머리가
아닌 오랜 시간 마음 한구석에 질문을 품고 정답이 아닌 해답
을 찾아가는 이런 질문에 대해 아이들과 이야기했었는데, 이
제 나는 어떻게 해야 하는 거지?

skynet이 현실로, 무엇이 문제일까?

이렇게 똑똑한 녀석임에도 불구하고 결점은 있어서 할루시네이션(잘못된 정보나 허위 정보)을 천연덕스럽게 내놓기도 하고, 이를 찾아내는 대회가 개최되기도 하는 등 오류가 많이 지적되기도 한다. 몇 달 전에는 영국의 한 출판사가 작품 공모작에 챗GPT를 이용한 표절이 너무 많아 작품 접수를 무기한 중단하기도 했다고…. 그래도 그때까지는 이 녀석에 대해 막연한 걱정뿐이었는데, 얼마 전 미군 AI 드론이 가상훈련에서 '임무에 방해된다.' 판단하여 조종사를 살해하는 사건이 실제 일어났다는 뉴스를 보며 어릴 적 보았던 영화 〈터미네이터〉가 현실에서 재현되는 것이 아닌가? 하는 불안함이 엄습한다. 정말 챗GPT에서 원하는 답을 얻기 위해 질문 잘하는 법만 가르치면 되는 걸까?

이미 벌어지고 있는 인간이 미처 예상하지 못한 이러한 문제점에 대해 눈감고, 그저 편리하고 일 잘하는 이 녀석을 어떻게 효율적으로 이용할까만 논의하면 되는 걸까? 이미 우리는 이보다 덜 진화된 SNS 기술과 알고리즘으로 인해서도 예상치 못한 많은 문제를 맞이하지 않았는가. 알고리즘에 기반한

SNS의 노예가 되어 끊임없이 다른 이의 삶과 나의 삶을 비교하며 좌절하고, 내 취향에 딱 들어맞지만, 진실인지 알 수 없는 많은 정보에 둘러싸여 확증 편향을 갖게 되고, 사회는 점점 양극화되고. 대중 매체를 통해 강력한 하나의 유행을 제시하고 모두 그 방향으로 생각하게 하고, 따라가게 하고….

나만 불편한가? 챗GPT와 함께 온 우리 교육의 변화

이미 기술 발전을 통해 즉각적인 만족에 길든 아이들에게 챗GPT가 더욱 빠르게 나의 욕구를 만족시켜 주기 위해 어떻게 질문해야 하는지를 알려주는 것이 진정 교사의 일일까? 나는 잘 모르겠다. 이 분야를 잘 모르고 시대에 뒤떨어져서 이런 생각을 하는 것일 수도…. 실제 연수에서도 AI의 윤리적 측면을 걱정하는 질문에 써 보지도 않고 걱정만 한다며 일단 사용해 보라고 하더라만…. 이제껏 새로운 기술이 개발되고 수많은 변화에 직면하였지만, 인류는 멸망하지 않았다며, 이번에도 그럴 것이라 한다.

그래, 인류는 멸망하지 않을 수 있겠지만, 이런 새로운 기술이 인간 사회에 미칠 영향을 생각하고 어떻게 이 새로운 기술이 일부 자본과 권력을 가진 자들만을 위한 것이 아닌, 인류

전체를 위해 사용될 것인가는 함께 이야기하는 것이 맞는 것
이 아닐까? 그간 인류는 멸망하지 않았지만, 늘 새로운 기술
은 자본과 권력을 지닌 사람들이 먼저 독점하여 유리하게 작
동시켜 왔고, 그로 인해 전 세계가 양극화되었으며, 지구 환경
은 손 쓸 수 없이 파괴되었고, 그로 인한 피해는 그 기술의 혜
택을 받지 못한 자들이 더 많이 짊어지고 있으니 말이다. 그런
사회 속에서 살아가는 우리는 더더욱 새로운 기술이 인류 전
체에 미칠 영향에 대해 생각해 보자고 질문해야 하지 않을까?

　예상치 못한 문제 상황이 이리 급박하게 진행되다 보니 AI
기술 개발을 6개월간 중단한다는 등, AI 관련 법안을 만들고
성명서를 채택한다는 등, 각국에서 긴박하게 움직이고 있는
듯하다.

　그나마 AI 관련 선도적인 나라들에서 이런 문제에 대한 공
론의 장이 만들어지고 논의가 시작되고 있는 듯하여 다행이
라는 생각이 든다. 우리나라에서도, 아니 지금 정부에서 기대
하는 것은 무리겠고 교육계에서만이라도 이런 논의가 시작되
었으면 좋겠다. 챗GPT에 글도 쓰고, 그림도 그리라고 시켜서
멋진 결과물을 만들어 내는 수업은 내가 가르치지 않아도 아
이들이 먼저 알아서, 그걸로 과제도 하고 글도 써서 자기 창작

물인 양 내놓고 있지 않은가!

　고대 그리스의 철학자 소크라테스의 '질문'을 지금까지도 인류가 품고 있는 이유는, 그 질문이 효율적이고 기가 막힌 정답을 유도하는 질문이어서가 아닐 것이다. 그래서 나훈아 형님도 '테스형'에게 세상과 사랑에 대한 정답이 없는 질문을 노래로 전달했고, 그 정답이 없는 질문에 테스형은 어떻게 답할까를 상상하며 우리 사회가 그 노래에 열광하지 않았는가? (질문이 좋아서 그 노래가 인기가 있었던 것은 아닌 것 같지만…)

　지금부터라도 내 옆의 현명하고 지혜로운 소크라테스 같은 선생님들과 이런 질문을 던지고 이야기를 나누는 자리를 만나고 싶다. 이 녀석을 알아야 돈도 벌고, 세상 편하게 살겠지만, 그런 것 이면의 문제를 들여다보는, 챗GPT에 대해 우리는 아직 많은 것을 모른다는 것을 아는, 사람들을 뒤흔들어 깨달음을 주는 그런 질문을 던지고 함께 이야기 나누며 이 질문 속에서 오래 머물러 보고 싶다. 그래야 그들의 청사진처럼 인류가 멸망하지 않을 수 있을 것 같다는 내 생각은 지나친 걱정일까?

06 교직 에세이
: 힘차게 걸어온 길, 아직도 가야 할 길

교사의 소명 의식 및 교육 철학,
연구년 신청 배경 및 자기 성장 의지

▸ 연구년에 지원하게 된 동기와 연구 주제 선정 이유

저는 보평초등학교에서 올해까지 9년 동안 초빙교사(생태
교육, 문화예술교육) 및 부장 교사로 근무하며 그동안의 경기
도의 교육 철학과 비전을 학교 교육과정에 녹여내기 위해 많
은 연구와 학습을 하였습니다. 보평초등학교의 전문적 학습
공동체에서는 새 학기를 준비하기 전 항상 시도 교육청의 교
육 기본 계획을 바탕으로 학교 교육과정의 큰 틀을 잡고, 그
바탕에 있는 철학과 비전을 학교 교육과정과 연결되도록 하
는 일에 많은 논의와 노력을 기울입니다. 그래서 이번 18대

교육감 인수위원회의 백서를 우리 학교의 전학공이나 몸담고 있는 연구회에서 살펴보는 기회를 가질 수 있었고, 바로 거기에서 IB 교육과정을 접하게 되었습니다. IB 교육과정이라는 생소한 프로그램을 공부해 보니, 이미 우리나라는 2019년에 대구, 제주 지역에서 선도적으로 시작하였고 경기 지역에서는 찬성과 우려의 목소리가 팽팽하게 맞서고 있는 상황이며, 사교육에서는 이미 발 빠르게 움직이고 있다는 것을 알게 되었습니다.

그래서 미래 교육에 대해 함께 공부하고 있는 지역의 연구회 선생님들과 먼저 IB 교육과정을 편견 없이 살펴보는 시간을 갖자고 협의하고 여러 가지 자료, IB 관련 포럼, 문헌 자료들을 살펴보았습니다. IB 교육과정이 무엇일까 들여다보니, 지금까지 보평초등학교에서 진행하던 여러 가지 프로젝트 학습들, 초빙교사로서 개발했던 생태와 문화예술 관련 교육과정들, 또 앞으로 만나게 될 2022 교육과정도 충분히 담아낼 수 있는 그릇이라는 생각이 들었습니다.

또한, IB 프로그램에서 지향하는 인재상은 제가 키워내고 싶은 우리 아이들의 모습이었고, 그동안 혁신 교육에서 늘 공격받아 왔던 평가의 신뢰도를 IB 프로그램은 철저하게 관리하여 제대로 평가할 수 있도록 구성되어 있다는 점이 매력적 으로 다가왔습니다.

그래서 IB 교육과정이 무엇인지, 우리나라의 선도 지역에서 는 어떻게 진행되고 있는지, 국내외의 사례는 어떻게 되는지 미래 교육을 대비하는 관점에서 분석해 보고 싶었습니다. 그 동안에 제가 열심히 연구했던 프로젝트 학습과 생태, 문화예 술 교육과정 및 앞으로 만나게 될 2022 개정 교육과정을 IB 교 육과정으로 다시 한번 개발해 보고, 그 과정에 제가 얻은 노하 우나 필요한 역량 및 방법을 정리하여 선생님들께 IB 교육과 정 개발 및 미래 교육 전문성 강화를 위한 방안을 제시해 드리 고 싶습니다.

> ▶ 자기소개 및 교직 생애 성찰, 자기 성장 이력과 교육에 관한 고민,
> 전문성 신장 노력

저는 2014년도에 보평초등학교에 생태환경 교육 영역으로 초빙되었으며, 2018년도에 문화예술 교육 분야로 재초빙되어 4년간 문화예술 교육 부장 교사로 근무한 후 올해는 보람스쿨 6학년 교육과정 부장으로 9년째 보평초등학교에서 근무하고 있습니다. 보평초등학교에 오기 전 광주 하남 지역에서도 혁

신 실천연구회 활동(2012~2013 혁신 실천연구회 총무 역임)을 하면서 혁신학교에서 근무하기 위해 열심히 공부하고 노력하였으며, 그렇게 열심히 준비하여 전입한 학교인 만큼 보평초등학교에서의 9년은 교사로서의 나의 삶에 많은 변화를 가져왔습니다. 학교 안에서 교육과정을 개발하고 실행하는 교사로, 또한, 학교 내외의 학습 동아리나 연구회 활동을 통해 끊임없이 연구하고 고민하는 교사로 살면서 갖게 된 몇 가지 고민과 생각을 풀어볼까 합니다.

그 첫째는 학교 문화의 중요성입니다. 보평초등학교에 오기 전, 저는 오로지 내 학급을 꾸리는 일에 최선을 다하는 교사였고, 그것이 제가 할 수 있는 최선이라 생각했습니다. 학교를 변화시키거나 문화를 만들어 가는 일은 제가 할 일이 아니라고 생각했습니다. 하지만 선생님들과 함께하는 공동 생활지도, 교실 나들이(동 학년 전문적 학습 공동체), 보평교사연구회(BTS), 각종 현안마다 만들어지는 TF 활동을 통해 서로 이야기 나누고 의견을 개진하면서 협력하고 성장하는 진정한 교사 학습 공동체를 경험하게 되었고, 바로 이러한 학교 문화가 학교 교육에서 가장 큰 바탕을 이루고 있다고 생각하게 되었습니다. 이런 민주적이면서도 따뜻한 문화는 새로 전입해 온 교사들에게 자연스럽게 또는 당연한 책무성으로 전수되며 보평초등학교가 성장하고 발전하는 데 큰 역할을 하고 있습니다. 저도 리더 교사로서 우리 학교의 이러한 문화가 발전하고 확산하는 데 도움이 되기 위해 많은 노력을 기울이고 있으며, 멘토 교사, 또는 부장 교사로서 늘 학교 문화가 바르게 자리매김할 수 있도록 고민하고 실천하기 위해 최선을 다하고 있습니다. 또한, 이러한 경험은 교사 리더십이 얼마나 중요한지를 깨닫게 해 주었고 2014년부터 몸담아 온 성남 지역의 실천연구회(2017~2022 연구회 총무 및 회장 역임)에서 매년 교육계의 다양한 쟁점이나 정책들에 관한 연구 활동을 진행하며 지역의 리더 교사를 양성하는 것을 목표로 성남 지역의 교사 리더십 향상에 힘쓰고 있습니다.

둘째는 시스템과 매뉴얼의 재발견입니다. 과거에는 시스템과 매뉴얼은 필요하지 않고, 구성원들 간의 관계, 풍부한 지원이 더 중요하다고 생각하였습니다. 그러나 보평초에서 근무하면서 사려 깊게 조직된 시스템과 매뉴얼이 우리의 교육 활동을 얼마나 든든하게 지원하는지, 잦은 인사이동으로 인한 불안한 학교 체계를 얼마나 견고하게 받쳐줄 수 있는지 깨닫게 되었습니다. 학교에서 벌어지는 여러 가지 일이나 돌발 상황에 잘 짜인 시스템이나 매뉴얼은 나침반과 같이 방향을 잃지 않게 해 주는 길잡이 역할을 합니다. 그래서 저는 문화예술 교육 부장으로서 우리 학교 교육의 큰 축인 각 학년 및 단위에서 진행되고 있는 문화예술 교육을 체계화하고 정리하여 견고한 교육과정과 세부적인 매뉴얼로 다듬어 내는 작업을 실천하였습니다. 그래서 우리 학교의 문화예술 교육이 교사의 변동으로 인해 흔들리지 않고 그 철학과 가치를 잃지 않으며 유지, 발전될 수 있도록 하는 데 이바지하고자 노력하였습니다.

이렇게 기존에 가졌던 편협한 생각과 사고가 변하고 확장되면서 교사로서의 나의 삶을 변화시키는 데 혁신학교 리더 과정, 전문가 과정 연수 또한 많은 도움을 주었습니다. 보평초에서의 9년은 보람되었지만 때로는 힘들었고, 나의 부족함을 늘 발견하는 매일이었습니다. 그때 리더 과정, 전문가 과정 연수를 통해 지역의 많은 리더들을 알게 되고, 깊이 있게 연결되는 기회를 통해 다시 동력을 채울 수 있었음에 감사하게 생각합니다. 또한, 지역의 실천연구회나 네트워크 활동을 통해 경기도 교육의 철학과 방향 및 우리 교육의 당면 문제나 쟁점 대한 이해가 더 깊어질 수 있었고, 지역의 혁신교육지원단 역할을 통해 지역의 여러 학교를 방문하여 살펴보면서 초등교육 전

반을 돌아보고, 성찰하는 시간도 가질 수 있었습니다. 또한, 지역의 리더가 되어 각종 연수를 기획하고 진행하는 가운데 지역의 실천연구회나 네트워크 활동을 통해 배운 내용을 실제 적용하고 실천할 수 있도록 트레이닝한 기회도 주어져서 많이 성장할 수 있었습니다.

이제 더 나아가 제가 경기 교육의 리더로서, 경기 초등교육의 새로운 변화에 작은 기여를 할 수 있도록 리더십 연구의 연구년 기회가 주어지길 희망해 봅니다. 이 연구를 통해서 아직도 우물 안에 갇혀 있는 나의 시야를 넓히고, 내 연구가 우리교육에 조그만 보탬이라도 될 수 있도록 제가 할 수 있는 일을 찾아 정진해 보고자 합니다.

07 연구년 addition 1
: 연구년 지원 동기

Q. 우리는 왜 교사 연구년제 특히 리더십 연구 영역에 지원했을까요?

경기도 교사 연구년제는 2010년~2018년(2015년 잠정 중단)까지 운영되다가 2019년~2022년 6월까지 일괄 중단되었어요. 하지만 교사 연구년제는 2022년 7월부터 제18대 경기도 교육감 공약 사항으로 재추진되어 2023년부터 정책이 시행 중입니다. 연구년제 지원 영역에는 교육 연구, 정책 연구, 리더십 연구, 교육 회복 연구로 나뉘는데요. 이 책에 모인 우리는 모두 리더십 연구 분야로 지원했어요. 그 지원 동기를 한번 들어볼까요?

김혜영
초등 23년 차

그 당시 저는 '나를 찾는 작업' 중이었는데, 그때 발견한 제가 하고 싶은 일들을 인생에서 한 번은 집중해서 하고 싶었습니다. 때마침 연구년 신청 공문이 내려왔는데 과거 두 차례 연구년을 지원했지만 낙방한 터라 또 떨어질까 두려웠습니다. 하지만 "이 도전을 하나의 게임처럼 생각해라. 질 게 두려워 게임을 피하는 거라면 그냥 한 게임을 하는 마음으로 해 봐라, 게임에서 지더라도 남는 게 꼭 있다."라는 남편의 격려를 받고 용기를 냈습니다. 신청 계획서에 내가 원하는 일을 실컷 하는 내 학교의 모습을 담았습니다. 떨어지더라도 이 계획대로 자율연수 휴직을 하자고 마음먹었습니다. 리더십 연구 영역은 다른 영역에 비해 추가 연수가 있어 좀 부담스러웠지만, 제가 풀어내고 싶은 이야기는 아무래도 리더십 연구 쪽에 담는 게 맞다고 판단해 지원했습니다.

이선아
초등 24년 차

솔직하게 말하면 쉬고 싶었습니다. 교직 생활 24년에 연구부장 경력이 10년을 넘고 학년부장 경력도 6년, 1학년 담임 경력도 6년, 혁신학교 근무 경력도 8년을 보냈으니까요. 혁신학교 종합평가를 끝으로 다음 해에 부장은 무조건 쉬어야겠다고 생각했고, 내가 정말 좋아하는 것들이 무엇인지 찾아보고 교사로서의 나를 좀 성찰하고 싶었는데 뜻밖에 연구년 공문이 왔습니다. 기한이 촉박해서 좀 망설이긴 했지만 결국 나의 교사 삶에 전환점을 주고자 부랴부랴 계획서를 썼습니다. 특별히 리더십 연구 영역은 리더십 아카데미를 축소한 것이라고 알고 지원했습니다. 리더십 아카데미에서 운영했던 연수들이 매우 좋다는 이야기를 들었기 때문입니다.

이현영
중등 국어 24년 차

복잡한 생활에서 잠시 벗어나 관심 있는 한두 분야에 집중하며 에너지를 충전하고 싶고, 가르치는 것이 아닌 배우는 것에서 기쁨을 느끼고 싶어 연구년을 지원하게 되었습니다. 리더십 연구 영역은 다른 영역에 비해 참여와 실행 연구가 많아 좋은 자극을 받을 수 있을 거라 생각했습니다.

한미경
초등 20년 차

제가 근무하는 학교에서는 해마다 한 분씩 교사 리더십 아카데미를 다녀오셨는데, 벌써 네 분이 넘어섰습니다. 리더십 아카데미는 6개월간 연수 휴직을 하게 되는데, 이 기간 동안 대학원 공부에 버금가는 깊이 있는 공부를 다양한 선생님들과 함께하는 것을 보며 교직 기간 내에 꼭 해 봐야겠다고 생각했습니다. 마침 교사 연구년제가 부활뇌면서, 교사 리더십 연구 영역이 생겼더라고요. 학교급을 달리하는 다양한 생각의 선생님들을 만나 생각의 틀을 깨는 경험을 할 수 있다는 점이 가장 큰 지원 동기라고 할 수 있습니다.

김진수
초등 19년 차

많은 교사가 안과 밖으로 힘들어하고 있습니다. 밖으로 교사의 권위를 떨어뜨리는 시각은 물론이고, 안으로는 생활지도의 부담감 및 비교 의식으로 인해 자존감이 현저히 낮아지고 있기 때문입니다. 교사인 '나'의 내면이 바로 서면 교사 자신의 에너지가 안과 밖에서 흘러나와 선한 영향력을 넓게 퍼뜨리게 됩니다. 내면을 기르는 데는 '읽기'와 '쓰기'가 기본인데 정작 교사들이 잘 하지 않는 일이 바로 '읽기'와 '쓰기'입니다. 굳이 그 두 가지를 하지 않아도 당장 살아가는 데 큰 지장을 느끼지 않기 때문입니다. 대부분의 교사 에너지는 소비되어 갑니다. 이것을 생산적인 것으로 바꿔 주는 것이 바로 읽고 쓰는 삶입니다. 혼자 하면 쉽게 지칠 수 있기에 이번 연구년을 통해 그런 교사가 많아질 수 있도록, 함께 도움을 주고받을 수 있도록 독서, 기록, 글쓰기를 한층 더 높여 주는 책 쓰기 프로젝트를 나누기 위해 연구년을 지원하게 되었습니다.

코로나 이후의 사회와 학교 분위기가 급변하는 것을 체험하면서 예전과 다른 새로운 학습 공동체를 만들기 위해서는 교사가 더 많이 고민하고 연구해야 한다는 것을 절감했습니다. 그리고 겸허하게 배우는 교사가 아이들을 진정한 배움으로 안내할 수 있고, 계속 성찰하고 도전하는 교사가 아이들에게 희망을 전해 줄 수 있다고 생각하여 교사 리더십 과정에 지원했습니다.

한민수
중등 국어 22년 차

혁신학교에서 열정적으로 아주아주 신나게 10년을 살았습니다. 경기도는 2022년까지 연구년 제도가 없었기 때문에 연구년 도전은 생각해 본 적도 없었는데요. 우연히 연구년 모집 공문을 보고서는 솔직히 연구를 열심히 해야겠다는 생각보다는 잠시 학교를 떠나고 싶다는 마음으로 도전했고, 그동안 다양한 교사 연구회에서 고민하던 주제들을 더 깊이 들여다보려는 마음을 얹어 연구년 계획서를 작성했습니다. 4개 영역 중에서 리더십 영역을 선택한 이유는 경기도 미래교육연수원에서 진행되었던 미래 교원 리더십 아카데미에 꼭 참여해 보고 싶어서입니다. 미래 교원 리더십 아카데미가 이번 연구년 리더십 분야로 통합되었다는 이야기를 듣고 고민 없이 리더십 연구 분야를 선택했습니다.

황희경
초등 22년 차

02

자문자답에 진심입니다 김혜영

01 삶을 쓰는 나는 언제 태어났을까?

"글 쓰는 일이 작가나 전문가에게 주어지는 소수의 권력이 아니라 자기 삶을 돌아보고 사람답게 살려는 사람이 선택하는 최소한의 권리이길 바란다."

《글쓰기의 최전선》에서 은유 작가가 쓴 문장이다. 이 문장을 만났을 때 좋아서 몇 번이고 눈과 손가락으로 쓰다듬다가 옮겨 적어 두었다. '그래, 삶을 돌아보고 나답게 살려는 글쓰기가 내게도 나아갈 힘을 줬지!' 하고 생각하다가 문득 '나는 언제쯤 내 삶을 글로 쓰기 시작했을까?' 하는 물음이 올라온다. 기억을 뒤적이며 내 글쓰기의 출발 지점을 헤아려 본다.

초등학교 6학년 때 일이다. 학교를 마치고 늘 그렇듯 정민이와 집에 가는데 불쑥 하재경이 등 뒤에 붙으며 "오늘 김혜영네 집에 따라가 봐야지." 한다. 몇 걸음 뒤로 멀어지는 것

같더니 내 뒤를 자근자근 밟는다.

'뭐? 왜 저래?' 기분이 확 구겨진다. 평소 친하게 지내지도 않는 녀석인데 오늘따라 이상하기만 하다.

"정민아, 나 하재경한테 집 알려주기 싫어. 우리 다른 데로 가자."

저기 금화슈퍼가 보이는데 나는 차마 그 옆집으로 들어가지 못하고 둘레를 빙글빙글 돈다. "하재경, 따라오지 마!?" 그 말을 듣고도 배시시 웃는 낯이 꼴 보기 싫다. 나는 발걸음을 돌려 다른 골목으로 들어간다. 수정이네 집 대문이 보인다. 은색 대문을 넘어 계단을 올라간다. 현관문을 잡고 당기는 척을 하다 '하재경이 갔나?' 하고 내려다보니, 골목에 그대로 서 있다. 다시 계단을 내려왔다. 놀이터 쪽으로 빠져나갈까 하다가 어쩐지 정민이한테 미안하다. "정민아, 이제 가. 내일 만나." 정민이는 하재경을 째려보더니 같이 있겠다고 했다. 혀를 살짝 내미는 모습이 얄미운데, 이제 그 녀석을 피해 돌아다니는 것도 지친다. '옜다, 알려주마. 얼른 떨어져라!' 나는 금화슈퍼 옆집 초록 대문에 손을 얹고는 숨 한 번 들이키고 그대로 밀며 대문을 넘는다. 정민이도 뒤따른다. 그 순간 하재경이 드디어 걸려들었다는 듯이 내 뒤통수에 대고 외쳤다. "김혜영, 셋방 산다! 김혜영, 셋방 산대요! 셋방 산대요!"

 순간 훅, 얼굴이 벌게졌다. 하재경의 목소리는 점점 멀어지는데 여전히 그 말들이 메아리로 퍼진다. 나는 그대로 주저앉아 울음을 터트렸다. 한참 소리 내어 울다가 두 손으로 눈가를 거칠게 쓸어냈다. 등을 두드리는 정민이도 어쩐지 상처받은 얼굴이다. 엄마가 가끔 하던 말이 떠올랐다. "셋방 사는 설움이 얼마나 큰지 아냐?" 엄마의 설움이 이런 것이었을까? 마음에 차오른 설움을 쏟고 싶은데, 차마 엄마에게 말하고 싶지는 않았다.

 그날 저녁에 조금 일찍 일기장을 폈다. 한 줄 한 줄 일어난 일과 기분을 쓰다 보니 어느새 일기장 한 바닥이 다 찼다. 그 위에 색연필로 내 얼굴까지 그려 놓고 나니 그제야, 마음이 시원했다.

 담임 선생님은 그날 일기에도 붉은 펜으로 여러 말을 써주신 것 같은데 한 문장만 기억난다. '선생님도 셋방 사는 걸?' 그 글에 내 마음이 좀 놓였다. 말이 되든 안 되든 이렇게 마음을 쏟는 일기를 써도 괜찮은가 보다. 선생님은 방과 후에 나와 마주 앉아 셋방 사는 일은 부끄러운 일이 아니라고 말씀해 주셨다. 현관을 나섰는데 친구들이 집에도 안 가고 정글짐 위에 조르륵 앉아 나를 기다리고 있다. 선생님과 나눈 얘기를 궁금해하는 친구들에게 나는 "뭐 그런 게 있어." 하며 운동장을 가로질러 집으로 갔다. 그날 일은 또 일기가 됐다.

개학 전날 밤이면 '나는 오늘 놀이터에서 놀았다. 참 재미있었다.'라는 글을 반성문처럼 여러 장 베껴 일기를 채우던 내 글쓰기가 변화를 맞이한 것은 선생님의 다정한 초대 덕분이다. 초임 발령을 받은 박경란 선생님은 우리에게 이틀에 한 번은 일기를 쓰게 하셨고, 일기에 붉은 펜으로 답글을 남겨 주셨다. 더욱이 솔직히 쓴 글에 그림을 그려 넣은 친구의 일기를 보고 멋져서 따라 쓰는 맛도 느끼고 있었다. 그 무렵 얄궂은 '하재경'이 나를 자극하는 일이 일어났고, 그날 '글 쓰는 나'가 태어났던 것 같다. 나는 어릴 때부터 혼자 있는 시간이 많았다. 홀로 남매를 키우며 고되게 일하던 엄마의 사랑은 저녁밥을 차려 주시는 것으로 충분했다. 엄마는 매사에 강인해 보이려고 내게 엄하게 대했지만, 울음이 많은 엄마의 뒷모습을 나는 알고 있었다. 그런 내게 내 마음을 그대로 드러내도 그저 다 받아 주는 일기장과 담임 선생님은 좋은 경청자가 되어줬다. 내 글쓰기는 그 뒤로도 계속됐다. 방학 일기는 더 이상 두 문장으로 끝나지 않았다.

중학교에서는 누구도 일기를 쓰라고 하지 않았고, 검사를 해주지 않았기에 자연스레 글쓰기와는 멀어졌다. 그러던 어느날 저녁에 문득 이상하게 일기를 쓰고 싶은 충동이 일었다. 그건 아마도 일기를 쓰며 자연스레 쌓인 경험이, 정서가 내게 말을 걸었기 때문이 아니었을까? '동네 문방구에 가 보자. 중학생이 되었으니 이제 공책 따위에 일기를 쓰지 않겠어!' 일기장을 파는 코너에 가서 한참을 뒤적거렸다. 신중하게 작은 자물쇠와 열쇠가 달린 갈색 일기장을 골랐다. 걸어 오는 길에 일기장 친구 이름을 뭐로 할지 고민했다. 누군가 내 얘기를 들어주면 쓸 마음이 잘 생길 것 같았다. 자연스레 내 인생 책《나의 라임 오렌지 나무》의 제제가 떠올랐다. 가족에게 이해받지 못했던, 나무와 우정을 나누던 '제제'를 친구 삼아 나는 내 글쓰기를 이어가기로 했다. 이 시기는 글 쓰는 내가 태어나서 기고, 잡고 서기를 마친 뒤 스스로 걸음을 떼던 때가 아니었을까? 붉은 글씨로 쓴 답장이 없어도 괜찮았다. 걸으며 만나는 세상이 그토록 신기했는지 글 쓰는 나는 날마다 날마다 계속 걸었다. 다리의 힘이 생기자 더 많이 오래 쓸 수 있었다.

이 글을 쓰며 하재경이 가명이었음을 밝힌다. 전국의 하재경 님들께 사과드리며 재경이에게 쓰는 편지로 글을 마무리하겠다.

"재경아, 고3 때 수능 마치고 우리 우연히 '마하나임' 봉사 모임에서 만났잖아. 봉사 마치고 같이 걷다가 내가 우리 6학년 때 얘기했는데, 너 귀 옆부터 턱 아래까지 붉어져서 철없게 굴어서 미안하다고 했지? 사과도 받았는데, 나는 그때를 생각하면 아직도 내가 좀 가엾어. 야, 하재경! 사람이 가진 걸로 놀리는 거 아니다, 응? 나는 네가 부끄러움을 아는 어른이 되었기를 바라.

나는 지금 초등학교 선생이 돼서 애들을 가르치고 있는데, 요즘 애들끼리도 '넌 몇 단지 사냐?'라고 물어보는 말을 들을 때가 있어. 아파트에 사는 게 기본값은 아닌데 나는 좀 그 말이 이상하게 들려. 가끔은 몇 단지에 사느냐로 부모와 학생의 형편을 헤아리는 말을 동료 교사에게 듣기도 하는데, 그럴 때면 소심하게 "저도 빌라에서 살아요."하고 말해. 주거 형태가 아니라 그 아이 자체로 바라봐 주면 어떨지, 사는 형편으로 미리 판단하지 말았으면 하는 마음을 담아서 말이야.

암튼 네가 내 뒤를 따르던 날 '글 쓰는 나'가 고통 중에 태어난 것 같아. 아프긴 했지만 '글 쓰는 나'는 힘든 순간에도 반짝이는 순간을 발견하게 하고, 위로하면서 지금의 나를 빚어줬지. 그렇다고 너에게 고맙다고까지 하진 않을게. 아직 내게는

그 기억이 상처 자국으로 남아 있으니까. 앞으로 내 마음의 키

가 더 많이 자라면 그 상처는 작아지거나 옅어지지 않을까?

그런 날이 얼른 왔으면 좋겠네. 그럼, 이만 안녕!" 窓

02 나는 얼마나 많은 순간 아이의 마음을 놓치고 살았을까?

올해는 연구년을 맞아 아침에 학교 갈 일이 없었는데, 새 학년 들어 첫 출근을 한다. 내일 어린이날을 기념해서 교직원 밴드 '레츠 비틀'이 아침 맞이 노래를 한다길래 목소리를 보태러 가는 길이다. 중앙 현관에서 작년까지 한 학년이었던 동료 샘 '햇살'을 만나고, 교무실에 가서 교감 선생님도 만난다. 마치 어제 만났다가 다시 만난 느낌이란 말에 살짝 찾아 온 긴장이 내려간다. 노래 준비하면서 오랜만에 반가운 얼굴들과 웃음을 주고받았다. 가슴이 한껏 부풀어서 목소리에 힘이 들어간다. 올해 '레츠 비틀'에는 플루트 연주를 하는 선생님이 합류해서 연주 소리가 풍성하다.

중앙 현관에 한데 모여 즐거워하는 아이들 모습이 보기 좋다. 재작년에 맡은 승령이가 내 앞에서 신나게 춤을 춘다. 이제 혼자 점프까지 할 수 있게 되다니! 승령이는 뇌병변장애로 3년을 유예하다 입학했는데, 안 본 사이 움직임이 한결 자연스러워졌다. "창문 선생님이다!" 하며 눈을 맞추는 아이들에게 손을 흔들어 준다. 노안이 와서, 악보 글씨가 잘 안 뵈는 악조건 속에서도 소리 높여 끝까지 노래했다. 기다렸다 인사하는 아이들을 꼭 안아 줬다.

담임 선생님들은 수업에 들어가고, 나는 올해 과학 전담 교사를 맡은 햇살과 음악실에 보면대를 갖다 뒀다. 함께 계단을 내려오는데 햇살이 예준이가 전학 갔단다. 예준이도 승령이랑 같은 해에 1학년 담임으로 만난 아이다. 햇살이 말했다.

"예준이가 와서 '햇살 선생님, 저 내일 전학 가요. 창문 선생님 만나면 사랑한다고 전해 주세요.' 하더라고요."

그 순간 내 마음에 '사랑한다고, 사랑한다고…' 말하는 예준이 얼굴과 목소리가 선하다.

자연스레 3월초 예준이와 있었던 일이 떠오른다. 출근길에 가방을 챙기려는데, 예준이 어머니한테서 전화가 왔다. 학교를 안 가겠다고 버티는 예준이를 어쩌지 못하고 내게 연락하신 것이다. 예준이와 전화로 이야기를 나눈다.

나: 예준아, 창문 선생님이야. 무슨 일 있어? 학교 와야지….

예준: 전 되는 일이 없어요. 학교 가면 안 좋은 일만 생길 거예요.

아차! 예준이가 왜 그런지 감이 딱 온다. 순간 어제 예준이가 종이접기 하다가 뭐가 맘에 안 들었는지 그걸 집어던졌는데, 하필 한결이 눈에 맞은 일이 떠올랐다. 한결이는 울었고, 둘레 있는 아이들은 예준이가 화내면서 종이를 집어던졌다고 외쳤다. '눈이라니!' 나는 한결이 눈 상태부터 살핀다. 이런 위험할 뻔한 상황에서 자주 놓치는 것은 누구도 이런 상황이 벌어지는 것을 원하지 않는다는 사실이다. 나는 물론 한결이도 놀랐지만, 예준이도 많이 놀랐다는 것을 이 아침이 돼서야 깨달았다. 1학년 아이들은 학년 초에는 서로 투닥이면서 여럿이 지내는 방법을 배워 가는데, 그 과정을 세심하게 돕지 못했나 보다. 한결이를 살피느라 아이들이 화해하고 나서 예준이에게 다음부터 조심하라고만 했지, 그 놀란 마음을 무심코 지나쳤다.

나: 예준아, 내가 《순무 씨앗》 책 읽어 준 거 기억나?

예준: 첫날 읽어 준 책이요오? ('요'를 할 때 끝을 올리며 입술을 오므리는 소리다. 내가 방과 후에 자주 흉내를 내던 예준이 소리) 작은 씨앗이 큰 순무가 됐죠? 아무도 씨가 자랄 거라고 말하지 않았어요.

나: 맞아. 우리가 하는 말도 씨앗 같아서 뿌리면 자라거든? 그래서 좋

은 말을 많이 심어 주는 게 좋아. 예준아, '오늘 학교 오면 좋은 일이 생길 거야' 이 말을 심는 게 어떨까?

예준: 전 이미 나쁜 말을 너무 많이 한걸요? 그래서 안 가고 싶어요. 전 운이 없어요. 어제도 한결이가 다쳤잖아요. 어제 집에 갈 때도 어떤 아저씨가 저한테 부딪쳤다고요. 저한테 나쁜 일만 생겨요.

나: 순무 씨앗 심은 아이가 자란 풀 막 뽑아 주잖아. 그런 것처럼 나쁜 말 씨앗에서 싹이 난 풀은 선생님이 뽑아줄게. 예준이도 나쁜 풀은 다 뽑아버리면 어때? 그렇게만 해도 이제 뭔가 좀 달라질걸? 그리고 좋은 말 씨앗을 심어봐. 나도 응원하는 말 씨앗을 심어줄게. 들어봐. 이제부터 학교에서 진짜 진짜 좋은 일이 일어날 거야. (예준아, 제발. 나는 속으로 사정한다. 남편이 뭐하냐는 얼굴로 쳐다본다. 나는 현타가 왔지만 좀 더 말을 건네 본다.) 좋은 일이 생길 거야. 진짜 진짜 멋진 하루가 될 거야. 응? (예준아, 대답해 줘. 대답해 줘.)

예준: 알겠어요. 어디 한번 믿어 보죠.

아휴, 다행이다. 중간에 살짝 위기가 있었지만 예준이가 학교에 온다는 말에 가슴을 쓸어내렸다. 그날 나는 예준이와 눈이 마주칠 때마다 '진짜 진짜 좋은 일 알지?' 하는 눈빛을 보냈다. 쉬는 시간에 따로 불러서 어제 일어난 일 때문에 많이 놀랐냐고, 일부러 그런 건 아니라는 거 안다고, 그래도 화가 난다고 뭘 집어던지는 건 조심을 해 주면 좋겠다고 말해 줬다. 친구들이랑 즐거운 경험을 하면 마음이 나아질까 싶어 5

교시 시간표를 바꿔서 아이들과 둥글게 둘러앉았다. 동화책 도 읽어 주고, 공동체 놀이도 했다. 다행스럽게 다음 날에는 어머니한테 전화가 오지 않았다.

한 해를 함께 보내는 동안 예준이는 여러모로 내게 웃음을 많이 줬다. 참으로 다양한 웃음을 선물해 줬다. 피식, 허허, 으 하하. 섬세한 마음을 지녔기에 잘 우는 만큼 웃었고, 내 낯빛 을 살피며 다정한 말을 건네기도 했다. 곤충을 엄청나게 좋아 해서 곤충 얘기만 나오면 줄줄 이야기를 풀어냈다. 금요일에 헤어질 때면 "선생님, 주말 잘 보내요. 많이 보고 싶을 거예 요." 하며 헤어지기도 했다. 2학년에 올라가서는 예준이가 한 결 의젓한 모습으로 학교에 다니는 듯해서 안심했는데, 3학년 이 되어 전학을 가게 됐나 보다. 햇살에게 마음을 남겨 놓고 간 예준이, 내가 중요한 것을 놓칠 때마다 나를 먼저 사랑해 주고 용서해 준 예준이에게 고맙다. 오랜만에 카톡 창을 열고 예준 어머님께 메시지를 전했다.

똑똑! 어머님, 안녕하세요. 창문입니다. 오늘 학교에 갔다가 사랑스러 운 제자 예준이가 전학을 가면서 제게 남긴 메시지를 햇살샘에게 들었 어요! 어딜 가든지 건강하게 예준이답게 자라고 사랑받고 건강하기를 기도해요. 이런 제 마음을 예준이에게 전해 주세요. 어머님도 평안하시 길 빌어요!

어머님의 답이 왔다.

선생님 감사합니다~ 눈시울이 붉어지네요. 예준이를 예준이답게 봐주
셔서 늘 감사했어요~
예준이가 선생님 마음을 들으면 너무 좋아할 거예요~^-^ 선생님께서
도 늘 평안하시고 행복하시길 기도하겠습니다~

예준이 덕분에 어머님과도 따뜻한 기운을 주고받았다. 나의
기도가 예준이의 삶에 힘이 되기를 바란다. 내 마음에 남은 예
준이의 말처럼 말이다.

교무실에서 여유가 있는 교직원분들과 한참 이런 얘기, 저
런 얘기를 나누다가 나왔다. 중앙 현관과 운동장을 지나며 쉬
는 시간 풍경을 바라보는 지금 내 일상이 가붓하다. 담임으로
보내며 꽤 할만하다고 생각했는데, 이십 년 넘게 단단히 버티
며 섬세히 아이들을 보려고 애쓴 시간이 꽤 버거웠나 보다. 함
께 사는 법을 배우느라 진통하는 아이들을 돌보고 가르치며,
나는 얼마나 많은 순간 아이들의 마음을 놓치고 살았을까? 올
해 나를 충전하면서 지금 선물처럼 주어진 시간을 건강히 보
내야겠다. 다시 돌아갈 수 있도록. 窓

03 나는 왜
이 업무를 하는가?[1]

2016학년도에 나는 A 초등학교에서 부장 업무로 5학년 교육과정과 마을교육 공동체 일을 맡았다. 마을교육 공동체, 이 일을 고학년 부장 업무에 붙인 건 그리 큰 비중 없을 거라는 교무 부장님의 판단 때문이었다. 나름 배려해서 교무와 혁신 업무 가운데 몇 가지를 떼어 만든 약한 업무였다. 하지만 그해 같은 학년이 된 혁신 부장님이 교실로 찾아와 말씀하셨다.

"왜 이 일을 5학년에 줬는지 모르겠어요. 이게 복불복이야. 작년에 이 일을 맡으신 선생님은 일이 거의 없었어. 하지만 올해는 교장 선생님 의중이 어떠실지 몰라. 교육청 사업 신청을 하라고 하시면 일이 엄청 많아질 텐데."

---

1 이 글은 김혜영(2017) 《업무명, 마을교육공동체》의 일부를 수정 보완한 것입니다.

'어머, 그 말씀을 교무 부장님께도 하지. 업무 조정할 때라도 말해 주지.'라는 대꾸가 저녁에야 생각이 났지만, 혁신 부장님한테 말하진 않았다. 어쩌면 교장 선생님의 의중과는 상관없이 내 안에 뭔가 이 일에 끌림이 있었는지도 모르겠다. 그 끌림이 어디로 향했는지 정리해 보겠다.

2014년부터 이 학교에서 지내는 동안 나는 우리 학교 아이들이 사는 G 마을을 좋아했다. 그 당시 '한 아이를 키우는데, 온 마을이 필요하다'라는 슬로건 아래 시, 도가 앞서서 마을 만들기를 한다고 했지만, 사실 학교가 있기 전부터 이곳에는 마을이 있었다. 물론 공동체성은 전과 같지 않고 가족이 해체된 시대에 살지만, 마을은 늘 거기 있다. 생기 있는 G 시장, 교회에서 세운 작은 도서관, 산과 나무가 어우러진 이 마을에는 노인정에 모이는 할아버지와 할머니, 놀이터에서 아이 키우는 얘기와 품을 주고받으며 사는 부모들, 주택 사이로 난 길로 다니는 아이들, 작년에 가르친 지민 언니가 하는 미술 학원, 졸업생 상진이의 3학년 때 모습을 아는 피아노 학원 원장님까지 모두 이 마을에 산다. 내가 어릴 적 누비던 동네와 닮은, 골목과 거리마다 이야기가 있는 마을이라 친근했다.

반면, 이 마을을 볼 때 안쓰러운 마음이 일기도 한다. 우리 학교를 중심으로 정문과 후문으로 펼쳐진 마을 풍경은 둘로 가른 듯 다르다. 정문에서 만나는 마을은 앞에서 말한 풍경이다. 대부분 이곳에 사는 아이들이 우리 학교에 다닌다. 하지만 학교 후문에는 같은 G동인데 D 마을로 부르는 아파트 숲이 이어진다. 새로 닦은 도로, 작은 공원, 반듯하게 줄을 선 빌라와 카페 거리가 깔끔한 느낌이다. 이 지역은 다른 학구다. 우리 학교 후문에서 9분 정도 걸어가면 나오는 이웃 초등학교는 2012년에 개교했다. 이 학교에는 우리가 부러워하는 체육관과 시청각실이 있다. (현재 A 초등학교도 체육관 건립함.) 학교 둘레를 살펴보면 새로 개관한 새 도서관뿐 아니라 지역 아동센터, 유기농 매장, 은행, 학원 따위의 편의 시설이 큰 상가 건물에 모여 있다.

좀 더 알아볼까? 나는 행정복지센터 홈페이지에 들어가서 몇 가지를 검색해 봤다. G1동의 면적은 A 시의 5.45%를 차지하고, 이곳에는 초등학교 셋, 중학교 하나, 고등학교 하나가 있다. 사회복지 대상자 현황은 G1동과 인근 동의 현황과 비교했을 때 저소득층이 압도적으로 많았다. 학교 수가 더 많은 G동에는 가정위탁 아동도 많은데 청소년을 위한 시설도 없고,

장애인의 수가 A 시에서 가장 많은데 장애인을 위한 복지관
도 없다. 동네에 경로당 상세 현황을 봐도 D 마을에 비해 턱
없이 부족하다. 우리 반 아이들 종종 하는 말이 놀이터에서 놀
때면 할아버지, 할머니들이 다른 데 가서 놀라고 타박을 주신
다고 한다. 아이들이 겪는 일이 노인정 시설 문제와 무관한지
한 번 생각해 볼 일이다. 아이들이 살아가는 마을을 자세히 들
여다보니 마음이 복잡해졌다.

'언젠가 이 주택가를 다 밀어내고 아파트를 새로 지을 때까지
주민 편의 시설을 짓는 일을 보류하는 걸까?' 하는 생각마저 든
다. 이런 개발로는 서민의 주거난이 더욱 심해질 뿐이다. 이미
거기 있는 마을의 사람들이 살아온 환경을 완전히 쓸어내고,
지내 온 역사를 끊어 내고 뚝딱뚝딱 짓는 일이 발전일까?

건축가 정기용은 인터뷰에서 "건축가로서 내가 한 일은 원
래 거기 있었던 사람들의 요구를 공간으로 번역한 것입니다."
라고 말했다. 면사무소 1층에 목욕탕을 만들고, 둘레의 등나
무 넝쿨로 관중석을 장식하며, 주차장을 지하로 넣어 시민들
에게 돌려주고, 면사무소 마당에 작은 천문대를 만들어 주민
들의 자부심을 높여준 무주 공공 건축 프로젝트에는 그의 철
학이 잘 드러난다. 다 뜯어내고 새로 짓는 방식이 아니라 그곳

에 사는 주민들을 찾아다니며 필요를 듣고 마을 풍경을 최대한 살리는 방식이야말로 언젠가부터 소리 높여 말하는 '지속 가능한 발전'의 모습이 아닐까?

나는 시장도 아니고 건축가도 아니지만, 이 마을에서 아이들을 가르치는 교사이자 마을교육 공동체 담당자로서 아이들이 사는 공간을 소중히 여기며, 지속 가능함을 고민하며 이 업무를 해야겠다고 다짐했다. 새로 일을 벌이기보다 이미 가진 것을 자세히 보고 귀 기울이며 만나는 일과 사람을 연결하기로 했다.

교사는 보통 2~5년 정도 한 학교에서 근무한다. 나는 그동안 내가 근무하는 학교에 대해 이렇게 알아본 적이 없다. 그저 동료 선생님, 아이들, 보호자들께 전해 듣는 이야기로 학교의 환경을 짐작할 뿐이었다. 아마도 '마을'을 다루는 업무를 배정받았기 때문일까?

그렇게 업무를 시작한 나는 그해 이전과는 다른 다양한 만남을 가지며 연결된 분들과 많은 일을 함께 했다. 어느 순간 돌아보니 일은 생각보다 커지고 커져 마을 네트워크 활동, 주민들과 마을 축제 개최, 기적의 놀이터 사업 제안 등 뭔가 본질에서 벗어난 일에 내가 관여하고 있었다. 다양한 분을 만난 만큼 교사로서 무엇에 우선순위를 둬야 할지 혼란스러웠다. 이 모든 과정은 모두 글이 되었다. 나는 거의 매일 블로그에 비공개로 글을 썼다. 그리고 그 글들은 엮어《업무명, 마을교육 공동체》라는 책으로 담기도 했다. 이 책은 마을교육 공동체 업무 담당자의 사소한 기록이지만, 이 업무에 관심을 가진 이들에게 공감을 불러일으켰다.

방랑을 떠나 봐야 내 가까이에 있는 보물을 안다고 했던가? 흐름을 따라 낯선 세상을 만나고 여행하듯 업무를 하고 나니 '마을의 일은 마을 주민에게 맡기고 학교는 교육에 집중하자' 라는 뻔한 결론에 다다랐다. 교사는 수업을 중심에 둬야 한다. 하지만 그동안 연결된 만남은 뭔가 다른 에너지를 만들어서 교육과정, 학부모회, 교사와 학부모의 관계들에 다양한 영향을 줬다.

《읽기의 말들》의 박총은 랑시에르의 글에 나오는 목수 루이 가브리엘 고니를 소개한다. 고니는 시간이 나에게 속하지 않음을 알지만, 밤마다 30분의 시간을 자기 것으로 만든다. 노동자가 책을 읽고 쓴다는 것은 노동자가 생각한다는 것을 의미한다. 생각하는 노동자 고니는 말한다. "이제 우리의 슬픔은 최고이다. 왜냐하면 그 슬픔이 고찰되기 때문이다." 고니가 30분씩이라도 자신을 성찰하는 모습에서 인간다움을 느낀다. 시키는 대로 흘러가는 대로 일하기보다 나는 내 업무를 기록함으로 2016년이 내게는 최고가 되었다. 窓

04 강점을 발견하는 데 더 집중을 해 주시겠어요?

신청률 100%! 뜨거운 관심이다. 교육 공동체 소통 주간을 맞이하여 상담 신청을 받았는데, 스물두 명의 보호자가 한 분도 빠짐없이 상담을 신청했다. 역시 초등학교 1학년 보호자답다. 얘기를 더 많이 듣겠다고 안내했다. 상담하기 전 나는 보호자들과 나눌 질문을 3가지 준비했다.

[나눔 질문]
질문 1. 아이가 자란 과정이나 가정 환경에 대해 제가 알아 둘 이야기가 있을까요?
질문 2. 강점 목록에서 아이의 강점이라고 생각하는 것을 말씀해 주세요. 구체적인 행동을 예로 들어 주세요.
질문 3. 올해 아이가 어떤 강점이 드러나기를 바라세요? 왜 그렇게 생각하시나요?

맞선 자리도 아닌데 설렘과 긴장 그 사이를 오가며 보호자들을 만난다. 입학식 날 아이들과 부모님들이 한데 모인 자리에서 동화도 읽어 주고, 하늘씨앗숲 반 한해살이를 담은 글을 담임 편지로 보내드렸지만, 아이를 중심에 두고 1:1로 만나는 첫 상담 자리는 아무리 경력이 쌓여도 도무지 익숙한 기분이 들지 않는다.

오늘은 눈도, 얼굴도, 머리통도 동글동글한 정원이 어머님이 첫 순서로 오기로 했다. 살짝 열어 놓은 문으로 조심스러운 눈인사와 함께 정원 어머님이 들어온다. 나는 자리에서 일어나 어머님이 앉을 자리를 가리킨 뒤 어머님과 눈을 맞추며 자리에 앉았다. 사소한 인사를 주고받은 뒤 질문을 드리겠다고 했다. 첫 번째 질문의 답이 생각보다 빨리 끝났다. 두 번째 질문을 나누며 강점 표를 건네 드리는데 어머님 손이 잘게 떨린다. 받자마자 고개를 숙이고 강점 표를 들여다보며 어머님은 다 들리게 혼잣말을 한다.

"어, 우리 정원이 강점. 뭐가 있지? 리더십도 부족한 것 같고, 자신감도 떨어지고, 아이가 걱정이 너무 많아서."

정원이 어머님이 고개를 든다. 나는 고개를 비스듬히 내리면서 옅게 웃으며 말한다.

"정원이 강점이요. 강점을 발견하는 데 더 집중을 해 주시겠어요?"

"아, 강점이요. 정원이⋯. 음⋯. 경청을 잘하는 것 같아요. 꼼꼼해요. 아, 책임감도 강한 것 같고, 성실하고 세심해요. 뭘 만들고 그리는 것도 좋아해요." 공기를 불어 넣은 풍선이 훅 차오르듯 고개를 든 어머님은 가볍고 밝은 기운으로, "와, 선생님, 이렇게 보니까 생각보다 우리 아이가 강점이 많네요?" 하고 말한다. 어머님의 눈과 입에 흐르는 웃음이 내 것과 만난다. 아이가 지닌 아름다운 선물을 발견한 부모의 얼굴이 저토록 빛나는구나!

로버트 윅스는 우리가 다른 사람을 위해 할 수 있는 가장 위대한 일 중 하나가 그가 스스로 자신을 좋아하고 즐거워하는 법을 터득하게 하는 것이라고 했다. 아이들이 저마다 내면에 받은 선물을 발견하고 아름다운 자신을 좋아하면 얼마나 좋을까? 부모와 교사가 한마음으로 아이의 아름다움을 기뻐해 주면 얼마나 좋을까? 바로 지금, 우리가 만나 위대한 일을 시작했다는 느낌이 들었다.

순간 내 기억은 입학식 다음 날 반달 같은 눈썹에 한껏 걱정을 매단 채로 내게 온 정원이를 빠르게 찾아낸다.

"선생님, 복도에서 걸어 다니라고 하셨는데 제가 화장실에 다녀오면서 뛰고 말았어요. 어떻게 하죠?" 나는 속으로 웃음이 터졌지만, 다독이는 목소리로 말했다.

"괜찮아. 다음에 안 뛰면 되지." 표정이 풀어진 아이는 기분 좋게 자리로 돌아갔다. 그게 시작이었다. 정원이는 쉬는 시간마다 나를 찾아왔다.

"뛰었는데 어떻게 하죠?"

"신발 갈아 신을 때 발을 바닥에 댔는데 어떻게 하죠?"

"쉬는 시간에 손 씻으러 가도 돼요?"

"지금 물 마시러 가도 돼요?" 나는 '괜찮아' 선생님이 된 것처럼 괜찮다고 말했다.

최근에는 내게 와서 "선생님, 선생님이 틀려도 괜찮다고 했지요?"라고 세 번이나 묻길래 정원이에게 질문을 던졌다.

"정원아, 틀릴까 봐 걱정돼?" 고개를 끄덕인다.

"이리 와 봐." 나는 정원이 어깨 손을 얹고 살짝 내 쪽으로 당기며 말했다.

"아, 잘하고 싶은데 잘 못할까 봐 걱정되는구나. 괜찮아, 잘 못하면 다시 하면 돼."

'같은 말을 100번 친절하게 말할 수 있다면 1학년 담임, 어렵지 않아요…'라고 동료 교사들과 우스갯소리를 한다. 그래도 내가 뭘 놓친 건가? 싶다. 정원이에게 필요한 게 뭘까? 나는 엘리자베스 와겔리의 《우리 아이 속마음》을 뒤적이며 지혜를 구한다. 딱 잘라 말하기 어렵지만, 정원이는 개혁주의 성향을 보이는 아이일지 모르겠다. 이 성향을 보이는 아이는 자신의 결점을 잘 찾아내고, 자신이 예의 바르게 행동하고 있는지, 규칙과 약속을 어기면 어쩌나 신경 쓰며 스트레스를 받는다고 한다. 정원이 행동과 상당 부분 겹친다. 이 아이들에게는 모든 일에 자존감을 북돋아 주는 말을 해 주면 좋다는 문장에 밑줄을 그어 뒀다.

"선생님…?" 정원 어머님의 부름에 나는 현실로 돌아온다. 나는 내 기억과 이해를 어머님과 나눴다. 잘 해내려고 지나치게 노력하기 때문에 어려움을 겪는 정원이에게 공감하며 어머님과 나는 한 겹 더 이어진다.

"어머님, 정원이가 기준이 높아서 여럿이 생활하는 학교에서 지내기가 쉽지 않겠어요. 잘하려고 애쓰고 있으니까 더 잘하라고 말씀하지 않으셔도 돼요. 오늘 어머님이 발견하신 강점이 학교에서 보이면 정원이 기운을 북돋아 줄게요. 가정에서도 강점이 보일 때마다 많이 격려해 주세요." 어머님은 몇 번이고 고맙다고 말씀하신다. 다음 순서인 찬규 어머님이 빼죽 고개를 복도 창으로 내미신다. 나랑 눈이 마주치자 황급히 몸을 숨기신다. 시간이 다 됐다. 나는 정원이 어머님과 마무리 인사를 나누며 자리에서 일어선다. 이번 순서부터는 질문을 2개만 해야겠다. 새로운 긴장이 올라온다. 鹽

05 교사로서 내가 지닌 고유성은 무엇일까?

"학교는 얼음 틀이야. 우리를 다 같은 모양으로 찍어 내잖아." 하고 폼을 잡으며 친구에게 말하긴 했지만, 솔직히 나는 학교를 좋아했다. 심지어 학교를 졸업하고 20년이 지난 지금도 교사로서 학교에 남았다. 과연 무엇이 나를 여기까지 이끌었을까? 파커 J. 파머는 《가르칠 수 있는 용기》에서 우리를 교직으로 밀어붙인 일부 힘들을 재검토해 봄으로써 교사로서 가르침의 용기를 북돋을 수 있다고 말한다. 용기를 일으키는 구체적인 방법으로 '내게 영감을 준 스승과의 만남'을 돌아보라고 제안한다. 나에게 영감을 준 선생님들을 곰곰이 되짚어 본다.

나는 우리 집 얘기가 부끄러웠다. 엄마가 혼자 벌어 우리 남매를 키우고 있다는 사실을 들키고 싶지 않았다. 그런 내가 학교 선생님으로는 처음으로 가난한 사정을 솔직히 털어놓았던

분은 이전에 쓴 글에도 등장하는 6학년 담임 박경란 선생님이었다. 선생님이라면 나를 그대로 받아 주리라는 믿음으로 용기 내 다가갔을 때 선생님은 나를 따듯하게 대해 주셨다. 선생님이 가르치는 방식도 좋았다. 태어나 처음으로 리트머스종이로 산과 염기를 구분하는 실험을 하고 보고서를 썼다. 선생님이 나눠준 리트머스종이가 얼마나 신기했는지 하다 하다 요강에도 (아, 나는 옛날 사람) 종이를 담가 보며 호기심을 채웠다. 사회 시간에는 세계 지리를 배웠는데, 둘씩 짝을 지어 전지에 정리해 발표하는 수업을 공들여 준비했다. 여름방학 때 보내 주신 엽서 속 풍선 그림과 반듯한 글씨는 여전히 내 기억에 사진처럼 박혀 있다. 학예 발표 때는 친한 친구들과 패션쇼를 곁들인 연극을 한다며 엉망진창이나마 대본을 쓰기도 했다. 선생님은 평소 아침마다 교사 책상에 앉자마자 눈을 감고 잠잠히 기도하셨고, 크지 않은 다정한 목소리로 우리에게 말을 건네셨다. 한번은 남자애들과 싸우고 홧김에 친구들과 무리를 지어 학교를 나간 적이 있다. 그날은 하필 졸업앨범에 넣을 학급 사진을 찍는 날이었다. 교실 친구들마저 철모르고 장난을 해서 선생님이 결국 복도에 나가 창밖을 보며 우셨다고 한다. 방과 후 그 얘기를 친구에게 전해 들은 무단 외출자들은 원인 제공자인 남학생들과 한데 모여 교실 앞 복도에 무릎 꿇고 선생님께 용서를 구했다. 어처구니없는 얼굴로 웃으며 우리를 일으키신 선생님을 보면서 나는 교사가 되기를 꿈꿨다.

신발코가 돼지코처럼 눌린 구두를 신고, 검정 뿔테를 쓰신 서기남 선생님은 중학교 도덕을 가르치셨다. 그분은 우리에게 지식만 밀어 넣지 않으셨다. 그분의 평가는 매우 특별했다. 선생님이 손 글씨로 쓴 시험지에 1번부터 18번까지 선택형, 단답형 문제가 나온다. 수업을 잘 듣고 교과서를 잘 보면 충분히 다 맞힐 수 있는 문제였다. 하지만 문제는 19, 20번! 선생님은 일상이나 영화, 기사 들에 도덕적 갈등이 생긴 이야기를 제시하여 자기 생각을 밝혀 쓰는 문제를 내셨다. 교과서에도 없고, 수업 시간에 다루지도 않는 내용이었다. 아이들은 누구도 도덕 100점은 못 맞을 테니, 객관식 문제라도 다 맞고 봐야 한다고 생각하고 시험을 쳤다. 로버트 드 니로와 제레미 아이언스 주연의 영화 《미션, The Mission》(1986)의 줄거리를 제시하고, 두 신부 중 나라면 누구의 입장을 선택하겠냐는 질문을 아직도 잊을 수 없다. 그때 나는 앞으로 겪을 수 있는 딜레마 상황에 대해 내 생각을 주장해서 쓰는 게 어쩐지 떨리면서도 기분 좋았다. 시험을 마치고 친구들과 돌아가는 버스 안에서는 늘 도덕 시험 문제 얘기가 나왔고, 서로들 어떻게 답했는지 이야기 나누기 바빴다. 정답이 없기에 서로의 주장을 들어 보는 일이 즐거웠다. 몇 년이 지나 선생님과 식사할 기회가 있었는데 고맙게도 선생님은 내게 "혜영아, 나는 네 답안이 좋았어."라고 말씀해 주셨다. 방학 숙제도 내주셨다. 적성검사 단체를 찾아가 검사를 하라 하셨고, 환경오염에 관한 보고서를 과제로 내주시기도 했다. 단짝 친구와 낯선 곳에 버스를 타고 가기도 하고, 도서관에 가서 자료를 뒤적이며 정리하기도 했다. 그렇게 공부하는 내 스스로가 어쩐지 뿌듯했다.

무척 싫었던 선생님도 떠오른다. 수학 교사 이○○ 선생님은 애들이 설명을 듣고도 '멍'하면 분필을 내려놓으며 말했다. "얘들아, 아침에 쓰레기 차 오면 나가지 마라." 지루함에 졸던 우리는 '응? 쓰레기 차? 왜?' 하며 눈에 생기를 보였다. 선생님은 "늬들도 데려갈지 모르니까. 조심해라." 하고 말했다. 이 말을 한 번도 아니고 몇 차례나 했다. 선생님이 싫었던 만큼 수학과는 더 멀어졌다. 학창 시절 공부하다가 졸리면 흐르는 강물을 손그릇에 담아 눈에 쏟아 넣으며 공부했다는 김○○ 선생님도 첫 사회 시간에 잊지 못할 인상을 남겼다. 버릇없이 구는 한 친구를 조용한 손짓으로 나오라고 했다. 배시시

웃으며 나간 학생에게 "엎드려뻗쳐."하는 소리가 하도 조곤
조곤해서 뭔가 어색하기도 하고 웃음이 나기도 했다. 그 친구
는 장난인 줄 알고 엎드렸는데, 선생님은 학생을 발로 찼다!
넘어진 친구에게 "다시!"를 몇 번인가 되풀이했다. 순식간에
교실에는 두려운 공기가 차올랐다. 내게 휘두른 폭력이 아닌
데도 나는 떨었다. 싫은 마음을 드러내지도 못하고 당하기만
했던 어린 시절이었다.

　이 경험은 왜 내게 남아 글이 되었을까? 이 경험은 교사로서
갖는 자아의식에 어떤 실마리를 주는지 위에 쓴 글에 머물러
본다. 내 삶에 있어 '안전한 공간'은 중요한 키워드다. 나를 드
러낼 수 있는 안전한 공간, 심리적인 안정감은 어떻게 만들어
지는 걸까? 내 가난을 드러내도 괜찮을 거라는 믿음은 어디에
서 온 걸까? 박경란 선생님은 '우리를 사랑한다'라는 믿음을
줬다. 특별히 사랑한다고 하신 건 아니지만, 아침마다 기도로
하루를 여시고, 자신의 일상을 들려주고, 따뜻하게 눈을 맞추
며 웃어 주셨다. 진심으로 뉘우치는 우리를 기꺼이 용서하셨
다. 나는 선생님의 사랑을 믿었다. 사랑한다는 믿음과 믿음의
증거가 쌓이는 경험이 내면에 안정감을 줬다.

　선생님들은 우리를 어린애가 아닌 연구자, 예술가, 철학자

인 양 공부할 기회를 주셨다. 학생은 배움의 과정에서 사회생활에 필요한 지식과 지혜를 배우기도 하지만, 이미 온전한 존재로서 내면의 지혜를 가진 존재이기도 하다. 한 인격으로 존중하고, 그 능력을 펼칠 기회를 줄 때 학생들은 자율성을 드러내며 저마다 다양한 자신의 목소리를 낼 수 있다. 문득 돌아보니 이런 가치들이 우리 반 이름에 자연스레 담겼나 보다. 우리 반은 '하늘씨앗숲' 반이다. 나는 아이들 한 명, 한 명이 소중함과 가능성 지닌 하늘씨앗이라고 생각한다. 그 아이들이 저마다 저답게 꽃피우기를 바라고, 우리가 함께 지내는 동안 숲처럼 어우러지기를 바라는 꿈을 꾼다.

불쾌하고 두려운 기억을 남긴 선생님들이 건네는 메시지는 뭘까? 나는 지난 십 년 동안 평화 교육, 비폭력 대화, 회복적 생활 교육, 갈등 중재, 로고테라피(의미 요법)들에 끌렸다. 내 안에 인간을 함부로 대하는 이들에 맞서 뭔가 기여하고 싶은 마음이 있는 건 아닐까? 내가 폭력에 맞서는 방법은 공동체 안에서 연결의 언어를 익히고, 대화로 나아가는 것이다. 중학교 때 이미 내가 영화 《미션》에서 가브리엘 신부(제레미 아이언스) 입장에 선 것도 그 연장선이었으리라. 두려운 상황에서 그저 공포에 떨고 침묵하기도 하지만, 나는 평화를 일구는 사람이 되려고 꾸준히 훈련하는 중이다. 그 과정에서 나에게 가장 큰 폭력을 행사한 이가 다름 아닌 나 자신임을 깨닫기도 하고, 대화를 통해 갈등이 평화롭게 전환될 때 샘솟는 신비와 기쁨을 누리기도 한다. 학창 시절 배울 곳이라고는 학교밖에 없던 내게 학교는 좋았던 기억뿐 아니라 싫은 기억도 나를 완성하는 힘을 준 곳이었다. 그 힘으로, 그 의미로 아이들 앞에 서고 싶다. 窓

06 교직 에세이
: 홀로 함께 자라는 1인 인생학교

저는 현재 1인 인생학교 창문학교를 운영합니다. 저는 이 학교의 운영자이자, 학생이랍니다. 이 학교에 대한 아이디어는 지난 4월 저녁 산책길에 태어났습니다.

'지금까지 네 번째 아티스트 웨이[1]와 로고테라피[2] 연수 과정으로 나는 내가 하고 싶은 일을 나열해 두기만 했어. 나는 이제 내가 원하는 일이 뭔지 알아. 늘어놓은 일을 엮어 제대로 집중해서 하면 어떨까? 나, 학교 놀이할까? 하는 생각이 스쳤습니다.

저는 어릴 때부터 학교 놀이를 참 좋아했어요. 상상 속 학생들을 앞에 두고 문짝을 칠판 삼아 설명하고 실로폰 채를 마이

---

1 줄리아 카메론의 책, 창조성을 깨우는 12주간의 워크숍 과정을 담았다.
2 빅터 프랭클의 실존주의에 기반한 심리치료 방법, 환자뿐 아니라 일반인도 인간 고유의 의미를 발견하고 실현할 힘을 북돋아 준다.

크인 양 노래하고, 소리 내어 책을 읽어 주는 놀이를 좋아했어요. 그 꿈은 현실이 되어 저는 초등학교 교사가 되었고, 결혼을 하고, 남매를 낳고 키우며 정신없이 지냈어요. 그러다 어느 날 정신을 차리고 보니 교사의 꿈을 이뤘지만 가끔은 이게 다 일까? 이 길이 맞는 건가? 하는 생각이 올라왔어요. 자녀가 사춘기가 되니 어머니로서 역할이 변하면서 시간의 여유가 생겼을 때도 질문은 찾아왔어요. 처음에는 그 시간과 상황이 낯설고 허탈했어요. 그럴 때마다 저는 나름의 대답을 찾는 '나를 찾아 떠나는 여행'을 했습니다. 혼자 책을 보거나 글을 쓰며 스스로를 돌아보기도 했지만, 교육 실천 공동체나 연구 모임을 통해 성장하고 성찰하는 시간도 가지며 어머니로서, 교사로서 어떻게 살아야 할지를 궁리했습니다. 그 과정에서 저는 제 창조성을 가로막는 심리적인 문제들을 치우는 작업을 했어요. 마음에 낀 짙은 구름이 물러가니 제가 원하는 것들을 보다 선명히 만날 수 있었어요. 무엇보다 내가 배우고 익힌 것들을 삶으로 실천하는 교사가 되고 싶은 열망을 더 깊이 발견했어요. '이제는 내가 하고 싶은 공부만 모은 학교를 만들어 나를 입학생으로 받자. 단 하나뿐인 내 학교를 만들자.'라는 생각에 이르렀어요.

'2년 동안 해 보자. 5월부터 1학기가 시작되고, 10월에 2학기를 시작하자. 학기를 시작하기 전에, 또 학기를 마무리하며 1박 2일 여행을 떠나야겠어. 방학? 없어. 방학은 집중 수강 기간이 될 거야. 매월 원하는 과목을 정해 수강 신청을 하고, 시간표를 짜자. '혼자' 때로 '같이' 공부하자. 나의 교육과정을 함께 공부하는 누군가는 이 놀이에 끼었다는 걸 모를 수 있어.' 하는 상상을 하며 혼자 웃습니다. 창문학교는 저만의 창조성(고유성)이 자라는 학교가 될 것입니다. 저는 이 학교에서 저만의 교육과정을 완성하고 싶습니다. 아, 창문은 제 별칭입니다. 햇살 비추는 창문 같은 사람이 되고 싶습니다. 누군가 제 곁에 오면 따스한 창가에 앉아 내면의 힘을 경험하고 다시 일어설 힘을 얻었으면 좋겠습니다.

창문학교는 '홀로'와 '함께'를 중요하게 생각합니다. 역량을 키웠다면 홀로 머물지 않고 관계와 실습으로 나아가려고 합니다. 그동안 저도 모르는 사이에 저는 나름의 학교놀이를 하고 있었는지도 모르겠습니다. 제가 배움과 실습을 어떻게 실천해 왔는지 몇 가지 이야기를 들려드리겠습니다.

첫째, 교사로서 한참 슬럼프에 빠져 있을 때 '행복한 수업 만들기'라는 모임에 나가게 되었습니다. 당시 모임에서는 교실을 마을이라는 모의 공간으로 만들어 경제를 경험하게 하는 경제 교육 프로그램을 만드는 TF팀원을 구하고 있었어요. TF팀에 들어가 경제 관련 책을 읽으며 교실에 적용할 프로그램을 다듬고, 교실에서 적용해 보았습니다. 그 이론과 실천은 공저《교실 속 마을활동》이라는 출판물에 담았습니다. 행복한 수업 만들기 모임은 제 첫 교사 공동체 연구 모임이었어요. 학교가 다르지만 수업에 진심인 선생님들과 격주로 만났어요. 방학이면 쉼을 퍼 주는 쉼퍼줌에 참여하기도 하고요.

둘째, 회복적 생활 교육을 실천하고자 하는 혁신학교에 근무하게 됐는데, 앞서 실천하는 선배 교사의 도움으로 〈비폭력 대화를 통한 공감·소통·협동의 교실 만들기〉 배움과 실천 공동체를 운영했습니다. 이후 저는 교내·외 회복적 생활 교육 연구회 활동에 참여했습니다. 이후에도 1년간의 회복적 생활 교육 실천가 과정, 교사 신뢰 서클 등을 통해 다양한 서클을 경험하고, 진행하고 있습니다. 이 학교에서 마을교육 공동체 업무를 실천한 수기를 《업무명, 마을교육 공동체》라는 책에 담았습니다.

셋째, 행복교실 11기 1년 과정을 통해 교육에 있어 시스템의 중요성을 배웠어요. 20~30대 선생님들 속에서 40대로서 참여하는 것에 용기가 필요했지만, 교사로서 전문성을 기르는 일에 여전히 목말랐어요. 학급 운영, 수업 프로젝트, 교사

교육과정, 에니어그램 등 과정을 마쳤습니다. 저는 이 과정을 통해 개인의 역량으로 교실의 상황을 다 감당하는 것이 아니라 시스템을 만들고 생활에서 일어나는 문제를 해결하는 기법을 배웠습니다.

넷째, 책《아티스트 웨이》를 통해 홀로, 함께 창조성을 깨우는 경험을 했습니다. 줄리아 카메론의 12주 워크숍에 참여한 이후 모임을 만들어 진행했어요. 지난 3년 동안 교사, 교직원, 20~30대 청년들을 대상으로 아티스트 웨이 모임을 네 차례 했습니다. 이 책에 나오는 과제와 생활 속에서 모닝페이지, 아티스트 데이트를 한 결과를 비대면/대면으로 만나 나누었어요. 이 과정을 진행하며 앞으로 교사, 부모, 청년들의 창조성을 깨우는 일을 돕고 싶어졌습니다.

다섯째, 저는 정신과 의사이자 심리학자인 빅터 프랭클의 로고테라피를 연구하고 있습니다. 그는 나치 수용소에서 3년 반을 보내며 자신이 창안한 로고테라피 이론을 자기에게 적용하여 로고테라피의 효과를 검증했습니다. 프랭클 박사는 평생 삶의 의미를 잃고 권태와 고통에 빠진 이들을 효과적으로 도왔습니다. 저는 한국 로고테라피 연구소에서 초중고급 과정 연수를 수료했고, 매주 월요일에 로고테라피에 관심 있는 선생님들과 독서 모임과 교육 연구 모임을 1년 넘게 하고

있습니다. '사람을 어떤 존재로 여기는가? 어떻게 대할까?'라
는 것은 제 인생에서 중요한 화두인데, 저는 로고테라피의 철
학에서 많은 답을 찾았습니다.

여섯째, 그 외에도 저는 학교에서 선생님, 교직원분들과 다
양한 주제로 모인 경험이 있어요. 즐거운 경험이었고, 지금도
하고 있는 모임도 있어요. 잠시 소개하면 책으로 관계를 연결
하는 '똑똑도서관', 교직원 밴드 '레츠 비틀', 글쓰기 전문 학
습 공동체 '주간 설레잎', 체력을 키우는 '차올라 스쿨짐', 영
역 묶어 책 읽기 프로젝트 '설렘 책 읽기'입니다. "우리 한
번?"하고 누군가 제안하면 기꺼이 함께 모일 만큼 연대하려는
동료들을 만난 일은 제게 큰 복입니다.

저는 이렇게 지내온 경험을 학급과 학년에 연결하려고 노력
했어요. 2001년부터 우리 반 이름은 하늘씨앗숲입니다. 저는
아이들이 소중함과 가능성을 지닌 하늘씨앗을 품은 존재라고
생각해요. 아이들이 저마다 품은 씨앗들이 톡톡 싹을 틔우는
모습을 그려 보면 참 설렙니다. 아이들을 부를 때는 '쑥쑥이
들아!' 하고 부릅니다. 아이들 내면이 저마다 저답게 움트며
함께 지내는 동안 숲처럼 어우러지기를 바라고 있습니다. 그
동안 이런 마음으로 아이들을 만나 왔습니다. 요즘 들어 저는
그동안의 경험, 흩어져 있는 성찰의 기록을 정돈해서 저만의

교육과정을 완성하면 좋겠습니다.

2022학년도는 마을교육 공동체 담당자, 연결 교무로서 보낸 두 번의 초빙교사 생활을 마무리하는 시점이기도 하고, 만성 허리 통증을 해결하려면 운동이 필요한 시기이기도 합니다. 잠시 교실과 업무에서 벗어나 지난 20여 년의 교직 생활을 정리하고, 몸을 돌보기 위해 자율연수 휴직을 계획하고 있었습니다. 그런데 감사하게도 연구년 공문이 선물처럼 도착했네요! 그 선물을 받기에는 다소 부족함이 있겠으나 교사 1인 인생 학교를 제게 정리한 결과를 정리하면, 다른 선생님의 삶에도 도움이 되지 않을까? 그 마음과 가치를 알아주시면 좋겠다! 하는 마음으로 연구년에 지원합니다. 窓

07 연구년 addition 2
: 연구 주제에 대하여

Q. 연구년에서 수행하고 있는 연구 주제에 대해 들려주시겠어요?

올해부터 다시 시행된 경기도 교사 연구년은 공동 연구와 개인 연구를 수행하도록 하고 있습니다. 교사별 두 개의 연구를 수행하게 되는 거죠. 공동 연구는 4개 영역별 지원 교사를 6~7명씩 모아 팀을 만들어 진행해요. 공동연구팀도 개인 연구 주제가 비슷한 교사끼리 만들어지기 때문에 서로에게 도움을 많이 주고받을 수 있죠. 선생님들이 수행하고 계시는 개인 연구 주제에 대해 알려주세요.

김혜영
초등 23년 차

제 연구 주제는 '교직 생애 기록 성찰과 1인 학교 운영을 통한 교사 교육과정 연구'입니다. 아래 3가지 주제를 탐구하는 것이 목표입니다.

첫째, 1인 학교 운영과 교직 생애 기록 성찰을 통해 내 삶의 의미 발견하기 둘째, 내 삶의 의미를 실현하기 위한 교사 교육과정 정리하기 셋째, 학교 현장에 적용할 방법 찾기

저는 아이들뿐 아니라 교사들도 저마다 고유한 존재라고 생각합니다. 교사가 자기의 고유성을 발견할 때 자기답게 살 수 있고, 가르칠 수 있다고 믿습니다. 이 연구를 통해 제 교육과정을 정돈해 보고, 다른 교사들을 도울 수 있는 방법도 생각해 보고 싶습니다.

이선아
초등 24년 차

나의 개인 연구는 '교사 리더십 발현을 위한 학교 안 교사 회복 프로그램 운영'에 관한 실행 연구입니다. 오랫동안 부장 업무를 하다 보니 어쩔 수 없이 리더의 역할을 하게 되고, 그 위치에서 나와 동료 교사의 소진을 경험하고 목격하게 되었습니다. 몇 년 전부터 교사 리더십이 화두였는데 소진된 교사들이 리더십을 발휘할 수 없음이 안타깝다고 생각했고, 서로의 지지와 협력으로 전문성을 성장시키고 교사의 회복을 돕는 학교 문화에 관심을 많이 갖게 되었습니다. 실제로 이런 프로그램을 운영해 보면서 회복되는 교사의 삶은 어떻게 변하는가? 학교 문화는 어떻게 변화하며 교사는 어떤 성장을 갖는가? 연구해 보고 싶었습니다. 교사들이 학교 밖에서 개인적 힐링 프로그램이나 활동에 참여하는 것보다 학교 안 공동체가 함께 하는 것이 훨씬 많은 정서적 안전함과 회복 효과를 가질 수 있다고 생각합니다. 부디 많은 학교에서 동료 교사들과 연대하고 성장하는 회복 프로그램 하나쯤은 운영되었으면 좋겠습니다.

이현영
중등 국어 24년 차

학생들이 급변하는 사회에 능동적으로 대응하고 삶의 주인으로 당당하게 살아가기 위한 힘을 독서를 통해 키울 수 있도록 효과적인 독서 지도 방안을 모색하고 있습니다. 독서 동기 유발, 효율적인 독서 방법, 텍스트 선정, 독서와 글쓰기 등에 중점을 두고 연구를 진행하고 있습니다.

한미경
초등 20년 차

고등학교 3학년이 된 자녀의 학교생활을 보면서, 그리고 경기도교육청의 미래 교육에 대한 다양한 추측과 추론들이 교육 현장의 변화를 촉구하는 것을 보면서, 앞으로 교사가 어떻게 살아가야 할지에 대한 고민이 깊어졌습니다. 과거의 경험을 돌아봤을 때 교육의 변화는 평가를 통해 만들어 갈 수 있을 것으로 판단했습니다. 교육부와 교육청은 이미 많은 방향을 제시했지만, 그 방향들이 교육 현장에 정착되기 어려웠습니다. 정착되어 이해를 하기도 전에 새로 이해해야 하는 정책들이 쏟아지기도 했고, 이는 교사들이 변화에 적응할 여지를 주지 않았습니다. 이미 훌륭하게 변화를 이끌어가는 교사들이 많이 있습니다. 저도 부족함을 채워 앞으로 나아가야 할 방향을 탐색하고자 합니다.

교사들의 리더 함양을 위한 독서, 글쓰기를 일상에서 실천할 수 있도록 방안에 대해 고민하고 있습니다. 독서와 글쓰기는 흔들리지 않는 리더가 되기 위한 필수적인 요소로 대부분 머리로는 알고 있지만 실천하기 어려운 것 중 하나입니다. 이를 종합적으로 연결해 주는 것이 바로 책 쓰기입니다.

많은 교사가 소진되어 가고 있는 가장 큰 이유는 외적으로는 민원, 사회적 인정 부족, 타 직업과의 비교 등 다양한 요인이 있을 것입니다. 이를 토대로 내적 요인이 크게 작용합니다. 나이가 들수록 경험이 풍부하여 자신감과 자존감이 높아야 하지만 교사의 만족도 면에서도

김진수
초등 19년 차

김진수
초등 19년 차

상당히 저하된 요즘입니다. 내적 동기 부여가 결여되어, 점점 '업'이 아닌 '직'의 개념으로 교사상이 수립되고 있습니다. 이런 내적 동기와 외적 동기를 책 쓰기를 통해 채워갈 수 있다고 생각하고 선생님들과 함께 실천하고 싶습니다.

한민수
중등 국어 22년 차

개인 연구 주제는 '미래 학교에서 요구되는 교사의 소통 및 협력 역량'인데, 학교 공동체를 만들기 위해 필수적인 교사의 소통과 협력 역량 강화 방안을 탐색하는 연구입니다. 학교의 교사 리더뿐만 아니라 모든 교사의 역량 강화에 기반한 교직원 간의 공감과 상호 존중의 문화 형성 방안, 학교에서 발생하는 다양한 갈등 상황의 방지와 갈등 해결 방안, 학교 3주체 간 협력을 통한 공헌감과 소속감 형성 방안을 연구합니다.

황희경
초등 22년 차

개인 연구 주제는 'IB 교육과정 분석을 통한 교원의 미래 교육 전문성 강화 방안 연구'입니다. 그동안 혁신실천연구회에서 미래 교육을 주제로 다양한 책도 읽고 연구 활동을 진행하면서 IB 교육과정을 알게 되었는데, 평가에 대한 체계적인 관리와 높은 타당도 신뢰도를 확보한 것이 매우 인상 깊게 다가왔습니다. 그래서 IB 교육과정을 깊이 있게 들여다보고 싶었고, 무엇보다 혁신학교에서 해왔던 교육과정을 담기에도 매우 좋은 그릇이 될 수 있다고 생각하여 개인 연구의 주제로 선정하게 되었습니다.

03

소통에 진심입니다 한민수

01 교사의 보기
: 나의 가장 큰 공부는 '다른 사람'

지금까지 살면서 나의 가장 큰 관심은 항상 '사람'이었다. 나의 마음, 나의 몸, 나의 모자람과 넘침, 이런 것을 주제로 공부하고 글도 썼지만, 가장 큰 호기심의 대상은 '다른 사람'이었다.

다른 사람이 어떻게 살고, 왜 살고, 어떤 꿈을 꾸고 있는지, 그런 것들이 궁금했다. 다른 사람의 삶을 이해하면 '나란 녀석'이 어떤 사람인지도 알 수 있을 것 같았다.

어릴 때부터 TV에 나오는 '주말의 명화'에 빠진 나는 비디오 테이프를 쌓아놓고 영화를 보며 인간의 온갖 얄궂은 운명을 알게 되었고, 노랫말이 좋은 노래를 수집했다. 영어 공부도 비틀즈의 노래를 혼자 번역해서 옮겨 적어 놓고 음미하며 들었다.

10대 시절 학교라는 공간은 너무 답답하고 무섭기도 했지만, '사람 구경'을 하러 간다고 생각하니 견딜만했다. 나를 이유 없이 때린 선생님도 영화의 불쌍한 악역처럼 보였고, 이기적인 1등과 이타적인 꼴등 친구의 운명도 예측이 되니 재미있었다. 같은 반 친구 중에 늘 쾌활하고 장난을 살 치는 아이를 관찰하는 것도 신기한 일이었다. 나중에 나에게 힘든 일이 생기거나 괜히 우울할 때, 그런 친구를 떠올리면 위안이 되었다. 그 친구라면 이런 상황에도 웃으면서 잘 대처하고 가볍게 고민을 해결할 수 있을 것이라는 생각이 들어서 '나도 용기를 내볼까'라고 생각했다.

고등학교 때 가정 형편이 많이 어려워져서 멀리 이사하게 되었는데, 등굣길에 만나는 사람들과 만원 버스 안의 풍경이 새로운 구경거리가 되었다. 버스를 두 번 갈아타고 1시간 훌쩍 넘게 통학하면서 '주말의 명화'에서 봤던 어느 슬픈 운명의 소년이 바로 나라고 생각하며 그 시간을 견디기도 했다. 미래에 구원자가 나타나서 나를 구해줄 것이라는 근거 없는 기대를 하기도 했고, 그 공간에 있는 사람들 속에도 눈빛이 살아 있는 나의 모습을 영화의 한 장면처럼 머릿속으로 그려 보며 지루함을 견뎠다. 그렇게 다른 사람의 삶을 살펴보고, 훔쳐보면서 나 자신을 이해하고 응원하고 혼자 감동하기도 했다. 때로는 나의 비겁함과 찌질함을 몰래 용서할 수 있었다.

　타인을 향한 여행의 종착점은 문학이었다. 시, 소설, 수필을 읽으며 타인을 이해하는 것이 나를 이해하는 길임을 깨달았다. 고등학교 때 모의고사를 풀면서 제시문에 있는 시에 감동해서 눈물을 찔끔 흘린 적이 있다. 잠시 마음을 추스르려고 고개를 숙이고 있으니까, 감독관 선생님이 다가와서 "너 어디 아프니? 양호실 갈래?"라고 묻길래, "아니요. 시가 너무 슬퍼서요."라고 대답해서 꿀밤을 한 대 맞기도 했다.

　문학 문제집을 풀 때도 시집이나 소설집을 여는 기분으로 먼저 작품을 편하게 읽었다. 도서관에도 읽을 만한 책이 거의 없었고 책을 마음껏 살 수 있는 집안 형편도 아니었기 때문에 그랬던 것 같다. 물론 기본적으로 책이 귀했던 시절이라서, 어떤 책이든 내 호흡으로 책장을 넘기고 때로는 책을 덮고 '그들은 왜 그랬을까, 어떻게 그럴 수 있었을까?' 하면서 인생을 배워갔다.

　타인을 살펴보고 훔쳐보며 사람의 마음과 행동이 더욱 궁금해져서 국어국문학을 전공하고 국어 교사로 살고 있는지도 모르겠다.

타인은 지옥도 아니고 천국도 아니다. 나에게는 타인의 삶은 해방이었다. 약한 자아는 강해지는 방법을 자기가 택해야 스스로 납득할 수 있다. 나에게는 문학 그리고 문학적인 노래, 영화, 드라마가 공부이자 해방구였다.

요즘 아이들은 어떨까? 20세기를 살았던 나와 내 친구들보다 덜 불행할까, 덜 행복할까? 요즘은 학교에서 이런 생각을 많이 하면서 아이들을 관찰하는 재미로 살고 있다. 그런 생각을 하면 학교에 출근하는 시간이 덜 힘들고, 때로는 기대를 안고 교실 문을 열기도 한다.

요즘 아이 중에서도 교실에서 혼자 앉아 있는 아이, 친구들과 웃으면서 어울리면서도 금방 낯빛이 어두워지는 아이에게 더 관심이 간다. 그런 아이들은 보통 공부 외에 다른 것에 열중하는 모습을 보인다. 유튜브, 축구, 패션, 화장, SNS 뭐든 말이다. 내가 그랬듯이 21세기의 아이들도 저마다 해방구를 찾아 열심히 살고 있다고, 저마다의 영화를 찍고 저마다의 시와 소설을 쓰고 있다고 믿고 싶다. 약한 자아는 약한 자아를 알아보니까….

02 교사의 듣기
: 아이들의 이야기를 가만히 듣다 보면

2022년 3월, 코로나19 이후에 제대로 못 했던 모둠 활동을 다시 시작했다. 그런데 수업을 시작하고 2주 정도가 지나가자 교실에서부터 두통이 시작되었다. 새로 편집한 수업 주제 관련 영상을 보여 주고 포스트잇과 매직펜을 나눠 주고 퀴즈 프로그램을 띄워 놓고 문제를 풀고 아이들이 발표하고 손뼉을 치게 했지만 계속 머리가 아팠다.

교무실에 앉아 무엇이 모자랐나, 방법을 바꿔 볼까, 고민하는데 어느 순간 '아이들은 나를 어떻게 보고 있을까?' 하는 생각이 들었다. 아직 3월 초인데 이것저것 잔뜩 들고 와서 혼자 열 내고 있는 나의 모습이 보였다. '아이들을 위해서 모둠을 만들자'라고 생각했지만, 사실은 '나를 위한 모둠 활동'을 하고 있었다. 스스로 나는 대단한 일을 하고 있다고 믿고 싶었나 보다. 학교에서 힘든 시간을 보내고 있는 아이들을 구해야 한다고 내가 내 등을 떠밀었나 보다. 돌아보니 대학에 한 명이라도 더 보내려고 핏대를 세우고 강의만 하던 30대의 나도 '아이들을 위해서'라고 했지만, 이것도 사실은 나를 위한 수업이었다. 고3 아이들 앞에서 모두가 알지만 실천하기 어려운 것들을 잔뜩 얘기해 놓고 내 할 일을 다 했다고 생각했다.

집까지 따라온 통증과 함께 다시 생각해 본다. 경청과 협력, 존중과 배려, 미래 역량 같은 어려운 말로 아이들을 위한다고 하지 말자고. 핵심 질문, 협동 학습, 창의성, 이런 것보다 아이들의 소소한 이야기를 먼저 듣고 소통하는 것이 진정으로 '아이들을 위한 모둠 활동'이라는 생각이 들었다.

학생 중심 수업은 정돈되고 세련된 아이들의 언어가 아니라 아이들의 말을 있는 그대로 교사가 경청할 때 시작된다. 수업을 시작해도 아이들은 오늘의 급식 메뉴, 새로 산 휴대전화에 관해 수다를 떨고 교과서의 삽화 하나로 키득대는 모둠이 있다. 서로 마주 보고 앉아 있으니 할 이야기도 많다. 그런데 "조용히 하세요."라는 말만 반복하면 교사와 학생 사이에 놓인 얼음 두께만 두꺼워진다.

대신에 열심히 이야기하는 모둠 근처로 조심스럽게 가서 귀를 기울이면 어떨까? 잠시 듣다 보면 수업의 주제나 아이들에게 해 주고 싶은 말과 연결할 수 있는 재료가 있다. "와! 오늘

급식 메뉴가 대박이라 여러분 표정이 밝네요. 내가 준비한 수업 주제도 대박인데.", "혜진이가 휴대폰을 새로 사서 모둠 친구들이 축하해 주고 있는 걸 보니 쌤이 흐뭇하네요. 오늘 읽을 글에도 비슷한 내용이 있는데 궁금하죠?"

도저히 연결할 것이 없는 잡담이라도 선생님이 자신들의 이야기를 가만히 듣고 있다고 느끼면 조용히 수업 준비를 시작하거나 수다의 주제를 수업과 관련된 것으로 바꾸는 아이들도 있다. 그래서 모둠 활동을 시작하고 최소 5분은 아이들의 활동을 관찰하면서 오케스트라 지휘자가 모든 악기의 소리를 구분하듯 모둠별로 나누는 이야기를 듣고 어떻게 대응할지를 결정해야 한다.

무시할 것은 무시하고, 의미 있는 내용은 연결하거나 되돌리면 된다. "어떤 모둠의 이야기를 듣다 보니 어제 지원이가 발표한 것과 반대 의견이 많았어요. 어떤 내용이었을까요?" 혹은 "어떤 모둠이 오늘 주제와 관련해서 의미 있는 대화를 나눴는데, 모두에게 들려줄래요?"라고 교사가 반응하면 아이들도 '서로를 위한 모둠 활동'을 시작할 것이다.

그런 마음을 갖고 모둠 활동을 할 때 아이들이 서로를 바라보는 눈빛을 가까이서 보고 싶다. 여린 비가 내려도 물방울이 모여 여기저기서 여울이 흐르듯 소박하게 모둠 활동을 계속

하다 보면 아이들이 교과서도 같이 보고 볼펜도 빌려주면서 서로의 어려움에 관심을 갖게 될 것이다. 이런 모습을 행복하게 지켜보는 나를 상상하다 보니 어느새 두통이 사라졌고 '모두를 위한 모둠 활동'을 다시 시작하고 싶어졌다.

03 교사의 말하기
: 학교에서 부탁과 거절을 잘하기

비폭력 대화의 창시자 마셜 로젠버그 박사는 "우리의 모든 말은 요청이거나 감사의 표현(Please or Thank you)"이라고 말했다. 지금까지 학교에서 내가 들었던 불편한 말들, 때로는 고통을 주었던 말들 속에는 대부분 '요청의 마음'이 들어 있었을 것이다. 그 요청을 통해 어떤 욕구를 해소하고 싶은 것인지까지 인내심을 갖고 들어보고, 상대에게 나의 욕구도 말할 수 있는 관계 만들기가 필요하다. 즉 "당신의 욕구는 이건데 내 욕구는 이거니까 절충하려면 어떻게 할까?"를 논의하는 상호적 관계를 만들기 위해 노력하면 좋겠다.

이런 노력이 필요 없게 되는 사고방식이 있긴 하다. 이것은 심리학보다 돈이 힘이 세다고 믿는 경우인데, 어떤 교사가 '나는 월급을 받기 위해 수업을 하고 업무를 처리한다. 그러니 불편한 말과 행동도 참거나 무시하면 된다.'라고 굳게 믿고 있다면 어떻게 될까?

자신의 심리를 차분하게 들여다보거나 다른 사람의 말과 행동에 대해 사색하는 시간을 갖기 어렵다. 수업을 방해하며 불평하는 학생이나 담당 업무에 시비를 걸고 반대하는 동료와 마주 앉아 서로의 욕구와 가치관에 관해 대화를 나누는 대신에, 그러한 불평과 시비를 월급에 따라오는 대가로만 여긴다면 학교생활이 너무 짜증나고 우울하지 않을까? 나 역시 이런 기분으로 출근과 퇴근을 반복하기도 했다. 하지만 남는 것은 복종 뒤에 찾아오는 허탈한 분노와 희생 뒤에 차오르는 자기 연민밖에 없었다.

그들의 불평, 불만, 비난의 말을 욕구의 언어로 해석해서 그 속에 담긴 요청을 읽어내려고 노력한다면 최소한 흑화 되지 않고 인간으로서의 품위는 지킬 수 있을 것이다. 거절할 때나 거절당할 때도 마찬가지이다.

"거절한다는 것은, 상대의 행위에 대해 수용하지 않겠다는 표현이면서도 동시에 상대와의 관계는 지속하고 싶다는 의지의 표현입니다. 상대가 원하는 행위를 하지 않으면서 편안한 관계를 유지하고 싶다는 바람 자체가 어찌 보면 모순적으로 보일지도 모르겠습니다. 그러나 서로가 깊이 연결된 상태에

서는 이것이 이상적인 이야기가 아니랍니다." -《나는 왜 네 말이 힘들까》중에서, 박재연

　관계를 훼손하지 않는 거절의 마음가짐에 관한 이야기는 다시 읽어도 이상적으로 들린다. 하지만 무엇을 위한 '이상'인가가 중요하다. 학교에서 이루어지는 대화의 목적이 지식의 일방적 주입이나, 행정적 업무 처리를 위한 지시와 복종이 아니라고 믿는다면 모든 부탁과 거절의 말에는 서로에 대한 깊이 있는 이해가 동반되어야 한다.

　그러한 자세가 바로 '인격'이다. 인격을 갖춘 사람이 먼저 인격적으로 비인격적인 말과 행동에 담긴 의미를 헤아리고, 그것에 기반해서 대화를 시작해야 상호 호혜적인 관계 맺기의 가능성이 사라지지 않을 수 있다. 누군가 늑대의 울음소리를 내며 나를 괴롭힐 때 동굴 속으로 숨거나 똑같이 늑대 소리를 내며 달려드는 것이 아니라, 인격이 담긴 목소리를 들려주어서 상대방에게 나의 존재를 각인시켜 주는 것이 필요하다.

　물론 그렇게 노력했어도 최소한의 연결이 안 되는 사람도 있다. 몇 개월, 아니 몇 년을 지켜보고 참으면서 함께 일했지만 '주는 것 없이 받기만 하는 사람'이라면 그 사람과의 관계를 계속 지속할 필요는 없을 것이다. 자신의 욕구만 중요하고,

다른 사람의 욕구는 새털만큼이나 가볍게 여기는 동료 교사나 학교 관리자라면 단호하게 거절하는 말하기가 필요하다. 말하기가 부담스럽다면 글로 표현해도 좋다. 상대방을 평가하거나 비난하지 않으면서 자신의 핵심 욕구를 표현하는 것이 중요하다고 한다.

"저에게 부탁하시는 그 일이 선생님에게 어떤 의미인지는 알겠습니다. 하지만 그 일에는 제가 도움이 못 됩니다. 저에게도 중요한 일이 있어서 선생님의 부탁을 들어주는 것이 선생님께도 도움이 될 것 같지 않습니다. 잘 해결되기를 바라겠습니다."

이렇게 거절해도 상대방은 "조금이라도 도와주세요. 제가 방법을 알려드릴게요. 그렇지 않으면 저는 이 일을 할 수 없어요. 선생님밖에 부탁할 사람이 없어요."라고 다시 부탁할 수 있다. 상대의 죄책감, 수치심, 두려움을 자극하는 방식이다.

나의 욕구를 충분히 전달했는데도, 이런 부탁을 계속한다면 그것은 강요라고 할 수밖에 없다. 또한 이것은 그 사람에게 내가 진정으로 소중한 사람이 아니라는 증거이기도 하다. 그런 생각이 든다면 그 사람과의 관계를 단절할 순간이 온 것이다. 어렵지만 반드시 해야 할 거절이라면 최대한 슬기롭게 하고 싶다.

04 교사의 쓰기
: 학교의 메신저 글쓰기를 성찰함

관계 맺기의 심리학에 관한 책은 많이 있지만, 권수영의 《관계에도 거리두기가 필요합니다》는 무엇보다 마르틴 부버의 '나와 너' 사상으로 이야기를 시작하는 점이 좋았다. 상대방을 겉모습이나 단순한 행동을 가지고 판단하면 '나와 그것'의 관계로 전락하지만, 그 사람의 고유성을 인정하고 내면을 보려고 노력하면 '나와 너'의 관계로 발전할 수 있다고 한다.

진정한 관계 맺기를 위해서 이 책은 무엇보다 '판단 중지'를 강조한다. 예전에 비폭력 대화 연수를 들으면서 비슷한 내용을 배우기도 했지만, 이 책은 철학과 문학의 언어로 판단 중지, 즉 자신의 과거 경험으로부터 거리를 두고 타인을 만나야 하는 이유를 차근차근 서술한다.

"사람은 누구나 그 속이 복잡하다. 오랜 시간 다른 시간을 살아온 나에게 너는 단순히 나의 과거 경험을 바탕으로는 전혀 알 수 없는 신비한 존재임을 명심해야 한다. 그 속을 알 수 없는 신비스러운 존재라서 너는 늘 오묘한 세계다. 마치 눈앞에 광대하게 펼쳐지는 대자연처럼 겸허하게 다가가야 한다. 우리의 과거 경험으로 쉽게 판단하는 순간 그 끝을 알 수 없는 신비는 허무하게 무너져 내린다." -《관계에도 거리두기가 필요합니다》 중에서, 권수영

이 구절을 읽으니 학교에서 수업 공개 업무를 하며 선생님들께 메신저로 메시지를 보냈던 경험이 떠올랐다. 자율 장학을 위한 수업 공개 주간이 끝나고 수업 참관록을 제출하지 않는 선생님들에게 매해 비슷한 내용으로 메시지를 보냈었다. "선생님, 많이 바쁘시지요? 수업 참관록을 내일까지 간단하게라도 제출해 주시면 감사하겠습니다."라고 독촉했다.

지금 생각해 보니 나 역시 과거의 경험을 바탕으로 수업 참관록을 보내지 않은 이유를 단정해서 편하게 메시지를 보냈던 것 같다. 내가 보낸 메시지를 받은 분들은 모두 졸지에 '조금 바쁘다는 이유로 간단하게라도 수업 참관록을 제때 제출하지 않은 교사'가 되어 버렸다. 저마다 사정이 있고 수업 참관에 관한 생각이 다른 각각의 '너'인데, 모두 같은 이유를 가

진 '그것'으로 쉽게 판단했다. 이런 겸허하지 않은 자세 때문에, 계속 참관록을 제출하지 않은 분도 있지 않았을까?

그래서 이 책은 '너라는 존재 안에 감춰진 신비를 겸허히 인정하지 못한다면, 누구든지 심지어는 가장 가깝게 느끼는 부모와 자녀 사이라도 폭력과 갈등의 대화를 이어갈 수밖에 없다.'라고 설명한다. 또한 직장에서 만나는 사람과 갈등이 생기는 이유에 관해서도 아래와 같이 서술한다.

"가족이나 직장 동료들에게 자꾸 화가 치밀어 오르고 이상하게도 못된 사람처럼 보이는 이유가 있다. 그들을 향해서는 남들보다 더 큰 욕구가 자리 잡고 있다. 존중받고 싶고, 인정받고 싶고, 사랑받고 싶은 욕구가 크다. 그런 욕구가 좌절되면 자동 반사적으로 상대방을 향해 분풀이를 하게 될 수도 있다. 상대방 때문이라고 판단해 퍼붓기도 하지만, 결국 자신의 과거 경험 때문일 때가 대부분이다. 그래서 자신의 과거 경험과 지금 여기의 경험 사이에 적절한 거리두기가 필요할지 모른다." - 《관계에도 거리두기가 필요합니다》 중에서, 권수영

그랬다. 학교 업무나 수업을 하면서 나 역시 모두에게 존중받고 인정받고 싶었다. 그런 욕구를 이루기 위해 남들보다 더

열심히 노력한다고 자부하면서 겸허함을 잃었고, 나를 무시하고 비난하는 사람을 모두 같은 부류로 여기면서 한 명 한 명을 신비함을 지닌 존재로 대하지 않았다.

특히 직장에서 업무로 다른 사람을 만날 때 의식적으로 과거의 경험을 잠시 괄호 속에 집어넣는 판단 중지 능력이 소통과 협력 역량을 기르는 데 매우 중요함을 새삼 느꼈다. 지금여기 내 앞에 있는 한 사람을 제대로 관찰하고 조심스럽게 대화를 시작하는 신중함을 잃지 않기 위해 노력하면 좋겠다.

05 교사의 소통
: 자신의 과거를 다시 사는 사람, 타인의 미래를 먼저 사는 사람

자신의 과거를 다시 사는 사람과 타인의 미래를 먼저 사는 사람이 있다. 두 사람의 차이를 만든 것은 무엇이고, 그 차이는 세상을 어떻게 변화시킬까?

"자기 자신과 상대를 모두 모르는 사람은 지금 나누고 있는 대화도, 감정도 새로운 것으로 받아들이지 않는다. 현재의 체험이 과거의 재현에 불과하다는 말이다. 그런 사람에게 있어 현재의 하루는 마치 과거의 영상을 다시 보고 있는 것과 같다. 사회적으로는 살아 있지만 심리적으로는 죽은 상태나 다름없다." -《나는 왜 소통이 어려운가》 중에서, 가토 다이조

가토 다이조는 《나는 왜 소통이 어려운가》에서 '자신의 과거를 반복하는 사람'의 문제점을 이렇게 지적했다. 과거의 영

광이나 상처에 집착하는 사람은 자기 자신과 상대를 모두 모르는 사람이 된다고 한다.

그 결과 자신은 물론이고 타인의 내면에 무관심하기 때문에 소통할 줄 모르는 사람이 된다. 타인에 대한 과잉 의존, 과잉 반응도 마찬가지이다. 남이 하는 말을 흘려듣지 못하고 그것에 집착하거나 화를 내는 경우도, 예전 자기 경험에 비추어 섣부르게 판단해서다.

이런 부정적인 반응을 피하기 위해서 가토 다이조는 타인과의 심리적 거리에 따라 말의 의미가 달라진다는 것을 알고 다르게 받아들이라고 충고한다. 상대의 입장에서 현재 자신이 어느 위치에 있는지를 생각하고, 거기에 걸맞게 말씨와 태도도 달라져야 한다는 것이다.

예를 들어 "살을 조금만 더 빼면 좋겠는데요."라는 같은 말도 친한 직장 동료가 한 말과 미용실의 미용사가 한 말을 다르게 받아들여야 한다. 당연한 말 같지만, 심리적 거리에 감각이 없는 사람은 두 사람의 말에 똑같이 반응할 수 있다. 무례하다고 화를 내거나 앙심을 품는 것이다.

어릴 때부터 타인이면 누구나 똑같은 타인이지 다양한 타인이 없었던 사람은 이런 획일적인 반응을 보이기 쉽다. 반대로 자신의 과거 경험보다는 지금 앞에 있는 타인과의 심리적 거리를 기준으로 타인의 말을 받아들인다면 소통을 잘할 수 있다. 친한 동료에게는 "살을 더 빼면 스타일이 살겠죠. 걱정해 줘서 고마워요."라고 응답하고, 미용사에게는 "그렇죠?" 하고 흘려듣고 잊어버리면 된다.

　나도 예전에 같은 학교 선생님들께 여러 가지 어려움을 토로하고 의견을 들으려고 노력했다. 그렇게 하는 것이 동료성을 만드는 빠른 방법이라고 생각해서다. 하지만 조언을 듣고 만족한 경우는 많지 않았다. 때로는 상대방이 건성으로 듣는 것 같아 실망하기도 했다.

　이 역시 타인에 대한 무관심이 가져온 결과이다. 타인과의 소통에서 자기 노출이 반드시 필요한 것도 아니고 노출의 정도도 상대방과의 심리적 거리에 따라 적절하게 조정해야 하는데, 고민을 털어놓았을 때 공감을 받고 적절한 조언을 얻었던 과거의 경험이 높은 벽이 되어 타인을 제대로 보지 못하게 했다.

　우리는 심리적 거리가 가까운 사람일수록 상대방을 잘 안다고 여긴다. 나도 동료 교사나 아이들과 소통할 때 예전에 만났던 비슷한 유형의 사람을 떠올리고 비슷하게 반응하곤 했다. 나의 과거를 먼저 보았지, 나와 관계를 맺으며 달라질 수 있는 우리의 미래를 보려 하지 않았다.

박준 시인의 두 번째 시집《우리가 함께 장마를 볼 수도 있 겠습니다》에는 '타인의 미래를 먼저 사는 사람'이 많이 등장 한다. 그래서 때로는 애잔하지만 따뜻하다. '지금, 여기, 내 앞 에 있는 한 사람'에 대한 관심이 소통을 잘하는 길인 것을 다 시 느꼈다.

박준 시인은 시 '쑥국'에서 아버지의 미래를 먼저 살아보려고 노력한다. 말없이 나간 아버지를 위해 국을 끓일 준비를 하는 모습은 대화가 없어도 정말 아름다운 소통이다. 장마가 시작된 오늘, 함께 장마를 보며 타인의 미래를 먼저 살아봐도 참 좋겠 다고 생각해 본다. 세상이 많이 평온해질 것이라고 믿는다.

나이 들어 말이 어눌해진
아버지가 쑥을 뜯으러 가는 동안

나는 저녁으로
쑥과 된장을 풀어
국을 끓일 생각을 한다.

06 교직 에세이
: 조건 없는 공헌감이 주는 행복

연구년 지원 동기와 연구 주제 선정 이유

코로나19 이후 처음으로 온라인 수업을 하면서 느낀 외로움, 교실에서 모둠 활동을 할 수 없는 당혹스러움, 동료 교사와 고민을 나누기 힘든 삭막함 속에서 좌절하고 포기하고 싶은 순간도 있었다. 그래도 교사보다 아이들이 더 불안해하고 희생하고 있다는 생각으로 지난 3년 동안 참여와 소통이 있는 블렌디드 수업을 위해 연구하고, 학교에서 2년 동안 혁신업무 담당 부장을 맡아 협력적인 교사 문화와 시스템을 만들기 위해 노력해 왔다.

하지만 코로나19 전과 후의 사회와 학교 분위기는 분명히 달랐고, 예전과 다른 새로운 학습 공동체를 만들기 위해서는 교사가 더 많이 고민하고 연구해야 한다는 것을 절감했다. 그리고 겸허하게 배우는 교사가 아이들을 진정한 배움으로 안내할 수 있고, 계속 성찰하고 도전하는 교사가 아이들에게 용기를 전해줄 수 있다고 생각했다.

이런 이유로 2023년 교사 연구년에 지원하게 되었고, 지난 교직 생활을 돌아보며 충전하는 시간을 갖고 싶다. 21년 동안 담임 교사로 12년, 부장 교사로 9년을 보냈고 방학을 제외하고 3일 이상 학교를 쉰 적이 없었다. 그래서 누가 장래 희망을 물어보면 농담 반 진담 반으로 '비담임'이라고 대답하기도 했지만, 사실은 오래전부터 교사 연구년에 지원하고 싶었다. 늘 가슴속에 새겨온 "배우는 교사는 무너지지 않는다."라는 말을 실천하고 싶었다.

연구 주제는 최근 두 곳의 학교에서 5년 동안 전문적 학습 공동체, 교사 연수와 교직원 워크숍, 학교 평가를 담당했던 경험과 도 단위 교육연구회 활동, 학교 평가 모니터링 및 컨설팅 경험을 살려서 '미래 학교에서 요구되는 교사의 소통과 협력 역량'에 대해서 깊이 있게 연구하고자 한다. 위기와 기회가 공존하는 미래 사회에서는 리더 교사의 소통과 협력 역량이 바탕이 되어야 학교 공동체 구성원 간의 비전 공유와 실천, 학교 민주주의 실현, 역동적인 학교 문화 형성을 통해 학교 교육력의 질적 향상이 가능하다고 생각하기 때문이다. 또한, 인근

학교와 지역의 여러 단체와의 네트워크를 통한 공동 성장도
가능하다.

자기소개와 교직 생애 성찰

교사가 되고 처음 10년 동안은 성적이나 진학 결과, 담당 프
로그램의 참여 인원 등 눈에 보이는 성과를 위해 매해 바쁘게
살았지만, 기대가 컸던 탓인지 스스로 만족하지 못했고 주변
사람들을 탓하기도 했다. 이 과정에서 내가 만나는 사람들을
친절하게 대했지만, 그들의 고유한 모습을 보지 못하고 모두
똑같이 대하기도 했다는 반성을 하게 되었다.

2010년 지역의 교사 독서 토론 모임에 참여하게 되면서, 선
후배 교사들과의 진솔한 대화와 열띤 토론을 통해 많은 깨달
음을 얻었다. 그때부터 교사로서의 좌우명을 '조건 없는 공헌
감을 실천하면서 나와 주변을 모두 행복하게 만들자'로 정하
게 되었다.

이후 학교에서 만나는 학생, 동료 교사와 교직원 한 명 한
명을 유일무이한 존재로 존중하고, 어떤 목적을 이루기 위한
수단으로 여기지 않고 최선을 다해 도움을 주기 위해 노력해
왔다. 이것이 매우 어려운 과제임을 잘 알기에 대가를 바라지

않는 것이 중요한 것임을 시행착오를 거쳐서 알게 되었다.

이러한 고민으로 2011년에 흥덕고에 지원하게 되었다. 흥덕고에서 담임 1년과 학년 부장으로 4년을 보내면서 학교 안과 밖의 다양한 활동을 통해 배움이 즐겁고 성장이 행복한 교사로 다시 태어났다. 2016년에는 개교 2년 차, 새로운 혁신학교인 용인 삼계고에 가서 담임 1년과 혁신교육운영부장 3년을 맡아 바쁘게 보냈고, 2020년에 다시 흥덕고로 돌아와서 담임 교사로 1년, 학교혁신부장으로 2년째 일하고 있다. 이 과정에서 항상 겸허한 자세로 부족한 점을 반성하면서 진술한 자세로 동료 교사와 학생, 학부모들과 소통하기 위해 노력했다.

교육에 대한 고민과 문제의식

지금은 그 어느 때보다 교사의 도전이 필요하다. 세계적인 현상이 되고 있는 차별과 혐오, 폭력과 전쟁, 기후 위기 등을 극복하고 모든 아이가 생명과 인권의 가치가 중심이 되는 더 나은 미래를 만드는 데 참여하도록 돕는 것이 교사의 사명이라고 생각한다.

다행히 현재 근무하고 있는 학교는 코로나19 이후 온라인 수업에서 많은 선생님이 학생들의 참여를 유도하고 소통하기 위해 연구하고 사례를 나눴다. 이러한 경험을 바탕으로 교직원 토론회나 워크숍에서도 다양한 온라인 협업 도구를 활용해서 어려움을 함께 극복하기 위해 논의하는 시간을 가졌다. 이 과정을 기획하고 실행했던 담당 부장 교사로서 교사는 물론 교직원과 학생과도 좀 더 편하게 서로의 힘든 점을 이야기하고 의견을 말할 수 있는 분위기와 환경을 만들고 싶다는 바람을 계속 가지고 있었다.

그러나 교사 개인의 노력만으로 한계가 있어서 교사 간의 신뢰와 연대가 무엇보다 중요하다. 지금까지의 경험과 고민을 토대로 설정한 연구 주제인 '교사 간의 소통과 협력 역량' 강화 방안이 교사의 자발성을 끌어내기 위한 중요한 이론적 모색이 되고, 실제 학교 현장에서 활용되는 프로그램도 될 것이라 기대한다. 또한, 경기 교육의 비전과 실천 과제를 반영하면서 교육청, 학교 단위에서 실천할 수 있는 과제를 제안할 수 있도록 노력할 것이다.

내가 먼저 마음을 열고 상대방을 진심으로 대하면 누구와도 소통하고 협력할 수 있다고 믿으면서 교사 연구년을 알차게 보낸 후, 끊임없이 연구하는 실천가가 되어 동료 교직원과 학생, 학부모, 지역 사회에 희망의 씨앗을 전하고 싶다.

07 연구년 addition 3
: 공동연구는 어떻게?

Q. 선생님들과 함께 진행한 공동연구는?

2023 경기 교사 연구년제는 그동안 오래 중단되었다가 다시 시작된 만큼 운영 내용에 대한 정보가 많이 없었습니다. 그래서 대부분 선생님이 공동연구가 진행되는지 전혀 알 수 없었지요. 이렇게 시작된 공동연구에 관한 생각들이 서로 다르겠지만, 우리 7명의 선생님은 공동연구에 어떤 생각들을 갖고 있는지 들어 볼까요?

김혜영
초등 23년 차

공동연구팀을 교육청에서 조직해 준다는 계획을 보고 설렜습니다. 섬처럼 개인 연구를 수행하는 것보다는 공동체가 꾸려지면 힘이 날 거라고 여겼기 때문입니다. 올해 만난 6명의 선생님은 다들 학교 현장에서 리더 경험이 풍부하고, 서로의 이야기에 경청하고, 소통하는 역량이 크신 분들입니다. 만날 때마다 많이 배웠고, 함께하는 즐거움을 누렸습니다.

이선아
초등 24년 차

처음에는 공동연구까지 해야 한다는 부담감과 부정적인 감정이 있었습니다. 실적을 채우기 위한 형식적인 연구라고 생각하고 소극적이고 최소한의 성의만 보이면 된다고 생각하였습니다. 그런데 연구년에 뽑힌 능력 있는 선생님들을 연구팀으로 만나 보니 서로 배우고 공유하는 것들도 많고 공감대도 잘 형성되어 만남 자체가 설레기까지 했습니다. 지금은 우열을 가리기 힘들 정도로 공동연구에 마음을 다하고 있는데, 함께하니까 힘든지 모르고 즐겁게 하고 있습니다. 특히 글쓰기는 도전해 보고 싶은 주제이자 관심 분야인데 실제로 해보니 교직 생활의 새로운 장을 얻은 느낌입니다.

한미경
초등 20년 차

연구년은 개인 연구가 중심이니, 공동연구는 모둠 과제와 같을 것으로 생각했습니다. 하지만 공동연구를 위해 구성된 네트워크는 다양한 교사들을 깊이 있게 만날 수 있는 창구가 되었습니다. 학교에서는 예의와 존중이라는 명목으로 조심스러웠던 토론도, 교육과정이라는 틀에 갇혀 도전하지 못했던 새로운 영역 활동도 가능했습니다. 연구년에 지원할 정도라면 일정 정도 이상의 경력과 연구력을 지닌 교사들이어서 유머와 깊이가 있는 대화가 오가며, 이것이 연구로 바로 이어지는 것도 멋있는 경험이 되었답니다.

김진수
초등 19년 차

첫 모임에서 글쓰기 관련 내용으로 의견이 모였을 때 내심 반가웠습니다. 각자의 이야기를 들으면서 자신만의 키워드를 분명히 가지고 있음을 알게 되었고, 이를 글로 풀어내어 책으로 만들면 좋겠다고 생각하게 되었습니다. 선생님들과 함께 글을 쓰고, 이야기를 나누면서 교육철학을 함께 알아갈 수 있었고, 이것을 책으로 엮으면 많은 분께 힘과 용기가 되는 메시지가 될 것이라는 확신이 들어서 출간으로까지 이어질 수 있었습니다. 《교육에 진심입니다》 제목에 알맞게 교육에 진심인 7명의 선생님이 모였습니다. 공동연구 기간 함께 고민하고, 고민을 해결하며, 나누는 과정에 또 다른 교육의 힘을 보았습니다. 공동 연구 보고서와 이 책 속에 고이 녹여질 고민이 고민에서만 끝나는 것이 아닌 새로운 시작임을 알 수 있었습니다.

한민수
중등 국어 22년 차

'교사의 글쓰기'라는 주제를 정해 각자 교사 생활을 소재로 글을 쓰고 관련 이론을 함께 공부하는 과정이 매우 재미있고 유익했습니다. 개인 연구 주제인 교사의 소통과 협력 역량을 이미 체화하고 있는 분임 선생님들께 많이 배우고 지지를 받아서 1년 내내 행복했습니다. 그래서 개인 연구가 농사짓기라면 공동연구는 화원 가꾸기라고 느꼈답니다.

황희경
초등 22년 차

처음에는 개인 연구만 하는 줄 알고 있다가 난데없이 공동연구도 진행된다고 해서 매우 부담스러웠습니다. 이렇게 부정적인 마음으로 시작하였지만, 공동연구 선생님들과 함께 이야기하고 연구하면서 공동연구뿐만 아니라 개인 연구도 무르익으며 깊어지는 경험을 하고 있습니다. 아마 공동연구가 없었다면 게으른 저는 아직 개인 연구도 방향을 못 잡고 지지부진해지고 있었을 거예요. 지금은 혼자 하는 개인 연구보다 훨씬 많은 경험과 배움을 쌓을 수 있는 공동연구가 꼭 필요하다고 생각하고 있습니다.

이현영
중등 국어 24년 차

함께 의견을 나누며 연구를 진행하니 아이디어도 풍성하고 활력도 넘쳐 연구가 즐겁게 느껴졌습니다. 무엇보다 함께 글을 쓰고 공유했던 활동이 의미 있었고, 공동의 목표를 설정하고 수행하는 과정에서 많은 것을 배우고 느낄 수 있었습니다.

04

국어 수업에 진심입니다 이현영

01 글에 대한 단상

국어 교사로 많은 글을 읽고 학생들의 글쓰기를 지도했지만 정작 나에게 '글'은 어떤 의미를 지니고 있는지 깊이 생각해 보지 못했다. 교사 연구년을 통해 만난 선생님들과 글쓰기란 주제로 연구를 하며 나의 삶과 글쓰기에 대해 두서없이 생각해 본다.

나의 글쓰기를 돌아보다

남에게 보여 주는 글을 쓰라면 마음이 열리는 데 꽤 시간이 걸리고 한 문장을 완성하기까지 쓰고 지우기를 수없이 반복한다. 그렇다고 나만 보는 글이라고 쉽게 써지는 것은 아니다. 글이 마음을 따라가기 벅찰 때가 많기 때문이다.

마음을 울리는 시를 보면 설레는 마음에 덩달아 나도 시인이 될 수 있을 것 같은 착각에 펜을 들곤 한다. 여러 문장을 나열하다 결국 마음에 드는 표현을 찾지 못해 펜을 놓는다. 하지만 시인을 꿈꾸는 자체가 설레기에 또 다시 시를 읽고 시를 써 본다.

때론 소설을 쓰는 사람들이 부럽기도 하다. 나는 내가 소설의 방대한 스케일과 긴 흐름을 감히 따라갈 수 없음을 애초부터 알고 있다. 또한, 내가 사는 세계를 하나의 스토리로 엮기에는 삶에 대한 나의 인식이 깊지 못해 금방 한계를 드러낼 것이 뻔하다.

문학 작품 같은 위대한 글은 쓰지는 못해도 나도 끊임없이 글을 쓰고 있긴 하다. 학교에서 수업을 하고 일을 하기 위해 늘상 어떠한 글인가는 쓰고 있다. 수업을 위해 글의 내용도 요약하고 예시문도 만들고, 업무와 관련된 문서도 만들고, 동료 교사들과의 소통을 위해 메시지도 쓴다. 이런 글을 쓰는 동안에는 되도록 나의 생각과 말투를 그대로 드러내지 않고 일정한 틀에 맞춰 쓰려고 노력한다.

나 개인을 위해서도 글을 쓴다. 감당하기 힘든 상황이나 감정에서 빠져나오고 싶을 때 몸부림하듯 글을 써 댄다. 누군가에게도 드러내고 싶지 않은 감정에 휩싸였을 때 그 감정을 있는 그대로 글로 쓰다 보면 마음이 진정되고 때론 차분히 다시 생각해 볼 여유도 갖게 된다.

감동을 주는 장면이나 사람, 사건을 만났을 때도 글이 쓰고 싶다. 글로 쓰며 자세히 되새겨 보는 시간이 좋다. 글을 쓰는 동안 아름답고 진실된 감동이 나에게 전해지는 느낌을 받는다. 좋은 것은 글로 남겨 두고 오래도록 기억하고 싶다.

책을 읽은 후 의식적으로 글을 쓰기도 한다. 책에서 얻은 감동과 깨달음이 날아가기 전 글로 붙잡아 두고 싶다. 책에 대한 생각과 느낌을 글로 정리하다 보면 책에 숨겨진 깊은 내용까지도 보게 되고 나 자신을 진지하게 바라보게도 된다. 읽은 책이 한 권씩 늘어가는 책꽂이를 흐뭇하게 바라보듯이 독서 기록이 쌓이는 것을 나의 성장처럼 바라본다. 독서 기록은 독서에 대한 애착을 증가시킨다.

글쓰기에 대한 기억과 소망을 찾아보다

말보다 글이 편한 때가 있었다. 시골 중학교에서 수원에 있는 고등학교로 입학했을 때 마음은 늘 고향에 가 있었다. 처음 몇 달은 친구들을 만나러 주말이면 시골집으로 내려가기 바빴다. 정겨운 고향 생활과 허물없이 지내던 친구들에 대한 그리움을 글로 달래며 지나온 날들을 그리워했다. 낯선 생활에 대한 거부감은 없었지만 새로운 환경에 빨리 적응하기 위해 애써 노력하지는 않았다. 주어진 환경에 순응하며 새로운 생활의 질서를 묵묵히 따라갔다.

나에게는 든든한 고향 친구들이 있다는 생각에 학급 친구들에게는 굳이 마음의 문을 열려 하지 않았다. 친구들과 이야기하는 대신 조용히 앉아 생각하거나 끄적끄적 글로 나의 마음을 적었다. 온종일 말을 하지 않아도 불편한지 몰랐고, 말하지 않고 있다는 사실 또한 의식하지 못했다.

친구들이 끊임없이 쏟아내는 이야기를 들으며 친구들과 어울려 있을 때도 유독 나만 한마디도 하지 않고 있다는 사실을 자각하지 못하고 있다가 친구의 일깨움에 알아차리곤 했다.

그 당시 나의 유일한 친구는 일기장이었다. 공부에 많은 시간을 투자해야 했기 때문에 주말에도 점점 고향에 내려가는 횟수가 줄어들고, 내 소중한 친구들은 그들만의 세계를 만들어가고 있었다. 학교에서는 여전히 학급 친구들과 필요한 만큼의 교류만 하였다. 타인에게 쏟는 말보다 내 일기장에 쏟는 글이 나에게는 편했고 위안이 되었다. 그때가 고등학교 1학년 때였다.

대학교 때 시인이신 교수님이 들려주신 이야기 하나가 오래도록 기억에 남아 있다. 최초의 시인에 관한 이야기였던 것 같

01 글에 대한 단상 **149**

다. 몸이 불편해 동굴에 남아 있던 사람은 사냥을 나간 건강한 사람들의 안전을 기원하기 위해 시를 지었다고. 사냥을 위해 사람들이 다 나간 후 신체적 장애로 홀로 남아 있던 사람은 건강한 사람들이 하는 만큼 자신도 무엇인가 하고 싶었을 것이다. 그래서 위험한 사냥터로 간 사람들을 위해 간절한 마음으로 기도했을 것이다. 그 기도가 시였다는 것이었을까? 교수님의 말씀이 나에게 이러한 해석으로 남아 있다. 육이오 전쟁 중 폭격으로 한 쪽 팔을 잃으신 교수님은 자신이 쓴 시 한 구절도 함께 낭송해 주셨다. 팔이 많은 나무를 부러워하는 문장이었던 것 같다. 양복 밖으로 나온 의수(義手)를 보며 동굴 속 남자의 모습을 떠올렸다. 그리고 늘 작게만 느껴지는 나의 내면을 들여다보았다. 최초의 시인처럼 부족함을 시로 채우고 싶었다.

글

내 마음 흔들릴 때
나를 붙잡아 주는 글귀가 있어
책이 고맙고 소중하지
책을 보며
나도 내 마음 달래는 법을 알아 가네

책 속 문장처럼

내 마음 한 줄 한 줄 적어 가면

책 속에 있던 그 넉넉함이

내 문장에서도 살아나

나를 가만히 안아 주네

글에 나를 담아

그 속에서 잠시 쉬며

호흡도 가다듬고

엉킨 마음도 풀며

다시 일어설 힘을 얻지

02 시 수업 돌아보기

중학교 1학년 때 국어 선생님께서 칠판에 김소월의 시를 몇 편 적어 주셨다. 그 시들을 공책에 옮겨 적는 것으로 한 시간을 보냈다. 처음 보는 시가 감수성이 풍부했던 그 당시 나의 마음에 크게 와닿아서였는지 선생님의 어떠한 설명도 없었던 그 시간이 지금까지도 또렷하게 기억에 남아 있다. 특히 칠판에 적혀 있던 시들 중 '예전엔 미처 몰랐어요'란 구절이 반복되는 시가 좋았고, 그 구절을 오랫동안 입에 붙이고 다녔다. 그 후 김소월의 시집을 얻게 된 후 여러 시를 애송하며 좋아했다.

첫 발령을 받고 중학교 1학년 학생들을 가르치게 되었다. 수업 경험에서 오는 노하우가 없었기 때문에 교과서의 내용을 연구하며 가르치기도 바빴다. 수업을 잘하고 싶은 마음은 큰 데 비해 적절한 교수법을 떠올리는 것은 쉽지 않았다. 한 시간 수업을 준비하는 데도 많은 시간이 걸렸고, 교과서의 텍스트를 지도하는 것만으로도 벅차 다른 자료에 한눈팔 여력도 없었다. 하지만 시 단원만큼은 교과서에서 벗어나 다양한 시를 자유롭게 감상할 수 있게 하고 싶었다. 시의 아름다움과 시에서 오는 감동에 감수성이 자극되어 학생들이 순수한 마음으로 시를 즐길 수 있기를 바랐다.

여러 시집을 뒤져 가며 마음에 감동을 주는 아름다운 시를 찾았다. 교사인 나의 기준에 따라 감동적인 시를 선별했지만 많이 애송되는 시들이라 크게 고민하지 않고 자료로 만들었다. B4 용지 앞뒤로 여러 시를 빼곡하게 담아 학생들에게 나누어 주고 시를 자유롭게 감상하도록 했다. 그리고 마음에 드는 시 한 편을 뽑아 그 이유도 간단하게 적도록 했다. 시 한 편 한 편을 함께 읽어가며 학생들에게 선택한 이유를 묻기도 했다. 때론 선택한 이유가 단순하면서도 재미있어 함께 깔깔 웃기도 했다. 내가 뽑은 시인만큼 하고 싶은 이야기가 많아 시에 얽힌 이야기, 시인의 이야기, 시와 관련된 나의 경험 등 이것저것 이야기를 욕심껏 늘어놓으며 여러 시간을 보냈다. 50명이 넘는 학생들이 앉아 있던 교실에서 과연 몇 명의 학생들이 시와 선생님의 이야기에 감수성이 풍부해졌을까 하는 의구심조차 갖지 않고 2학기에도 비슷한 수업을 이어갔다.

20년이 넘는 세월 동안 다양한 수업 방법을 배우고 많은 시도도 해 보며 내 나름의 노하우를 쌓아왔다. 지금 보면 특별할 것 없는 그 수업이 지금의 내 수업보다 특별하게 느껴지는 것은 시와 학생들을 향한 순수한 마음 때문인 것 같다. 지금 나에게 새내기 교사였을 때의 그 욕심은 남아 있지 않지만, 그때 나에게 보내 준 몇몇 학생들의 반짝이는 눈빛은 아직도 또렷이 마음에 남아 있기에 시 수업에 대한 애정을 놓을 수 없다.

한 시간을 꽉 채워 교과서 진도를 나가는 것이 학생들에게도 교사인 나에게도 힘들 때가 있다. 학생들이 힘들어하는 모습을 보는 것이 교사인 나에게도 힘든 일이다. 때론 수업이 계획한 것보다 빨리 끝나 무엇인가 새로 하기도 그냥 있기도 애매한 시간이 있다. 학생들에게 쉼도 주고 자투리 시간도 활용하게 하기 위해 시로 수업을 마무리하기 시작했다.

한 주 한 편의 시를 나누어 주고 자유롭게 감상하며 낭송도 하고 암송도 하게 했다. 시에는 좋은 문구도 많고, 아름다운 표현도 많고, 감동적인 구절도 많아 시를 암송하면 좋은 점이 많다는 것을 강조하며 낭송과 더불어 되도록 암송도 하게 했다. 한 주가 시작되는 첫 시간에는 시를 나누어 주고, 시 낭송 영상이나 시를 노래로 부른 영상을 보여 주며 아름다운 음악에 맞쳐 시를 감상하게 했다. 노래로 불리는 좋은 시들이 제법 많아 새학기 시작 몇 주 동안은 편안히 음악을 감상하듯 시를 감상하며 시와 친숙해지도록 했다. 한 주 네 번의 국어 시간, 같은 시를 보고 또 보며 시의 내용도 자연스럽게 파악하도록 했다. 시인에 대해 이야기도 해 주고, 마음에 드는 구절에 대해 이야기도 나누며 시와의 거리감을 조금씩 좁혀 나가도록 했다.

노래로 들은 시를 흥얼흥얼 따라 부르는 학생들도 있었고, 제법 긴 시를 암송하는 학생들도 많았다. 수업에 집중하지 않다가도 시는 꼭 외우는 학생도 있었다. 나도 학생들과 함께 한 주 한 편의 시를 감상하고 암송하며, 계절도 느끼고 사랑, 외로움, 그리움 등에 대해서도 생각해 보며 마음의 쉼을 가졌다.

학기 말 프로젝트 수업으로 전 학년이 국어 시간 시 수업을 몇 주에 걸쳐 진행했다. 교사들이 뽑아 제공한 시를 학생들이 감상하기도 했고, 학생들 각자가 좋아하는 시를 찾아 온라인 플랫폼에 올려 공유하기도 했다. 시도 올리고 그 시에 대한 감상도 자유롭게 적어 올렸다. 그때가 코로나19로 온라인 수업을 병행하던 때라서 온라인 과제 제출에 학생들이 익숙한 때였다.

학생들이 찾아 올린 시에는 학생들의 마음과 사연이 담겨 있어 시 한 편 한 편이 더 아름답게 느껴졌다. 특히 학생들이 배경 음악을 넣어 낭송한 시를 들을 때에는 감동이 더 커져 가슴이 울컥하기까지 했다. 그 어느 성우의 목소리도 그 시와 그렇게 잘 어울리지는 못할 거란 생각까지 들 정도였다. 학생들은 수업 시간 친구가 낭송한 시를 들으며, 또 자신이 낭송한 시를 친구들과 함께 들으며 시의 세계에 빠져든 듯 사뭇 진지한 태도도 보였다.

교사인 나도 학생들처럼 좋아하는 시를 찾고 배경 음악도 고르고 골라 음악에 맞춰 시를 낭송해 보았다. 내 목소리로 낭송한 시를 여러 번 클릭해 들으며 학생들의 마음을 헤아려 보았다. 좋아하는 시를 찾아내야 하는 어려움, 좋아하는 이유를 뭐라 해야 할지 막막함, 내 목소리를 녹음해 공개해야 하는 쑥스러움, 시와 제법 잘 어울리는 내 목소리에 대한 뿌듯함, 예상외 반응과 호응에 대한 놀람, 시 한 편 제대로 알게 되었다는 느낌?

03 질문하고 함께 답을 찾는 공부

글쓰기에 대한 공동연구를 하며, 또 일 년간 수업을 하지 않는 여유를 가지며 나의 수업을 돌아본다. 흔히 말하는 브랜드를 내 수업에도 붙여 본다면 무엇이라 이름 붙일 수 있을까? 교사로서의 삶에서 수업이 생명이라는 생각과 수업에서만큼은 밀리지 않고 싶은 자존심을 가지고 한 해 한 해 열심히 수업을 해 왔던 것 같은데, '이것'이 나의 수업이라고 특징지을 만한 수업이 떠오르지는 않는다. 내 나름 중요시했던 수업은 있었지만, 정말 학생들에게도 좋은 수업이었다고 확신할 만한 수업이 없기 때문이리라.

내년에 내가 시작할 수업은 또 어떤 수업이 될까? 해마다 조금씩 바뀌는 내 수업은 나에게도 매년 새로운 수업이다. 내년에 시작할 수업을 이 소중한 연구년에 미리 설계하고 준비하면 아마도 나만의 특별한 브랜드를 붙여 볼 수 있지 않을까.

좋은 수업을 만들기 위해 지난 나의 수업을 하나씩 글로 끄집어내어 성찰해 보려 한다.

자녀를 키우며 방학 때에는 주로 육아서, 자녀 교육법 등과 관련된 책들을 찾아 읽었다. 유대인들의 자녀 교육법에도 관심을 갖고 있다가 《질문하는 공부법 하브루타》를 읽게 되었다. 학교에서 돌아온 자녀에게 선생님 말씀을 잘 들었는지를 묻기보다 어떤 질문을 했는지를 물어본다는 이야기, 글의 한 문장으로도 수없이 많은 질문을 만들어 낸다는 이야기 등은 자녀 교육뿐만 아니라 나의 수업에도 일침이 되었다.

국어 시간 접하는 글들을 단순히 시험을 보기 위한 텍스트로만 읽지 않았으면 하는 바람에 쓰기 공책을 마련하여 글과 관련된 자신의 생각을 적도록 하였다. 쓰기 활동의 중요성을 강조하기 위하여 새 학년 첫 시간에는 쓰기 공책이 어떻게 활용되는지에 역점을 두어 국어 수업을 안내하였다. 시험과 관련된 중요한 내용은 교과서와 프린트를 활용해서 정리하는 대신 쓰기 공책에는 순전히 본인 생각을 담을 수 있도록 하였다.

처음에는 학생 개인별로 자신의 생각을 공책에 적고 발표를 통해 공유하는 방식으로 수업을 진행하였지만, '학생들은 친구들과 함께 활동하기 위해 학교에 온다.'라는 생각을 하게 되면서부터는 모둠별 협력 글쓰기 활동을 위주로 쓰기 활동을 진행하였다.

《질문하는 공부법 하브루타》를 통해 질문의 중요성을 새삼 깨닫게 된 후부터는 질문을 통해 글의 내용을 파악하도록 하였다. 쓰기 공책에도 '질문하고 함께 답을 찾는 공부'라는 이름표를 붙여 주며 질문 만들기 활동을 강조하였다.

새로운 글을 접하는 첫 시간에는 모둠원들이 함께 글을 읽고 질문을 만들도록 하였다. 글의 내용이나 시간 등을 고려하여 목표 질문의 개수를 정해 주었다. 내용에는 제한을 두지 않고 궁금한 것들을 자유롭게 질문으로 만들 수 있도록 하였다. 처음 학생들은 글 한 편을 가지고 10개씩이나 되는 질문을 어떻게 만드느냐고 했고, 질문으로 만들 내용이 딱히 없다고도 했다. 그래서 글이 시작되는 첫 한 문장만 가지고도 수없이 많은 질문을 만들어 내고 토론하느라 한 쪽을 다 읽지 못한다는 하브루타 관련 이야기를 들려주며 떠오르는 것은 무엇이든 질문으로 만들도록 했다. 학생들은 처음에는 주로 모르는 단어의 뜻을 묻는 질문이나 단순한 답을 요구하는 내용에 관한 질문을 많이 했지만 점차 글의 목적, 주제, 작가, 사회 문제 등과 관련된 질문으로 범위를 넓혀 갔다. 모둠별 발표를 통해 질문을 공유하는 횟수가 늘면서 질문의 수준도 높아졌다.

질문에 대한 답도 친구들과 토론하며 스스로 찾게 하였다. 우선 10개의 질문 중 깊이 있게 논의할 만한 가장 좋은 질문 세 개를 뽑아 함께 답을 찾도록 하였다. 답만 찾는 것이 아니라 설득력 있는 근거도 서로 의견을 모아 마련하도록 하였다. 여러 모둠에서 만든 질문과 그럴듯한 답을 나누고 나면 교사의 설명 없이도 학생들은 어느 정도 글의 내용을 파악하게 되었고 교사의 최종 설명을 보다 쉽게 이해하게 되었다.

질문을 만들기 위해 서로 이야기를 나누니 시끌벅적했지만, 조용함보다 그 소란함에서 생기를 찾는 학생이 있는 것도 좋았다. 무기력하게 앉아 있던 학생이 활동에 참여하는 모습을 보이면 반가웠다. 그럴듯한 질문을 만들어 내지는 못해도 친구들의 이야기를 들으며 한마디씩 거드는 것이 대견해 보였다. '우리에게는 조용해야 할 도서관'에서도 서로 짝을 지어 마음껏 질문하고 대화하고 토론하는 하브루타 공부 장면을 머릿속에 그려 보며 내가 강요했던 조용함은 수업의 본질과는 거리가 먼 것이라는 생각도 했다.

시대는 빠르게 변해 가고 학생들의 요구는 다양한데 아직도 나의 수업은 변화를 주저하고 있다. '학생들보다 교사가 더 말을 많이 하는 수업, 창의성과 거리가 먼 지식 중심의 수업, 자연스러운 토론이 일상화되지 못한 수업, 시끄러움보다는 조용함을 요구하는 수업, 이해 못 하고 그냥 앉아 있어도 진도는 나가는 수업, 쓸데없는 질문이라 귀 기울이지 않는 수업, 잘하는 학생만 만족하는 수업'에서 벗어날 수 있도록 변화를 꾀하는 연구년을 보낼 수 있을까?

04 힘들었던 해, 그런 해가 정말 나에게 있었을까

부천에서 첫 발령을 받고 14년을 근무했다. 교사로 첫발을 내딛으며 애정을 쏟은 곳이고, 자녀를 낳고 키운 곳이라 부천은 이런저런 정이 담뿍 든 곳이었다. 그런 고장을 떠나야겠다고 갑자기 마음먹게 되었다. 산이 보이지 않아서였다. 내가 살던 아파트 16층에서 사방을 둘러봐도 멀리서나마 머리끝이라도 보여 주는 산은 없었다. 사방은 아파트와 쇼핑센터, 반듯하게 뻗어 있는 도로들로 회색으로 뭉뚱그려 칠할 수 있는 도시였다. 차를 몰고 퇴근하며 고가도로에서 쳐다본 하늘도 뿌연 회색 하늘이었다. 부천을 떠나야겠다는 생각을 했다. 사방이 회색인 곳을 떠나 초록빛을 볼 수 있는 곳으로 가야겠다는 생각을 했다.

아이들 학교와 남편 직장 등을 고려해 온 곳이 수리산 아래 아파트였다. 아이들 학교가 산을 끼고 있어서 자연을 가까이에서 느낄 수 있다는 것이 특히 마음에 들었다. 시골도 아니면서 산도 있고 교통도 편해서 좋았다.

발령을 받은 학교는 이사 온 군포에 있는 학교가 아니라 수원의 한 중학교였다. 군포로 들어오지 못한 것이 아쉽기는 했지만, 고등학교 3년을 보낸 수원과 다시 인연을 맺게 된 것이 설레기도 했다.

새로운 학교는 학급 수가 점점 줄어들고 있는 학교였고, 한 반을 구성하고 있는 학생 수도 적어 20명이 약간 넘는 정도였다. 30명이 넘는 학생들을 가르치다 10명 정도가 줄어드니 가뿐한 마음도 들었다.

중학교 2학년, 다섯 개 반 학생들을 가르치게 되었다. 새 학년이 되어 새로운 친구들과 새로운 학급에서 만나서인지 처음 몇 주는 여느 학교와 다르지 않게 수업을 방해하거나 시끄럽게 떠드는 학생은 없었다. 하지만 몇 주가 지나면서 마치 간신히 막고 있던 둑이 터지듯 학생들이 순식간에 달라진 모습을 보였다. 학생들은 이제야 자신들의 본모습이 드러남을 반가워하며 수업을 방해하는 말들을 쏟아내기 시작했다. 떠들고 장난치고 돌아다니고 싸우고. 정말 순식간에 교실이 아수라장이 되었다.

2학년 수업을 하시는 선생님들은 학생들의 예의 없는 행동과 말에 상처를 받으셨고, 담임 선생님들은 상상 못할 만큼의 스트레스로 하루하루를 간신히 버티고 계셨다. 한 반에 두세 명의 학생을 제외하고는 대부분 학생이 중2병이 극에 달한 모습을 보였다. 학생들은 자기들끼리도 학생으로서의 정상적인 모습이 아니라며 서로서로 지적하며 웃고 떠들었다.

학습에 관심이 없는 학생들이 대부분이었고, 기초 학력 미달인 학생들도 많아 어떻게 하면 조금이라도 학생들의 흥미를 끌 수 있을지, 내용을 쉽게 설명할 수 있을지 고민했다. 무엇보다도 수업과 관계없는 일들로 진정되지 않는 학생들과 어떻게 수업을 해 나가야 할까란 생각에 늘 마음과 머리가 무거웠다. 학습에 전혀 관심을 보이지 않는 학생들을 수업에 끌어들인다는 것이 얼마나 어려운지 뼈저리게 실감했다.

조금이라도 수업 내용을 쓰게 하려고 주말이면 학생들에게 나누어 줄 볼펜을 샀다. 가만히 있으면 더 딴짓하고 떠들고 싸우게 되니.

"볼펜 없어요.", "저도 볼펜 주세요.", "왜 저 먼저 볼펜 안 줘요."

아무것도 적지 않아 한 문장만이라도 쓰라고 하면 점 하나 무성의하게 내리찍는다.

"됐지요?"

새 볼펜을 받자마자 분해하는 아이들.

"어차피 우린 공부에 관심 없어요.", "커서 목소리 킹이 되려고 연습하잖아요."

교과서를 뜯어 씹어 뱉는 아이, 프린트 중앙에 까만 과녁을 만들어 천장에 붙이고 총 쏘는 시늉을 하는 아이, 창가로 의자를 가져가 창밖만 보고 있는 아이, 핸드폰 공기계 싸게 사는 법을 찾는다고 끝까지 당당하게 핸드폰을 잡고 있는 아이, 보이는 종이는 모두 갈가리 찢고 있는 아이, 개인적인 일을 큰소리로 지치지 않고 말하는 아이.

내 목소리가 아이들의 목소리에 파묻혀 있고, 수업보다 아이들 진정시키기에 바쁜 시간이 이어졌다. 몇 달 지나지 않은 5월인데도 버티기 힘들다는 생각이 들었다. 주차하고 수리산을 바라보며 눈물을 흘리곤 했다.

'내가 저 산을 보기 위해 잘 지내던 부천을 떠났더니만, 이젠 학교도 다닐 수 없게 됐구나.'

나의 힘들고 우울한 학교생활은 가족들 마음도 불편하게 했다. 학교에 관한 일을 집에 와서 거의 이야기한 적이 없던 내가 매일 믿지 못할 일들을 쏟아내니 집안 분위기도 늘 가라앉아 있었다.

하루하루 힘들어하며 그렇게 그렇게 한 해를 보냈다.

다섯 개 반 담임 선생님들은 모두 일 년을 간신히 버틴 후 떠나가셨다. 담임을 하지 않고 있어서 그나마 나는 더 견딜 수 있었던 걸까. 결국 나는 남아 3학년이 된 그 학생을 다시 가르치게 되었다. 나를 제외하고 3학년 교과 선생님들은 모두 새로운 선생님들이셨다. 정말 중2병이었는지 3학년이 되니 학생들은 의자에도 제법 잘 앉아 있고 복도에서 만나면 고개를 까딱해 주기도 했다. 나는 의자에 한 시간 동안 잘 앉아 있는 아이들이 너무 대견하고 감격스러워 마음이 울컥했다. 잘 이해하지는 못해도 어쨌든 수업 내용을 적어 놓으려고는 했다. 새로 맡으신 선생님들께서는 학습도 생활 습관도 잘 다져 있지 않은 학생들과 수업하는 것을 힘들어하셨지만, 그 전 해의 모습을 아는 나는 감격스러움으로 한 해를 보냈다.

힘들었던 그해, 나는 누군가를 만나면 학교 이야기를 쏟아냈다. 하루하루 눈으로 보고 겪으면서도 믿을 수가 없어 그런 상황이 진짜 가능할 수 있는지 확인하고 싶었던 것 같다. 그때는 보고도 믿을 수 없었고, 지금은 8년이 지나 없었던 일처럼 믿지 않아도 된다. 그런 해가 정말 나에게 있었을까.

05 교사와 학생 사이

연구년으로 집에서 스승의 날을 보내니 마음이 한결 가벼웠다. 가족들이 나가고 난 후 아침 청소를 하고 있는데 핸드폰이 울렸다.

"여보세요?"

"선생님, 저예요."

제법 굵직하고 들뜬 목소리였다.

"저요, 수연이요"

"아, 수연이구나!"

수연이란 이름의 학생은 그동안 여러 명 만났었지만 유독 기억에 남는 학생이었다. 목소리는 시간이 흘러도 쉽게 변하지 않는구나 생각했다.

"오늘 스승의 날이잖아요."

"그래 수연아, 잊지 않고 선생님에게 연락해 줘서 너무너무 고맙다."

9년 전 중학교 1학년 담임을 하고 있었다. 그때도 수연이 는 굵고 들뜬 제법 우렁찬 목소리로 말했었다. 선생님인 나에 게 와서 이야기할 때 늘 신이 난 학생처럼 웃으며 들뜬 목소리 로 이야기를 하곤 했다. 재미있는 이야기를 참지 못해 어서 들 려주고 싶은 마음이 늘 묻어나 있었다. 맞장구를 치며 호응해 주면 더욱 신이 나서 이야기를 이어가곤 했다.

오늘도 그랬다.

"수연이 요즘 뭐하며 지내고 있어? 23세인가?"

"저 헬스하고 있어요."

"어, 수연이 운동 열심히 하는구나. 헬스 재미있어?"

"네, 트레이너 선생님이 저 헬스 잘한다고 했어요."

수연이는 중학교 때 담임인 나하고만 이야기하는 학생이었 다. 주변 친구들의 이야기에 귀를 열어 놓고 가끔 씽긋 웃 곤 했지만 친구들과의 교류는 없었다. 수연이가 친구들에 게 말을 거는 일도 없었고, 친구들도 수연이를 싫어하지는 않 았지만 말동무라고는 생각하지 않는 것 같았다.

수연이는 중학교 1학년의 학습 능력을 갖추지 못하고 많이 뒤떨어져 있었다. 글을 자연스럽게 읽지 못하고 내용도 잘 이 해하지 못했으며 쉬운 연산만 가능했다. 기초 학력 담당 선생님께서 수연이의 경우는 혼자 방과 후 프로그램을 하면 좋겠다고 말씀하셨고, 담임인 내가 맡아 지도해 주기를 바라셨다.

수연이는 방과 후 빈 교실에서 담임인 나와 함께 공부하는 것을 신나 했다. 자신의 이야기를 마음껏 할 수 있기 때문이었다. 공부를 하기 전 먼저 자신의 이야기를 시작한다. 엄마, 오빠, 고양이 이야기 등.

수연이는 소리 내서 글을 읽을 때 빨리 읽지 못해도 자신감이 넘쳤다. 글을 읽고 난 후 내용을 정리해서 말하지 못했기 때문에 나의 질문에 하나씩 답을 해 가며 글을 이해했다. 집에서 읽어 오라고 준 글도 꼭 읽어 와서 기억나는 부분을 자신의 생각까지 덧붙여 가며 열심히 설명했다. 글도 연산도 배운 내용을 잘 소화해 갔다.

방과 후 시간까지 수업을 하는 것에 부담을 갖고 시작했지만, 신나서 공부하는 수연이에게 오히려 에너지를 얻는 느낌이었다.

전화 속 수연이의 목소리는 9년 전이 어제처럼 느껴지게 했다. 그때처럼 신나는 목소리로 이야기를 들려주는 수연이가 고마웠다. 시간을 훌쩍 뛰어넘어 자신 있게 나에게 말을 거는 수연이가 대견했다.

5년 전 모교였던 고등학교와 하나의 담장을 사이에 둔 중학교로 발령을 받았다. 졸업하고 30년이 넘는 긴 시간이 흘렀지만, 몇 분의 선생님께서는 그때에도 학교에 계셨다. 나는 1회 입학생이었고, 당시 대부분의 선생님께서는 첫 발령으로 부임하신 젊은 선생님들이셨다. 사립고라 찾아가면 옛 선생님을 뵐 수 있다는 생각에 마음이 설렜지만 담장을 사이에 둔 가까운 학교라도 찾아가는 것이 생각만큼 쉽지 않았다. 숨 돌릴 새 없는 바쁜 일과를 핑계로 선생님 찾아뵙는 것을 미루다 보니 4년이 훌쩍 지나가 버렸다.

일 년이 지나면 학교를 떠나야 하니 그 전에 꼭 선생님을 찾아뵈어야겠다는 생각이 들어 용기를 냈다. 고등학교 현관문에 들어서니 그 문을 드나들었던 때가 그려져 감격스러웠다. 고등학교 1학년 때의 담임 선생님께서 나를 반갑게 맞아주셨다. 세월의 흔적을 크게 느끼지 못할 만큼 선생님께서는 그때의 모습 그대로이신 것 같았다. 나도 50대가 아니라 17세 고등학생인 것 같은 수줍음이 얼굴에 피어났다.

선생님과 이런저런 이야기를 나누니 고등학교 때 느꼈던 어려움 대신 친밀감이 더 크게 느껴졌다. 선생님께서는 여전히 교무 수첩에 학생들에 관한 사항을 빼곡하게 메모하며 상담을 해 주고 계셨다. 학생들 지도와 상담 공부에 열정적이신 선생님의 이야기를 들으며 긴 세월 가르침에도 지치지 않으신 모습에 감동을 받았다. 선생님께서도 말이 없었던 내가 이것 저것 이야기하는 것을 들으시며 흐뭇해하셨다.

현관문에서 선생님과 작별 인사를 하고 운동장을 따라 걷는데 선생님의 시선이 느껴져 뒤돌아보니 멀어져 가는 내 모습을 선생님께서는 현관문에 그대로 서서 바라보고 계셨다. 내 모습이 사라질 때까지.

돌아오며 생각했다. 모교에 오고 싶었던 이유는 옛날 다니던 학교에 와 보고 싶은 마음보다 그때의 선생님을 뵙고 싶은 마음이 컸기 때문이라는 것을. 그리고 선생님이 계셔 모교에 왔다는 느낌을 받았다는 것을.

선생님의 사랑도 대가 없이 주기만 하는 사랑이구나 생각했다. 멀어져 가는 내 모습을 지켜보고 서 계신 선생님의 모습에서도 그 사랑이 느껴져 마음이 뜨거워졌다.

시간이 많이 흘렀는데도 나를 기억하고 연락해 주는 학생이 있으면 너무 고마워 감격스럽기까지 하다. 그리고 한편으로 나는 그러지 못했음에 죄송한 마음이 든다. 나에게도 세월이 흘러도 잊히지 않는 고마운 선생님들이 계시다. 교사로 지내며 가끔 나의 선생님들을 떠올리며 수업도 구상하고 생활 지도도 했는데, 선생님들께 연락도 못 드리고 살아왔다. 나의 학생들이 어디에선가 행복하게 살고 있기를 바라는 마음이 교사로서의 마음이라면, 나의 선생님들께 고마운 마음을 한 번이라도 전하고 싶은 마음이 학생으로서의 나의 마음이다. 세월이 흐른 후 만난 스승과 제자, 그들의 인생 대화가 마음에 울림을 주는 《모리와 함께한 화요일》을 떠올려 본다.

06 교직 에세이
: 팔 할이 독서

교사로서 삶에 대해

국어 교사가 되고 싶은 꿈을 이루고 학교 현장에서 그 꿈을 펼치며 행복한 시간을 보내왔다. 국어 교사이기에 더 행복했고, 좋은 글과 책을 통해 학생들과 만나며 다양한 경험과 생각을 나눌 수 있어 행복했다. 또한, 독서 프로젝트 수업을 전개하며 학생들이 책과의 만남을 통해 더 넓은 세상을 볼 수 있고, 미래를 꿈꿀 수 있어 국어 교사로서 더 큰 보람을 느꼈다. 내 자신이 좋은 글을 접하며 세상을 긍정적으로 보고 삶의 의미를 재발견하는 소중한 경험을 얻었기에, 왜 공부해야 하는지 모르며 꿈도 없이 공부하는 학생들에게 독서를 통해 진정한 학습의 의미를 생각해 보도록 하고 싶었다. 그래서 독서 프로젝트 수업, 짤막한 글에 대한 생각 쓰기 수업 등을 전개하며 학생들이 글을 통해 자신을 성찰하고 더 넓은 시각으로 세상을 볼 수 있게 하는 시간을 갖게 하였다.

국어 시간 중점을 두고 꾸준히 이어온 활동은 '질문 만들기' 활동이다. 새로운 글을 접할 때 학생들이 주체적으로 내용을 파악하도록 하기 위해 질문 만들기 활동을 먼저 시작한다. 질문 만들기를 하다 보면 자신이 무엇을 모르는지 생각하게 되고, 글의 내용을 자세히 읽어 보게 되어 능동적인 학습이 이루어지기 때문이다. 궁금한 점은 어떠한 내용이든 질문으로 만들 수 있게 하고, 만든 질문은 모둠별로 공유하여 함께 해결해 보도록 하였다. 그리고 최종적으로 학급 학생들이 질문과 해결한 내용을 모둠별 발표를 통해 공유함으로써 학생들이 궁금해 하는 공통 내용과 미처 생각해 보지 못했던 새로운 내용을 접할 수 있게 하여 확장적 사고를 할 수 있게 하였다. 이렇게 학생들이 먼저 질문을 만들고 해결하는 과정을 거치면, 교사는 핵심적인 내용 위주로 정리하며 시간을 단축할 수 있고, 학생들은 스스로 생각해 볼 수 있는 충분한 시간을 가지며 내용을 효과적으로 이해할 수 있다.

모둠별 글쓰기 활동 또한 국어 시간에 중점을 두고 전개하는 활동이다. 글쓰기 활동은 생각을 체계화하여 정리할 수 있는 시간을 마련해 준다. 자신의 생각을 글로 표현하는 활동만 하는 것이 아니라, 모둠원이 함께 생각을 모아 한 편의 글을 만들어 가도록 하고 있다. 모둠원들이 생각을 모아 공동의 글쓰기 작업을 하는 동안 자신의 생각을 표현하는 것을 넘어 타인의 생각을 듣고 이해하게 되며, 조건에 맞는 글을 완성하기 위해 조율하는 과정을 통해 여러 사람의 다양한 관점을 폭넓게 이해할 수 있게 된다. 우리가 사는 세상의 다양한 모습을 폭넓은 시각으로 바라보고 이해할 수 있게 하는 것도 국어 수업의 중요한 몫이라 생각한다.

교사로서 가장 자부심을 느낄 때는 현재 내가 가르치고 있는 학생들이 내 수업을 좋아하고 의미 있는 학습으로 여기며 공부할 때이다. 그런 수업을 전개하기 위해 많은 시간 고민하며 교재 연구를 하고, 학습 자료를 공을 들여 제작하고 있으며, 학생들의 피드백을 참고하여 개선해 나가고 있다. 국어 수업 시간은 표현하고 생각을 나누는 활동을 통해 자신과 타인, 세상을 이해하도록 돕는 시간이라 생각하기에 학생 활동을 중시하며 수업을 설계하고 있다. 학생 활동 중심의 수업을 전개하면서도 교사가 설명하고 정리해야 할 부분은 명확하게 전달되어야 한다는 생각으로 슬라이드쇼, 한글 학습지 등으로 핵심 내용을 알차게 간추려 제시하고 있다.

학생들을 위해 심혈을 기울여 만든 학습 자료와 많은 고민의 과정을 거쳐 터득한 수업 방법을 동료 교사들과 나누는 것

또한 보람된 일이다. 공을 들여 만든 수업 자료가 여러 수업에 활용되어 학생들의 학습을 돕고 있으면 학습 자료 개발을 위해 쏟은 시간과 노력이 그 값어치를 하고 있다는 생각에 더 큰 뿌듯함을 느끼게 된다. 동료 교사들과 함께 고민하며 질 높은 수업을 만들어 가는 과정을 통해 혼자 가는 열 걸음보다 함께 가는 한 걸음이 의미 있음을 느끼게 되며, 함께 만들어 가는 교육과정을 통해 교사로서 전문성을 키울 수 있어 행복하다.

연구 주제를 선정하게 된 이유

20년이 넘는 기간 국어 교사로서 학생들을 지도하며 국어 시간에 다루고 있는 내용이나 활동이 학생들에게 얼마나 의미 있는 영향을 주고 학습 의욕을 북돋아 주는지 늘 고민하며 수업을 설계해 왔다. 국어 교과에서 다루고 있는 다양한 글은 학생들의 삶과 무관하지 않을 뿐 아니라 학습과 인성에도 큰 영향을 미치고, 세상을 보는 안목을 키워 진로를 결정하고 미래를 설계하는 데도 도움을 준다.

급변하는 사회에서 학생들이 자신의 역량을 발휘하기 위해서는 IT 활용 능력 등 기술적인 능력을 키우는 것도 중요하지만, 시대를 초월하여 그 가치를 인정받고 있는 독서를 탄탄한

밑바탕으로 하고 있을 때 학생들이 자신의 능력을 바람직한 방향으로 발휘할 수 있을 것이다. 기술적인 교육이 강조될수록 가치관을 세워 주고 학습력의 밑바탕이 되는 독서 교육은 더 강조되어야 한다.

독서 교육은 모든 교과와 관련이 있지만 특히 국어 교과와는 더 밀접한 관련이 있다. 교과서에서 만나는 글뿐만 아니라 국어 시간 활동의 많은 부분은 독서와 관련이 있다. 독서 교육이 국어 교육과정에서 지속적, 체계적으로 이루어질 때 그 효과는 다른 교과의 학습에도 긍정적 영향을 미치기 때문에 국어 수업을 담당하는 교사가 설계한 독서 교육과정은 그 의미가 매우 크다고 할 수 있다.

독서는 학생들의 학습과 진로에 큰 도움을 줄 뿐만 아니라 학생들의 올바른 성장을 돕는다. 왜 공부해야 하는지 모르는 학생들이 독서를 통해 학습의 참된 의미를 발견하기도 하고, 목표가 없던 학생들이 독서를 통해 진로를 찾기도 한다. 학생들은 독서를 통해 자신을 돌아보고 바람직한 삶의 태도를 배울 수 있는 성장의 기회를 얻는다.

독서의 중요성은 여전히 강조되고 있지만, 학생들은 독서와 더 멀어지고 있다. 학교에서 이루어지고 있는 독서 교육이 사회의 변화와 학생들의 요구를 제대로 반영하여 효과적으로 이루어지고 있는지 돌아봐야 한다. 연구년을 통해 책과 가까이하며 독서의 가치와 의미를 깨닫고, 독서 실천가로서 교사가 독서 교육을 위해 어떠한 역할을 해야 하는지 고민해 보는 시간을 가지려고 한다. 또한, 독서 교육에서 중점을 두어야 할 사항과 실질적인 적용 방안 등에 대해 연구하여 학생들이 독서를 생활화할 수 있는 습관을 형성하도록 돕고 싶다.

교육에 대한 고민 및 문제의식

수업 시간 학생들을 대하며 늘 갖게 되는 고민은 학생들이 지금 학습하고 있는 내용과 활동을 의미 있는 학습으로 여기고 있는지이다. 열심히 연구하고 준비하여 학생들을 가르치고 있지만, 정작 배우는 학생들이 의미 있는 수업으로 여기지 않는다면 진정한 교육이라 할 수 없기 때문이다.

어느 교실이나 무기력한 모습으로 앉아 있는 학생이 있고, 활동에 참여하지 않으려는 학생도 있다. 특히 기초 학습력이 떨어지는 학생들은 많은 시간 이런 모습이 누적된 학생들이다. 이런 학생들에게도 쉽게 다가갈 수 있는 흥미 있는 수업이 무엇일지 고민하게 되며, 어떤 방법으로 학생들에게 학습의 필요성을 느끼게 해 줄 수 있을지 고민하게 된다.

무기력한 학생들을 학습에 참여하게 하는 데에는 도움을 주는 친구들의 역할, 지도 교사의 관심과 지도력, 모둠 수업 등의 수업 형태 및 방법 등 많은 것들이 영향을 미치겠지만, 학습 내용이 얼마나 흥미를 주고 학습의 필요성을 느끼게 해 주는지도 중요한 영향을 미친다고 본다.

특히 국어 교과는 다양한 글을 다루기 때문에 기초 학습력이 떨어지거나 무기력한 학생도 잠시나마 흥미를 가질 수 있는 내용의 글이 있다. 좋은 글, 의미 있는 글을 접해 삶의 태도를 바꾼 사람들의 다양한 일화가 있는 것처럼 학생들의 학습 의욕을 고취시켜 줄 영향력 있는 글을 만날 수 있는 기회를 국어 시간이 제공해 준다고 생각한다. 특히 국어 시간 접하는 '한 학기 한 권 읽기' 독서 교육은 학생들에게 자신을 돌아보게 하는 의미 있는 책을 접할 수 있는 기회를 제공해 준다.

아무리 좋은 교육도 학습자가 간절히 원하지 않을 때는 그 효과가 크지 않다. 현실을 외면하거나 시대 변화를 간과한 채 교육을 설계할 수는 없다. 또한, 오늘을 살아가는 학생들이 무엇을 원하는지 그들을 둘러싼 환경은 어떠한지를 면밀히 파악하지 않고 교육을 설계할 수는 없다. 독서 교육도 마찬가지이다. 오랜 세월 독서는 중요한 교육으로 강조되어 왔다. 현재에도 독서를 강조하지 않는 교육자는 없다. 하지만 많은 학생에게 독서는 가까워지기 힘든 활동이며 재미없는 활동이다. 학생들이 독서와 가까워지며 독서의 필요성과 중요성을 깨닫게 되는 과정과 기회가 필요하다. 학교에서 이루어지고 있는 다양한 교육과정 속에 학생들이 독서의 참된 가치를 깨달을 수 있는 기회를 제공해 주는 교육과정이 필요하다. 여러 교과 및 활동을 통해 학생들이 체계적으로 설계된 독서 프로그램을 쉽게 접할 수 있다면 독서의 즐거움을 맛볼 수 있는 기회가 커져 평생 이어가는 독서 습관을 키울 수 있는 학생들이 많아질 것이다.

학생들이 학습을 통해 자신이 성장하고 있다고 믿는다면 수업에 보다 능동적으로 참여하게 될 것이다. 학생들에게 학습 동기를 부여하고 학습의 밑바탕이 되는 읽기 능력과 학습력을 키워 주기 위해 단기적인 독서 활동이 아니라 체계적이고 지속적인 독서 교육과정이 설계되고 운영되어야 한다. 이에 책의 내용에서부터 독서 방법과 독서 활동까지 실질적이고 구체적인 내용을 심도 있게 연구하여 실천적 독서 교육과정을 설계하고자 한다.

07 연구년 addition 4
: 연구 방법

Q. 연구 방법에 대하여

연구년 기간 동안 연구년 교사들은 공동연구와 개별 연구, 두 가지 연구를 진행해요. 전문 연구자나 논문 집필자가 아니기에 꼭 석박사 논문을 작성하듯 연구하지만은 않아요. 연구의 방법은 다양하지만, 보통 양적 연구와 질적 연구의 방법에서 선택하여 활용해요. 하지만 교사라는 직업의 특성상 양적 연구와 질적 연구를 혼합하여 사용하거나, 실행 연구 방법을 포함하여 실제감을 높인 연구를 진행하기도 해요.

연구 방법의 개요

	양적 연구	질적 연구	실행 연구
특징	현실적 접근 구체적인 이론적 배경을 가지고 시작 설명적 성격이 강함. 가설 검증과 보편적 법칙 발견을 목적으로 함. 실험, 설문조사, 단일 사례 연구 등의 방법 조사 결과가 풍부하지 못하거나 모든 결과를 계량화하려는 시도의 단점이 있음.	해석적 접근 별다른 이론적 배경 없이 시작 가능 탐색적 성격이 강함. 관계의 의미 해석에 중점을 둠. 현지 조사, 관찰, 심층 면접 등의 방법 주관적이라는 인상, 재정 지원과 출간의 어려움, 조사 결과의 일반화 어려움 등의 단점이 있음.	문제 해결을 위해 새로운 기술이나 접근 방법을 개발하여 현장에서 직접 적용하여 효과를 알아보는 연구 방법 주로 질적 연구 방법을 사용하여 현상을 기술하거나 교육적 처방의 효과를 이해하려고 함. 문제의 원인과 개선 대안을 찾고, 새로운 프로그램 개발 및 일반화, 현장의 문제에 대한 즉각적 해결을 목석으로 함.

우리 공동연구 7명 선생님들은 어떤 연구 방법을 사용하시는지 이야기를 나누어 보았어요.

김혜영
초등 23년 차

한 인간이 성장하고 성숙하는 과정을 숫자로만 설명하기는 어렵습니다. 저는 나름대로 꾸준히 제 생애 기록을 해 왔는데, 그 기록을 연구 대상으로 삼는 자문화 기술지에 매력을 느꼈습니다. 과거와 현재의 기록에서 제가 교사로서 더욱 성장할 수 있고, 교육학적으로도 의미 있는 키워드를 찾고 싶습니다.

이선아
초등 24년 차

질적 연구에 바탕을 둔 실행 연구를 진행하고 있습니다. 직접 프로그램에 참여하며 함께한 교사들의 이야기를 나의 언어로 정리하며 의미를 분석하고 가치를 발견해 가고 있습니다. 질적 연구 방법은 인터뷰와 자문화 기술지 방법을 활용했습니다. 글쓰기를 하듯 편안하게 쓸 수 있어서 좋습니다. 개인 연구 코칭을 받기도 하고 관련 논문과 책을 읽으며 나의 연구와 연결 짓는 과정이 흥미롭습니다.

이현영
중등 국어 24년 차

개인 연구를 어떠한 방법으로 수행해야 할지 고민한 끝에 너무 틀에 얽매이지 않는 것이 중요하다고 생각했습니다. 그리고 실행 가능한 연구 방법을 우선 고려하였습니다. 연구 주제를 구체화하면서 연구 내용에 맞는 도서와 연구 문헌 등을 활용하여 연구를 진행하고 있습니다.

한미경
초등 20년 차

연구년에서 사용하고 있는 연구법은 다양한 탐색을 위한 각종 세미나, 워크숍, 강연, 연구회 활동 등을 통한 다양한 사례 탐색, 공동연구를 통한 이론 탐색, 질적 연구 방법인 자문화 기술지 연구법, 실습과 실천을 통한 실행 연구법입니다. 문헌 연구를 통한 이론을 정리하여 교육과정 및 평가 설계에 사용하고 있습니다.

김진수
초등 19년 차

저의 연구 방법은 크게 5가지 단계입니다.

하나. 독서로, 리더십 관련 분야 독서 100권을 통해 이미 그 분야 통달한 식견을 익혀 그에 관한 생각을 배우는 것이 첫 번째 단계입니다.

둘. 기록으로, 생각에서만 마치면 마침표가 결국 물음표로 남은 상태이기에 생각을 기록으로 반드시 남겨 둡니다. 적자생존. 기록하는 자는 살아남는 세상. 생각이 살아남도록 블로그, 에버노트, 인스타 세 가지 SNS 소통 창고를 활용하고 있습니다.

셋. 글쓰기로, 단순히 기록만으로도 부족합니다. 생각의 꼬리에 꼬리를 무는 생각 글을 남겨 놓으면 생각의 실타래가 저절로 풀리곤 합니다. 생각 글은 주로 블로그에 담아 놓는 편입니다. 저만의 카테고리를 만들어 해당 주제 글을 하나씩 담다 보면 그 분야에 철학이 쌓이고, 개념이 성립되어 한 편의 칼럼 글처럼 저만의 포트폴리오를 만들

수 있습니다.

넷. 책 쓰기로. 독서, 기록, 글쓰기의 꾸준한 루틴으로 만든 결정체가 바로 책 쓰기입니다. 책 쓰기의 경우 "자기계발의 끝은 책 쓰기다."라는 말이 있을 정도로 강력한 힘을 발휘합니다. 제 생각, 글을 한 번 더 다듬어 가는 과정에서 독자들에게 메시지를 전할 수 있는 가장 강력한 발판이 됩니다. 《교육에 진심입니다》이란 책을 만들어야겠다는 생각하는 것도 우리들의 연구가 많은 분께 조금이나마 영향을 주기 위함과 동시에 우리들의 교육에 관한 생각을 정리할 수 있었습니다. 누군가는 이 책을 통해 선한 영향력을 받게 되어 또 다른 좋은 에너지가 흘러가게 됩니다. 책은 그런 의미에서 또 하나의 역사를 실현할 수 있는 도구인 셈입니다.

김진수
초등 19년 차

다섯. 메신저로, 다양한 사람들을 만나면서 메시지를 전하게 됩니다. 또한, 배우게 됩니다. 공자가 말한 "학이시습지(學而時習之)" 사람으로부터 배우고 익히는 과정입니다. 연구년 기간을 통해 수많은 멘토를 만나고, 동시에 멘티를 만납니다. 이런 과정을 통해 배움은 더욱 극대화되어 이때 보고, 듣고, 배운 것을 반드시 기록으로 남겨, 삶에 적용하고 이를 실천하며 또 다른 누군가에게 도움을 주는 것. 그것이 진정한 교육의 모습이라 생각합니다.

한민수
중등 국어 22년 차

공동연구를 통해 알게 된 자문화 기술지를 연구 방법으로 삼았습니다. 혁신학교에서 담임 교사, 학년 부장, 혁신 부장을 하며 내가 경험한 사실을 정리하고 그 속에 스며들어 있는 사회문화적 맥락을 동시에 이해하려는 시도입니다. 또 나의 경험을 새로운 각도로 바라보기 위한 교육학, 심리학 등의 이론 연구도 병행했습니다.

황희경
초등 22년 차

전문 연구자가 아니어서 연구 방법도 잘 모르고 부족하여 걱정되기도 하였습니다. 하지만 연구를 진행하는 과정에 자문화 기술지를 활용한 질적 연구 방법도 배울 수 있었고, 무엇보다 전문 연구자처럼 하려는 욕심을 버리고 내가 잘할 수 있는 방법을 찾아서 실행해 보는 방법으로 연구를 진행할 수 있어서 마음에 큰 부담을 덜게 되었습니다. 어쭙잖게 전문 연구사를 따라 하기보다는 내가 계획하고 실행해 보고 수정해 보던 과정을 솔직하고 진솔하게 정리하는 방법으로 연구를 진행하려 합니다.

05

교사 공동체에
진심입니다 이선아

01 교사 연구년 계획서
: 연구부장 11년 탈출기

공부를 시작하기엔 늦은 듯한 나이에 대학원에 진학하려고 책을 뒤적거리던 어느 저녁, 카톡이 왔다.

"선아샘, 대학원 입학 원서는 다 쓰셨어요? 내년에 연구년 도전은 안 해 보시는 거예요?"

"대학원 원서는 제출했는데 연구년 계획서까지는 글쎄요. 학교 업무와 개인적인 일로도 너무 바쁘네요."

"공문 읽어 보니 선생님이 딱이던데요? 연구년 계획서도 한 번 내 보세요."

"하하, 어딜 봐서 제가 딱이라는 건진 모르겠지만 고민해 볼 게요. 감사해요."

10분 정도 계속된 동료 선생님과의 카톡에 읽고 있던 책을 잠시 덮었다. 그리고 왠지 모르게 숨을 크게 한 번 쉬었던 것 같다. 휴.

나도 봤다. 몇 년 만에 다시 시작된 교사 연구년 시행 공문. 그런데 계획서가 15쪽 내외라는 것과 연구비를 줄 테니 보고서 4개를 또 내라는 내용을 보고 살포시 덮었었다.

'나는 계획서가 너무 싫어. 보고서도 싫고 그냥 이대로 살자.'라고 생각했었다.

월급도 주고 학교에 출근도 안 하면서, 내가 마음껏 공부해 보고 싶은 것, 교사로서 고민해 왔던 것을 해 볼 수 있는 기회를 1년이나 주는 것이다. 그런데 많은 교사가 도전하고 싶어 하는 이 기회를 날릴 만큼 계획서 쓰기가 싫은 이유가 뭐였을까? 그동안 쓴 각종 계획서와 보고서, 매학기 또 새로운 계획서와 보고서의 반복. 너무 질렸다.

'정말 그 정도로 질린 건가? 혹시 계획서 냈다가 떨어지면 헛수고한 게 될까 봐 싫은 건 아니고? 연구년 선발 기준에 들어 있는 대학원, 저서 경력을 보니 자신이 없는 거 아니야? 그건 아니지. 나 같은 사람 안 붙여 주면 누굴 붙여 준다는 거야? 석사, 박사 선생님들? 교육청 일 많이 한 선생님? 책 내고 강의하러 다니는 선생님들? 그 선생님들 학교 비우면 나 같은 사람이 그 업무 메워 준 거 아닌가? 그런데 그런 선생님들에게 또 혜택을 준다고? 너무 불공평하지 않아?'

누가 뭐라 하지도 않았는데 마치 (곧 맞이할) 갱년기 아줌마처럼 단전 깊은 곳에서 괜히 화가 일어났다.

'나 왜 이러지? 진짜 갱년기인가? 아니면 혹시 번아웃인가? 대학원 가겠다고 학업 계획서는 열심히 쓰면서 연구년 계획서는 이렇게 싫은 건 또 뭘까? 이 복잡한 양가감정은?'

돌아보니 나는 작년이 무척 힘든 해였다. 혁신학교 4년을 마무리하며 종합평가를 받았고, 20년 넘는 교직 경력에도 불구하고 돌보기 만만치 않은 아이들을 맡았다. 거기에 여러 가지 가정사가 더해졌다. 그동안 차곡차곡 쌓아온 내 경력에 반비례하며 정신력과 체력은 하나하나 소진되어 바닥을 드러내고 있었다. 나는 더 이상 예전만큼 수업이 신나지 않았으며, 아이들도 점점 사랑스럽지 않았다. 따뜻한 눈 맞춤과 정성스러운 대답도 귀찮아져서 영혼을 내려놓은 가짜 미소를 머금기 일쑤였다. 교사로서 사명감이 사라져가는 죄책감을 느끼며 직업을 잘못 선택하고 살아온 건 아닌지 하는 생각까지 이르렀다.

겉으로 보기엔 훌륭해 보이는 경력 많은 교사였지만, 사실 나는 연구부장 경험으로는 별것 아닌 15장짜리 계획서도 쓰기 싫어 연구년을 포기하는, 영혼까지 탈탈 털린, 그냥 힘든 교사였을 뿐이었다. 그래서 새로운 돌파구를 찾고자 내가 원하는 것이 무엇인지 찾기 위해 대학원을 준비하고 있었는데, 어쩌면 나는 더 깊은 성찰과 자기 돌봄이 필요한 것 같다는 생각이 들었다.

'그래, 이대로 또 어디론가 달리는 건 안 되겠다. 잠시 멈추고 호흡을 가다듬고, 음… 연구년 해야겠다.'

나를 위한 연구, 그리고 나와 같은 어려움에 놓인 교사를 위한 연구. 이것이 나를 연구년으로 이끌었다.

연구년 계획서에 들어가는 교직 에세이 첫 문장을 토해 내듯 뱉어 놓고 갑자기 24년 동안의 '학교살이'가 눈앞에 펼쳐지며 〈노예 12년〉이라는 영화 제목이 떠올랐다. 교환교사 근무를 나갔던 시골 학교에서 수당을 받지 못한 부장(물부장이라고 부른다.) 경력을 합하면 연구부장 경력만 11년이다. 학교를 모르는 사람이 보면 연구부장이라는 직함이 좀 있어 보이는지 몰라도 학교 업무 기피 1순위에 빛나는 업무임을 교사라면 거의 다 알 것이다.

오죽하면 머슴 생활, 학교 붙박이, 열녀문 같은 자조적인 농담을 연구부장끼리 주고받곤 한다. 승진 점수와 관계없이 학교에서 일어나는 모든 교육과정 관련 공문과 수업, 평가에 관한 일, 하다못해 독서 교육과 교사 공동체 운영까지 관여하기도 한다. 때로는 교육열 높은 관리자를 만나 선도학교나 연구 학교 같은 타이틀을 갖게 되면 연구부장 업무는 그야말로 2배, 3배 폭증한다. 참으로 오롯이 학교에 매여 있어야 하는 학교생활이다. 그 생활을 무려 10년 넘게 해 왔다. 매달 칠만 원 부장 품삯을 받으며.

　그런데 나는 왜 그토록 학교 일에 열심을 냈을까?

　6학급 농촌 학교에서 처음 연구부장을 시작한 때가 시작이 었던 것 같다. 그때 나는 마을 어른들까지 다 모여 돼지를 잡고 잔치를 여는 1박 2일 다문화 캠프를 담당했다. 농촌 학교 실습을 나온 교생 중 교사라는 직업에 고민이 많은 교대생 손을 잡고 함께 이 길을 가자며 어른 행세를 했다. 매달 학급 신문을 집에 보냈고, 깊은 우울증이 있는 아이가 매일 내 무릎을 차지하려 했다. 방과 후 원어민 강사와 서툰 의사소통도 해내야 했다. 그런데 나는 이 모든 것이 힘들면서도 또 신기하고 설레었다. 마을 어른들에게 듣는 학교 역사, 바쁜 농사일 중에도 더 힘들 선생님을 걱정해 주시는 학부모님의 따뜻한 말 한마디, 내 손을 잡은 교대생 눈에 고인 눈물방울과 드디어 나와 눈을 맞추며 우울의 벽을 뚫고 나온 아이의 미소가 있었다.

　몇 년 후 맞이한 혁신학교 생활도 그랬다. 교육과정을 재구성하고 동료 선생님들과 밤늦게까지 수업 준비를 하는 것이 좋았고, 그 수업이 아이들과 함께 배움에 이르는 순간은 교실에 청량한 바람이 부는 듯했다. 운동장에서 들리는 아이들 소리를 들으며 교실에서 마시는 차 한 잔도 좋았고, 혹시나 도시락을 싸 오지 않은 아이들이 없는지 챙기려다 오히려 아이들이 입에 넣어 주는 김밥을 하나씩 먹어 주느라 너무 배가 불렀던 체험학습까지도. 그리고 내 곁엔 운이 좋게도 언제나 좋은 선생님들이 함께했다. 나의 어려움을 맞들어 가볍게 해 주고, 내 미소에 더 큰 웃음으로 화답했으며, 내 자랑을 곧 자신의 기쁨으로 여겨 늘 지지하는 손을 내밀어 주었다.

장미꽃이 그토록 소중한 것은 그 꽃을 위해 공들인 시간 때문이라는 《어린왕자》의 한 문장처럼 나는 아마도 학교에서의 잊지 못할 시간들과 사람들을 사랑하고 있었나 보다.

결국 나는 대학원 면접과 연구년 면접이 겹친 날짜를 확인한 순간 3초간 갈등하다 극적으로 연구년 면접을 선택했다. 운이 좋게도, 아니 어떤 운을 짊어지게 될지는 모르지만, 하루하루 변하는 계절을 만끽하는 호사를 누리며 연구년 교사로 살고 있다. 이 시간을 보내고 나면 나는 또다시 일상의 학교로 돌아갈 것이다. 아마도 그때는 긴장과 종종거림이 아닌 찬찬

하고 사랑스러운 눈으로 다시 학교를 마주하게 될지 모르겠
다. 마치 어린 왕자와 여우처럼.

그 전에 먼저, 그날 저녁 카톡으로 계획서라는 걸 한 번 더
쓸 용기를 건넨 귀한 선생님께 밥부터 사야겠다.

02 공적조서
: 칭송받아 마땅한 당신을 위해

공적조서는 국가나 사회에서 훈장이나 포상을 받기 위하여 작성하는 문서이다. 자신이 어떠한 사람인지를 판단하기 위해 작성하는 문서로 보면 되겠다. (중략) 자신이 이런 사람이라고 보여 주기 위한 문서이기 때문에 작성할 때에는 자신의 능력을 빠짐없이 작성할 수 있도록 한다.

[네이버 지식백과] 공적조서(功績調書, accomplishment report)

"남편, 이거 봐. 나 상 받았어."

"역시 능력자. 근데 상 받으면 뭐 주는데?"

"아무것도 안 주는데? 상장만 줘. 연말에 여행도 막 보내 주는 자기네 회사하고 다르지? 그냥 칭찬만 하는 거야."

"그래? 그럼 기분만 좋은 거야?"

"뭐, 그런 셈이지? 학교 옮길 때 써먹을 수도 있어. 이동할 때 가산점도 조금 주거든."

교사들에게 상은 받고 싶다기보다는 주어지는 것이다. 왜냐

하면 교사 중에 상을 받을 목적으로 아이들을 가르치는 교사
는 없기 때문이다. 적어도 내가 만난 교사들은 그렇다.

해마다 교사들의 교육적 헌신과 공로를 높이기 위해 여러
분야의 상을 준다. 상을 받을 교사를 위한 포상 관련 공문은
보통 1년에 두 차례 오는데, 5월 스승의 날 포상과 11월 학년
말 포상이 그것이다. 이 공문이 오면 일단 교사 인사위원회가
열리고, 어떤 교사를 포상 대상자로 선정할지 결정된다. 그러
면 포상 업무 담당 교사에게 안내 메세지가 온다.

"선생님, 이번 교육감 포상 대상자로 선정되셨어요. 공적조
서 써서 제출해 주세요."

물론 공적조서를 써서 교육청에 제출한다고 해서 다 상을
받는 것은 아니다. 교육청 심사가 있고 장관상이면 교육부 심
사도 받아야 한다. 또한, 학교에서 포상 대상자가 되었다고 해
서 무조건 공적조서를 쓸 필요는 없다. 상을 받는 것은 교사의
선택이므로 군이 상을 받을 필요가 없다면 다른 교사에게 양
보하거나 쓰지 않아도 된다.

나는 연구부장을 하면서 거의 해마다 공적조서를 썼다. 보
통 학교 포상과 개인 포상을 위한 것 두 가지를 쓴다.

연구부장에게 공적조서는 일종의 특혜이자 과제 같은 것이
다. 학교 교육 활동에 대한 상을 주는 것이기 때문에 학교 수업

과 교육과정 운영의 실무 부장인 연구부장이 공적조서 쓰기에 제격이다. 이로 인해 남들보다 자연스럽게 개인 포상의 기회도 많아지는 게 사실이다.

"부장님, 바쁘시죠? 교육과정 관련 학교 포상 공적조서하고 장관상 공적조서 쓰셔야 할 거 같아요. 공문 공람했으니까 읽어 보시고 이번 주 금요일까지 써 주세요."

담당자의 메시지는 언제나 급박하고 간결하게 온다.

"또 써요? 아, 나 바쁜데요. 화장실 갈 시간도 없어요. 상 안 받으면 안 될까요? 나는 별로 필요도 없어요. 받고 싶은 사람 쓰라고 해요. 학교 상은 내가 쓸게요"

"작년에 국무총리상 공적조서도 안 쓰셨잖아요. 올해는 꼭 쓰시랍니다."

사실 그 전에 국무총리상 공적조서 양식의 방대함에 놀랐고, 써도 안 될 거 같아서 한 번 퇴짜를 놓은 터라 더 이상 거절할 수가 없었다.

회의까지 해서 대상자로 뽑아 준 것도 고마운 일인데 내가 뭐 그리 잘났다고 교만을 부리나 하는 생각이 들어서 성의를 생각해 대충이라도 써 보자 마음을 먹었다.

사실 학년 말이 되면 평가 정리와 성적 입력, 학교 교육 활동 평가, 설문까지 정신이 하나도 없어서 내 공적을 소중히 들어다볼 여력이 없다. 그래서 변명 같지만 내가 쓰는 공적조서는 언제나 급하게, 빨리빨리, 적당히 쓴다.

공적조서를 써내자 교장 선생님 호출이 왔다. 우리 교장 선생님은 1년간 수고한 선생님들을 위해 공적조서를 많이 써서 내야 한다는 철학을 지니고 계신 관리자 중 한 분이셔서 공적조서를 쓰도록 독려하시곤 했다. 종종걸음으로 교장실로 향했다.

"이 부장, 이리 와 봐요. 공적조서 낸 거 봤는데 보충을 좀 해야 할 거 같아. 빠진 게 많아요. 해 놓은 게 많은데 잘 엮어서 보여 줘야지? 내가 이번에 상 받으면서 쓴 공적조서인데 보여줄 테니 참고해요."

감사 인사를 전하고 공적조서를 수정하기 시작했다. 종이 한 장 받으려고 뭐 이렇게까지 해야 하나 싶은 마음이 또 올라왔지만, 그래도 퇴임을 앞둔 교장 선생님 나름의 배려와 후배 교사에 대한 애정이라 생각하고 좀 더 마음과 형식을 담아 곱게 수정하였다. 그리고 그해 12월 장관상이 도착했다.

가장 기뻐하신 교장 선생님과 더불어 학교 선생님들의 축하가 이어졌다. 사실 상을 받고 기분이 안 좋은 사람은 없겠지만, 학교에서 받는 상은 어느 해인가 황정민 배우의 수상 소감처럼 다 차려진 밥상에 숟가락만 얹어서 받는, 나만 잘해서 받는 상이 아님을 알기에 겸손해진다. 게다가 이번에 쓰인 공적조서의 무게와 의미는 더욱 새롭게 다가왔다.

몇 년 전, 비고츠키 철학에 관한 교사 연수에서 박동섭 교수님이 말했던 '칭송받지 못하는 교사'에 대한 이야기가 마음에 큰 울림을 준 적이 있다. 교수님은 이것을 마을에 둑이 무너지는 것에 비유했다. 어떤 마을에 둑이 무너졌을 때 그것을 막고, 다시 쌓고 해결하는 사람은 칭송과 영웅 대접을 받게 되는데, 정작 둑이 무너지기 전에 그 둑이 무너지지 않도록 노력했던 평범한 사람들의 수고로움은 우리가 알지 못하거나 잊기 쉽다는 것이다. 아무 일도 일어나지 않았기 때문에 아무 일도 안 했다고 생각하기 쉽겠지만, 공동체에 대한 한 사람 한 사람의 보이지 않는 수고와 헌신 덕분에 공동체가 편안한 시간을 보낼 수 있고 평범한 일상을 가질 수 있는 것이다. 이러한 소위 칭송받지 못하는 어른다운 어른이 많은 공동체일수록 견고하고 평화로우며, 이들의 숨은 수고와 노력을 알아주고 인정해 주는 공동체야말로 아름답게 성장하는 공동체일 것이다.

나는 내가 받은 상이 칭송받지 못한 영웅들에 의한 상임을 너무 잘 알고 있다. 갑작스럽게 시작된 회의가 너무 늦어져 불 꺼진 학교에 혼자 교실에 남아 있던 내 아이를 위해 퇴근을 미루고 함께 놀아 주신 옆 반 선생님을 나는 아직도 잊지 못한다. 각자가 맡은 금쪽이(학급에서 더 많은 관심과 사랑이 필요한 아이들을 이르는 말)들을 데리고 복도에서 진땀을 빼는 우리 옆 반 선생님, 아프고 힘든 동료를 위해 업무를 기꺼이 대신해 주는 동학년 선생님들과 밤늦게까지 학부모와 상담하며 자신의 쉼을 조용히 반납하는 선생님들, 늘 교실에서 아이들을 위해 헌신하며 보살핌을 숙명으로 여기고 받아들이는 이 타고난 어른들은 어떤 누구의 비난과 칭찬에 연연하지 않으며 묵묵히 사랑의 길을 가는 영웅들이다. 이 선생님들 덕분에 학교는 평화로울 수 있었고, 지금도 무사할 수 있으며, 더 좋은 학교를 향해 나아가고 있다. 그래서 내가 받은 상은 우리를 위해 반드시 받아야 마땅한 상이었을지 모른다.

어디 교사뿐일까? 사회의 모든 곳 어느 곳에서도 이렇게 공동체를 위해 보이지 않게 당연한 듯 헌신하고 애쓰는 사람들이 있어서 이만큼 버티고 나아갈 수 있다는 것을 너무 잘 알고 있지 않은가? 그런데 우리는 항상 최고를 선망하며 화려함에 집착하고, 난세의 영웅이라는 말로 일상의 영웅들을 간과하지 않았는지 생각해 본다. 어쩌면 우리가 의무라는 이름으로 당연히 해야 하는 삶을 위한 교육(현재 초·중등은 의무교육으로 고등은 무상교육으로 운영되고 있음.)이 지금은 미래 교육이라는 타이틀을 내걸고 눈앞의 위기를 헤쳐 나갈 인재를 기르기에 급급한 건 아닌지 모르겠다. 그래서 정작 건강한 공동체를 이루어 가는 대다수의 칭송받지 못하는 소중한 아이들과 젊은이들의 존재를 점점 잃어가고 있지는 않은지 되짚어볼 일이다.

그래서 나는 오늘도 교단을 지키는 칭송받지 못하는 영웅들에게 꼭 말해 주고 싶다.

거기, 그 자리에 있어 주셔서 나와 우리 공동체가 평안할 수 있었다고, 너무 감사하다고 말이다. 당신이 진짜 어른이고 영웅이며, 할 수만 있다면 이 세상 모든 상은 바로 당신에게도 똑같이 주고 싶다고, 진심으로 받아 마땅하다고 말이다.

상 받은 거 축하한다고요? 모두 선생님 덕분입니다.

근데 사실 선생님이 저의 자랑이고 저의 공적이세요.

다음엔 제가 선생님을 위해 멋들어진 공적조서 한 편 써 드릴게요.

나의 소중한, 칭송받아 마땅한 당신을 위해.

03 수업 에세이
: 나의 수석님께

> 존재감이 없을지라도 쓰임에 따라서는 그 자리에서 더욱 빛을 발하고
> 그래서 다른 품사들을 더욱 빛나게 해 주는 존재.
> 내가 없어도 세상은 잘 돌아가지만, 나로 인해 더욱 의미 있을 수 있는
> 그런 부사형 인간이었으면 좋겠다.
> -이서영 수석님의 《우리는 어떤 품사로 살고 있을까?》 중에서-

수석님.

종종 뵙는 사이지만 우리가 서로 다른 학교에서 근무하게 된 지 벌써 3년째입니다. 울며불며 수석님을 보내 드린 게 엊그제 같은데 시간은 참, 늘 유수(流水)와 같습니다. 여전히 아름답고 솔직하며 또 재미있고 누구보다 열정적인 수석님을 보는 게 저에게는 큰 기쁨이고 안도입니다.

제 교직 생활의 소중한 파트너이자 멘토였고 의지였던 수석님을 생각하면 그 짧았던 시간 동안 우리가 해 낸 많은 일이

떠오릅니다. 그럴 때면 어김없이 뿌듯함과 감격, 그리고 행복했던 시간이 마음 한가득 차오릅니다. 전 세계의 환경 문제를 걱정하고 한 나라의 정치를 개탄했으며, 교육청과 학교 문화는 왜 이 모양이냐며 전의를 불태우곤 했었죠. 그러다 보면 결국 우리는 아이들에 대한 또 수업에 대한 고민과 격려로 마무리를 짓곤 했습니다. 왜 수업을 보여 주는 것이 선생님들은 어려운지, 그렇다면 수업 문화는 또 어떻게 바뀌어야 하는지 몇 시간씩 이야기하곤 했는데, 저는 그럴 때면 마치 교육 혁명의 동지를 만난 양 들뜨고 흥분이 되곤 하였습니다. 진짜 살아 있는 교육과정, 독서와 성찰, 교사의 철학과 삶, 그리고 내 맘 같지 않은 내 아이. 저는 수석님과 이렇게 많은 이야기를 나누며 나름 괜찮은 중견 교사로 성장하고 있는 듯합니다. 물론 저만의 생각이지만요.

수석님.

그때 제가 수석님 수업에 참여하며 썼던 수업 에세이 기억하시죠? 제가 써 본 에세이 중 가장 마음을 담은 수업 에세이였던 거 같습니다. 사실 경력이 짧은 교사 시절에 쓴 수업 에세이라 함은 수업에 대한 자기변명과 반성, 앞으로의 다짐으로 이루어진 형식적이고 진부한 에세이가 대부분이었죠. 숙제처럼 쓰는 자아비판으로 가득한 수업 에세이가 썩 유쾌하지 않아 쓰기 싫을 때도 많았습니다. 그러다가 10년 전쯤, 수업 에세이의 다른 형식을 배우게 되면서 교사의 눈이 아닌 학생의 눈으로 수업을 보는 것과 가르침이 아닌 배움의 역동이 어떻게 일어나고 있는지를 자세히 볼 수 있다는 건 개안(開眼)과도 같았습니다.

저는 그때 한 학생, 한 모둠의 배움 과정을 눈으로 따라가며 40분 동안 학생들에게 일어나는 일들을 아주 자세히 살펴볼 수 있었습니다. 아이들은 때로 싸우기도 하고, 때로는 무기력했으며 좌절도 했지만 자기 내면의 힘과 친구들의 도움으로 다양한 배움을 갖고 있었습니다. 교실 속 30명 아이들에게 저마다의 30가지 배움이 존재한다는 것에 놀랐고, 그러면서 교사는 얼마나 섬세하고 또 지혜로워야 하는지 스스로 성찰하는 시간이 되었습니다. 그런 수업 현장의 감격을 글로 쓰고 기록에 남기는 것은 마치 생동하는 시간과 감정을 그대로 옮겨 담아 한 편의 감상문을 쓰는 듯한 기분을 들게 했고, 꼭 남기고 싶은 추억이 되기도 하였습니다.

그래서 저는 이런 수업 에세이를 다른 선생님들도 함께 써보기를 바랐지만 이런 글쓰기를 지원하고 동기를 부여하는 일은 실패했던 거 같습니다. 좋은데 설명할 방법이 없다는 어떤 광고처럼 아무리 설명해도 강제하지 않는 한 선생님들은 수업 에세이 쓰기를 어려워하셨죠. 그래서 정한 것이 A4 반 장 이상 써 보기였는데 바쁜 선생님들의 일과로 인해 그마저도 제 맘 같지 않아 나는 담당 부장으로서 능력 부족이구나 좌절하기도 했습니다.

그래서 저라도 수업 에세이를 써서 공유해 보기로 마음을 먹었습니다. 처음에는 수석님 수업을 배우고 에세이를 쓸 목적으로 수석님 수업에 직접 참여했는데, 어느새 저는 그냥 수업에 들뜬 한 학생이 되어 있었습니다. 수업이 너무 재미있어서 손도 들고, 발표도 하고, 잘하고 싶은 열정 가득한 학생이었죠.

수업의 역동을 관찰하고 기록하려고 했던 저의 수업 에세이는 수석님께 드리는 고백의 편지로 바뀌어 있었습니다. 수업에서 받은 몽글몽글한 따뜻함과 아이들의 사랑스러움, 그리고 교사로 살아온 제 삶과 수없이 실패한 수업들, 평소에는 닭살 돋아 전하지 못한 수석님에 대한 제 마음도 여과 없이 표현하고 알려 드리고 싶은 마음이 가득했습니다. 나태주 시인의 말처럼 쓰지 않고는 도저히 못 배기는 지경에 이르렀던 것 같습니다. 그러면서 또 신기하게 마음이 정리되고 차분해지며 정신없이 달려온 저의 삶도 돌아보게 되었습니다.

수석님

저는 수석님이 우리 학교 선생님들께 써 주셨던 '부사로 사는 삶'에 대한 에세이가 좋아서 몇 번이고 다시 읽어 보았습니다. 사실 수석님이라면 '동사'로 살라고 하지 않을까? 예상했습니다. 누구보다 교육과 삶을 사랑하는 열정 가득한 분이니까요.

저를 포함하여 우리는 늘 동사로 사는 삶을 강요받아 온 듯합니다. 어쩌면 아이들에게도 주인공이 되라고 말하면서 빨리 걷기를 강요하기도 했고요. 저 자신도 오랜 시간 동안 부장 업무를 하면서 동사로 살아야 한다는 압박감을 가지고 있었고, 지금도 사실 다 놓지는 못했습니다. 하지만 나이를 먹고 경력이 쌓일수록 부사로 사는 삶, 부사로 서 있는 저를 더 사랑할 힘이 생깁니다. 제가 늘 학교에서 쓰이고 버려지는 소모품 같다고 징징대며 학교 문화와 시스템에 대해 열변을 토할 때마다 그건 학교에 애정이 있어서 그런 거라며 격려해 주셨던 말들이 이제는 좀 이해가 됩니다. 누군가를 돋보이게 해 주기 위해 있으면 좋고 없어도 괜찮은 사람, 봉사 혹은 소모품이라는 이름으로 쓰이고 기꺼이 잊힐 미덕을 지닌 사람, 그런 삶도 충분히 아름다운 걸 마음으로 알아가고 있습니다. 동사로 살며 인정받기를 원했던 어린 저를 대견해하면서요. 그렇게 부사로 사는 삶의 아름다움과 영혼을 품은 삶을 저는 또 수석님을 통해 열심히 배우고 있는 중입니다.

수석님

저는 또 수석님께 수업 에세이를 빙자한 저의 이야기를 쓸 것 같습니다. 부디 많은 선생님이 수업에 대한 고민과 교사로 살며 쌓아 놓은 그 많은 삶의 모양을 글로 들려줄 수 있으면 좋겠습니다. 그래서 우리가 서로를 들어 주고 응원하는 버팀목이 되어 주면 좋겠습니다.

옮기신 학교에서 여러 역할을 하시느라 여지없이 동사의 삶을 살고 계신 수석님의 시간을 늘 응원합니다. 대신 아프진 마시고 특히 위장병 조심하세요.

늘 건강하게 저의 동지이자 선생님으로 계셔 주시길 바라봅니다. 저 그 공교로운 공부 모임에서 또 뵐게요.

설레는 맘으로, 라일락 지는 봄날.

04 혁신학교 운영 보고서
: 이 구역에 미친년은 나야.

예전에 인기 있었던 드라마 〈시크릿 가든〉에 이런 대사가 나온다.

"이 구역에 미친년이 바로 나야. 그러니 너는 이제 막 시작하려는 저 두 사람 방해하지 말고 딴 데 가서 놀아."

자신을 미친 사람으로 만들어 주인공 남녀를 지켜 주는 멋진 조연이라니. 이 멋진 여자 덕분에 주인공 남녀는 서로의 사랑을 확인하고 관계에 전환을 맞는 긴 입맞춤을 나눌 수 있게 된다.

작년에 혁신학교 4년간의 운영을 마치고 운영 보고서를 썼다. 정해진 형식이 있는 것은 아니지만, 4년간의 학교 변화의 과정과 성장 스토리를 담은 보고서이다. 이 보고서를 쓰다 보면 4년 동안 있었던 학교 교육 활동 역사와 학교의 변화를 위해 노력한 공동체의 흔적이 고스란히 모아지고 되새겨진다.

잘한 것과 부족한 것도 여실히 드러나기 때문에 자부심과 아쉬움이 교차하기도 하고, 이제 끝났다는 후련함과 동시에 선생님들에 대한 고마움도 함께 찾아온다.

사실 혁신 부장들 사이에는 전설처럼 내려오는 말이 하나 있었다.

"혁신학교에 미친 교사 셋만 있으면 성공할 수 있다."라는 말이다. 일명 3의 법칙이라고 한다.

그만큼 별로 득이 되는 것도 없이 불나방처럼 영혼을 태워 학교 일을 하는 사람이 있어야 학교를 변화시킬 수 있다는 것이다. 학교뿐만 아니라 어떤 조직이든 다른 사람보다 조금 더 고민하고 기꺼이 기쁨으로 섬기는 사람들이 있어야 변화의 물줄기를 틀 수 있다고 생각한다. 공동체보다 자기 자신이 더 소중하고, 오히려 이런 짐을 진 사람들을 어리석게 바라보는 사람들로 이루어진 공동체는 변화와 성장이 일어날 리 없다.

다른 혁신학교 근무 5년을 마치고 이 학교에서 조용하고 행복한 학교생활을 하고 있던 어느 날, 교감 선생님께서 나에게 이런 제안을 하셨다.

"부장님, 교육의 본질이 뭘까요? 나는 정말 교육의 본질을 찾아가는 학교를 함께 만들어 보고 싶어요. 쓸데없는 것 그만하고 진짜 아이들을 위한 그런 교육이 펼쳐지는 학교요. 그런데 우리가 갑자기 아무것도 없는 상태에서 뭔가 하려면 힘들 잖아요. 그러니 시스템의 힘을 빌려서 그런 학교를 만들어 보 면 어떨까요? 혁신학교 신청해 보면 어때요?'

머릿속에 287가지 생각이 펼쳐졌다.

'음. 혁신학교 좋지만, 공동체의 의지가 없으면 안 되는 건 데. 왜 이걸 나한테 이야기하시는 걸까? 선생님들을 설득해 달라는 말씀인가? 투표도 해야 하고, 계획서와 보고서도 써야 하고, 운영도 해야 하고. 내가 총대를 메야 하는 건가? 좀 버거 운데?'

그런데 이런 오만가지 생각과는 다르게 내 내면의 통제되지 않는 자율신경처럼 "혁신학교 해 보니 힘들기는 한데 좋은 점 도 많았어요. 성장한 부분도 있고 좋은 선생님들도 많이 만났 습니다. 선생님들과 이야기해 보겠습니다."라고 대답하고 말 았다. 그리고 교실로 돌아오는 길에 생각했다. '내가 미쳤지. 이걸 또 한다고? 이쯤 되면 중독 아냐?'

시작해 보자고 말은 했지만 자신이 없었다. 나 스스로 그런 미친 교사가 될 에너지가 없었고, 선봉에 서야 한다는 부담감 도 있었다. 그리고 굳이 혁신학교를 하지 않아도 이미 우리 학 교는 꽤 괜찮은 학교였다. 그래서 한편으로는 투표 찬성 수가 적어서 이대로 흐지부지 끝나 주기를 조금 바라기도 했었다.

하지만 결국 혁신학교를 했을 때 좋았던 경험과 보람을 알았기에 동료 교사들을 설득하고 한 번 더 그 힘을 믿기로 했다. 그렇게 더 좋은 학교를 함께 만들어 가기 위한 여정을 시작하였다.

그때 나는 혁신학교 운영 계획서에 다음과 같은 내용을 담았다.

비단 교사뿐만이 아닙니다. 지금 학교는 학생과 학부모를 포함한 교육 공동체 모두가 상처받고 있는 것 같습니다. 우리 학교 학생들은 사교육과 교우 관계의 문제로 힘듭니다. 학부모는 벌써 입시 준비를 하며 행여나 우리 아이가 다른 아이들보다 뒤처지지 않을까, 왕따당하지 않을까 전전긍긍합니다. 교사 역시 수업과 늘어가는 업무, 갈수록 힘든 학생 생활지도와 학부모 민원까지 녹초가 되곤 합니다. 하지만 이 고민을 해결해 줄 사람은 아무도 없습니다. 이 상처와 고민을 알아주고 보듬어 줄 수 있는 것은 결국 우리 교육 공동체입니다.

우리는 힐링하기로 마음먹었습니다. 행복한 배움과 성장의 기쁨이 있는 곳으로 돌아가기로 했습니다. 멋있는 교육과정, 화려한 수업 기술, 뷔페 식당 같은 보여 주기식 체험활동 대신 우리 학교 공동체 모두가 행복한 삶을 살기 위해 필요한 것을 배우고 가르치는, 교육의 '기본'에서 출발하겠습니다. 함께 시작하는 이 길 끝에 서로에 대한 따뜻함과 치유가 있는 진짜 인생 학교가 서 있기를 기대해 봅니다.

우리는 혁신학교를 시작하면서 선생님들이 자기 삶을 돌보기를 원했다. 날마다 자신의 것을 내주기 바쁜 교사도 자신을 다시 채우는 시간이 필요하다 생각했다. 그리고 항상 학생, 학부모의 이야기를 들어주는 역할만 해 왔다면 한 번쯤은 교사 자신의 이야기를 꺼내 놓을 수 있는 안전한 공간이 있으면 얼마나 좋을까 하고 생각했다. 교사가 힘이 있어야 자신이 맡은 아이를 온전한 눈으로 바라볼 수 있을 것이다. 트라우마를 가진 교사, 상처가 있는 교사가 자신이 맡은 아이들을 왜곡 없이 보는 건 어려운 일이니까. 그래서 교사의 회복과 연대의 힘을 통한 학교의 변화를 꿈꾸었다. 혁신학교에 있었던 내 경험상 이런 교사 연대가 시작되는 순간 학교를 변화시키는 힘은 쉽고도 매우 강력했다.

그래서 혁신학교 첫해에 '비폭력 대화' 연수를 통해 교사들의 상처를 함께 들여다보고 성찰하고 위로하는 시간을 가졌다. 자신을 마음껏 내보인 적이 없었던 많은 선생님은 부끄러웠고, 어색했고, 조금은 불편해했다. 하지만 결국 20시간의 연수 마지막 날 여기저기서 터져 나오는 선생님들 울음소리를 들었다. 서로에 대한 위로와 고마움의 울림이었다.

코로나19가 시작되었을 때, 처음 겪어 보는 참혹한 역병으로 이제껏 해 본 적 없는 온라인 수업을 준비하고 교육 활동 계획을 수십 번 바꾸었다. 교사는 집에서 논다는 언론의 흠집 내기와 가짜 뉴스를 들으며 매일 학교로 향했다. 유난히 힘들고 길기만 했던 3년을 서로 도와주고 성장하면서 또 살아냈다. 학교를 옮긴 신규 선생님이 당황하며 간증을 하기도 했다.

"워크숍이 너무 재미있어요. 이래도 되는 거예요? 저는 이제 학교 옮기면 힘들 것 같아요. 이 학교가 저의 기본값인데 예전 방식의 교육과정이나 워크숍이 어떨지 모르겠어요."

이렇게 험난했던 3년을 고마운 동료 선생님들이 서로에게 의지와 버팀목이 되어 주며 이겨냈고, 이런 선생님들의 마음을 알아주는 학부모님들의 지지와 격려도 점점 많아졌다. 결국 70%대의 지지율로 시작했던 우리 학교는 혁신학교 재지정에 대한 찬반 투표에서 공동체의 95% 이상 찬성이라는 멋진 성적표를 받으며 혁신학교 4년 마침표를 찍었다.

비록 혁신학교는 미래 교육이라는 갑작스러운 덮어쓰기로 사라지게 되었지만 우리는 함께 가는 힘이라는 귀한 자산을 얻었다. 귀찮고 의미 없어 보이고 힘든 줄 뻔히 아는 일이라도 아이들을 위한 것이거나 공동체를 위한 일이라면 계산하거나 재지 않고 최선을 다해 돕는 선생님들이 있다. 그리고 언젠가는 더 많은 선생님과 학부모님들까지도 함께할 거라고 믿고 있다.

나는 오래도록 이 선생님들께 감사할 것이다.

학교를 바꾸는 길에 기꺼이 동지가 되어 주시고 그 기쁨에 함께할 수 있게 해 주셔서.

그리고 어디서든 새롭게 시작될 교육의 고된 여정에 또 기꺼이 동행해 주실 것에 대해서.

우리들의 사랑이 시작될 또 다른 '시크릿 가든'에서.

05 상담일지
: 그렇게 나는 선생님이 되었다.

아이들이 수업 중에 나무 그림자가 광선에 반사돼 교실 벽에서 어른거
리는 것에 정신이 팔려 당신이 가르치는 것을 귀담아듣지 않는 것을 이
상하게 여기지 말아야 한다. 그들은 당신이 가르치는 것을 귀담아듣지
못한다. 왜냐하면 소년 시절의 강물 속에 잠겨 있는 그들의 시간에 대
한 지각은 성인들과 완전히 다르기 때문이다. 당신은 조용히 그에게 다
가가서 그의 두 손을 잡고, 그를 소년 시절의 멋있는 뗏목에서, 앞으로
항해할 지식의 발동선으로 옮겨 앉게 해야 한다. 더욱 중요한 것은, 때
때로 당신 자신이 아이들이 탄 큰 배에 앉아서 그들의 눈으로 세계를
함께 바라보는 것을 부끄럽게 여기지 않는 것이다.
- 수호 믈린스키, 《선생님들에게 드리는 100가지 제안》 중에서 -

상담이야말로 교사가 하는 일 중 가장 중요하고 의미 있는
일이라고 늘 생각해 왔다. 내가 사람을 만나 알아 가고 이해해
가는 여정을 좋아하기도 하고 상담 덕분에 좋았던 교육적 경
험이 많기 때문이며, 아이 한 명 한 명, 학부모 한 분 한 분과

만나 상담을 하다 보면 그 아이에 대한 이해가 깊어지고, 아이를 바라보는 내 눈이 좀 더 따뜻하고 사랑스럽게 바뀌는 경험 때문이기도 하다.

교사는 최소 2회 학생과 학부모 상담을 한다. 주로 매 학기 초에 이루어진다. 1학기 초에 이루어지는 상담은 학생에 대한 정보를 얻는 목적이 크다. 이 상담을 통해 학생의 가정 환경이나 성격 특징, 좋아하는 것과 어려움이 있는 것들을 공유하게 되고, 그런 점에서 학부모는 자녀의 성장을 위해 교사가 알아야 하거나 도와주어야 하는 것을 솔직하고 구체적으로 이야기해 주는 것이 좋다. 2학기 초 상담은 교사가 학부모에게 그동안 자녀가 어떤 학교생활을 했는지, 의미 있었던 발견(부정적이든 긍정적이든)은 무엇이었는지 관찰한 내용들을 공유하는 상담이다. 남은 한 학기를 더욱 잘 보내고 바르게 성장할 수 있도록 학생 스스로 또는 학부모와 교사가 함께 돕는 것이다. 상담 과정을 기록하는 것이 상담일지인데, 여러모로 유용하다. 잊힐 수 있는 학생의 세세한 정보들을 상기할 수 있고, 교육적 진단과 피드백 자료로 쓰인다. 학생 개개인의 맞춤형 교육과 생활지도를 위해서, 교사 자신의 교육적 실천에 대한 증거 자료로도 필요한 기록이다. 나에게는 이런 유용함과 더불어 교사로서 또 다른 성장을 준 것이 이 상담일지이다.

첫 발령을 안산으로 받았다. 환경이 그리 좋지 않은 곳이었다. 월요일 아침에 운동장 조회를 하는 날이면 교장 선생님의 훈화가 30분을 넘어갈 즈음 어느 빌라의 창문에선가 고함이 들려왔다.

"그만 좀 해, 이 xx야. 시끄러워서 잠을 잘 수가 없잖아."

그러면 아이들과 나는 이제 살았다는 우리만 아는 눈빛을 주고받으며 땅을 보고 살짝 미소를 지었다.

그 동네 주민분들 중에 상당수가 2교대 근무를 하거나 야간 근무를 하는 탓에 아침에 주무셔야만 하는 분이 많았는데, 마이크에서 울려 퍼지는 교장 선생님의 우렁차고 끝없는 훈화가 이분들의 잠을 방해한 것이다. 그런데 이런 환경은 상담에도 영향을 미쳤다. 그때 신규 교사였던 나는 교사의 사명감과 열정에 불타 아이들 집을 가정방문하고 학부모와 상담하는 것이 당연한 본분이라 여겼다. 그런데 그때 같은 학년 선배 교사의 말에 나는 적지 않게 당황했다.

"마음은 알겠는데 선생님, 거기는 가정방문은 좀 어려울 것 같아. 아가씨 혼자 지나가면 아저씨들이 막 쳐다보고 그러는데 거길 저녁때 혼자 가는 건 걱정스럽네. 사실 학부모들도 가정방문 원하지 않아. 저녁에 일 나가고 그러는데 선생님 때문에 일도 못 나가고 집도 보여 줘야 하고 불편하지. 그냥 학교에서 해요. 그게 안전하기도 하고. 그리고 신규 교사들은 어리고 경험이 없어서 함부로 말하는 학부모들도 종종 있어. 준비를 많이 해야 해."

나의 첫 제자들과 학부모를 만나 따뜻한 교감을 나누리라 들떠 있던 나에게는 정말 현실적이면서도 아쉬운 조언이었고, 선배 교사의 조언은 슬프게도 모두 옳았다.

나는 학교에서 학부모 상담을 하기로 하고 준비를 시작했다. 의상부터 나이가 좀 들어 보이는 정장으로 준비하고 눈화장도 했다. 아이들에 대한 기초 조사서와 상담 자료를 개인별로 분류하여 정리하였다. 경험이 없어 보이거나 어리숙하게 보이고 싶지 않아서 교육과정이나 생활지도에 대한 전문적인 지식을 암기했다. 질문과 예상 답변도 생각해 보고 여유로운 미소까지. 이제 실전만 남은 상태였다. 이 정도면 자신 있다고 생각했다.

그러나 나는 역시 초짜였다는 것을 학생 상담부터 증명해 보이고 말았다.

그 당시 6학년이었던 아이들은 담임인 나에게 도무지 곁을 주지 않았다. 학기 초부터 다소 거친(말을 잘 듣지 않는) 아이들의 군기를 잡아야 한다는 편견에 눈을 흘기며 목소리를 내리깐 것이 아이들과 나 사이에 벽을 만들고 말았다. 의례적이

고 짧은 대답과 담임의 도움따위는 필요없고 원하는 것도 없
다는 듯 교실 여기저기로 떠다니는 눈빛, 그리고 상담이 끝나
자마자 부리나케 사라지는 아이들. 그해 3월 아이들과의 상담
은 대실패였다. 심지어 그때는 그것이 대실패였다는 사실조
차도 몰랐다. 그저 뭔가 불편하다고만 여겨졌을 뿐 그걸 알아
차리지도 못할 만큼 어설펐다. 학부모 상담은 더욱 심했다.
들어오자마자 친근하게 웃으며 반말 비슷한 어조로 나의 개
인 정보부터 묻는 학부모를 만났다.

"어머, 선생님. 신규 선생님이라면서요? 남자친구는 있어
요? 있겠지. 어디 사세요? 우리 아이 말이 이 근처에 사신다고
하던데. 자취하시는 거예요? 이번에 새로 온 선생님들이 이
근처에서 많이 살더라고요. 저녁에 종종 봤어요. 우리 아이는
학교에서 잘 지내죠?"

식은땀이 흐르고 말문이 막혔다. 내 개인정보를 어디까지
알고 온 건지 또 어디까지 말해야 하는지도 모르겠고, 상담은
언제 시작해야 할지도 모르겠고, 이게 친근함인지 무례함인
지도 모르겠다는 마음으로 그저 바보처럼 웃고만 있었다. 어
떤 학부모는 내가 모르는 학교에서 있었던 일을 내게 알려 주
며 따지듯이 묻기도 했다.

"선생님, 그 일 알고 계셨어요? 모르셨죠? 한 번 확인해 보

셨으면 좋겠네요. 선생님이 아직 아이를 안 낳아 봐서 모르겠지만 부모로서 정말 너무 속상하네요."

(지금도 신규 선생님들에게 종종 일어나는 일이라고 한다.) 그런가 하면 나의 교육 철학이 무엇인지, 수업은 어떻게 진행하는지, 아이들이 싸울 때는 어떻게 해결하는지 면접하듯 묻는 학부모도 있었고, 상담을 하다가 갑자기 집안 문제로 넘어가서 부부 싸움을 한 이야기를 들어야 할 때도 있었다. 그리고 꼭 상담을 와 줬으면 좋겠다고 생각한 아이들의 부모님은 끝내 상담을 오지 않으셨다. 이건 20년이 지난 지금도 매우, 종종 그렇다.

나는 상담을 하고 난 후 그야말로 탈탈 털린 영혼을 부여잡고는 상담일지를 썼다. 처음으로 쓰는 상담일지를 정리하며 나는 반성과 이해와 짜증과 감동을 넘나들며 감정의 소용돌이를 겪었다. 아이가 선생님을 좋아한다면서 학교 다니는 것을 좋아한다고 감사하다고 말할 때는 감동했고, 학부모의 이야기를 들으며 그 아이의 모습이 떠오르고 그 마음이 깊이 이해가 되기도 했다. 그럴 때면 내가 왜 그때 그 아이에게 좀 더 따뜻한 눈빛을 주지 못했는지 반성했으며 한없이 부족하기만 한 나에게 짜증이 나기도 했다. 그렇게 상담일지를 쓰며 성찰하고 고민하기를 24년. 나는 상담에 있어서 더 이상 두렵지 않은 경력을 갖게 되었다.

　나는 이제 아이들과 상담 전 아이들과 따뜻하게 눈을 맞추고 안부를 묻는 시간에 공을 들인다. 아침맞이를 해 주기도 하고 월요일 아침 첫 수업은 주말에 있었던 일들을 함께 나누기도 한다. 점심시간에는 삼삼오오 아이들과 함께 모여 급식을 먹으며 아이돌 이야기와 게임 이야기도 나누고, 미용실에 다녀온 이야기나 최근 연애 사건 이야기를 함께 나누며 웃기도 한다. 아이들의 기초 조사서를 외우는 대신에 그 아이가 무엇을 좋아하는지, 요즈음 무엇에 빠져 살고 있는지 시시콜콜한 일상을 먼저 외운다. 그러면 아이들은 내 노력에 화답하듯 숨겨 놓은 비밀 하나씩을 수줍게 꺼내 놓는다. 나도 그에 맞는 나의 어릴 적 웃지 못할 사건들을 조금은 과장하여 맞바꾼다. 그렇게 우리는 비밀을 공유한 친구가 되고 동지가 된다. 그럴 때면 지금보다 훨씬 어설펐던 때에도 나의 어린 친구들은 공개 수업을 앞두고 긴장하고 있던 나에게 힘을 주었다.

　"선생님, 떨리세요? 걱정하지 마세요. 우리가 있잖아요. 우리 엄청나게 잘할 거예요."

　교실 뒤 거울을 보며 깻잎 모양의 앞머리를 만들던 6학년 여자아이들의 이 위로가 나에게 얼마나 큰 평안함을 주었는지 모른다. 약속대로 아이들은 눈물과 신들린 연기에 가까운 도덕 수업 모의재판을 선보이며 이 부족한 담임 선생님의 어깨에 힘을 실어주었다.

그리고 나는 이제 학부모를 만날 때에도 아이를 키우는 부모의 마음을 충분히 이해하고 공감하며, 설령 생각지 못한 공격적인 질문에도 당황하지 않는다. 날이 선 질문 뒤에 숨겨진 부모의 불안을 충분히 이해할 수 있기 때문이다. 그것은 내가 부모가 되었기 때문이기도 하겠지만, 내가 맡은 아이들 하나하나와 쌓은 우정 때문이기도 하다. 또한, 누가 뭐래도 교육에 관한 한 내가 전문가라는 당당함과 아이들에 대한 진심을 잃지 않기 때문이다.

어느 해인가 상담일지를 쓴 분량으로 학교 평가 실적에 가산점을 준 적이 있다. 교사들이 의무적으로 몇 건 이상 써서 나이스 시스템에 올려야 했었다. 지금은 의무는 아닌데 학교폭력이나 생활지도에 문제가 생겼을 경우를 대비하여 상담일지를 쓰고 결재를 올리기도 한다. 교사의 안전을 위한 자기방어적인 이런 행정적 절차들로 인하여 오히려 상담일지가 주는 중요한 의의-아이와 학부모를 이해하고 공감하며 교육적으로 돕고자 하는 스승의 마음 갖기-가 희미해지는 것 같아 씁쓸하기도 하다. 부디 아이들을 너무 사랑하고 바르게 성장하도록 돕고 애쓰는 교사들의 모습을 기억해 주면 좋겠다.《우린 그렇게 어른이 되었다》에 나오는 풀 향이 나는 텐 양(주인 공)의 선생님처럼, 언젠가는 자기 학생과 조용히 손을 잡고 같은 곳을 바라봐 줄 수 있는 교사로 서 있을 테니 말이다.

그렇게 나는 지금의 선생님이 되었다.

06 교직 에세이
: 서로를 세우며 함께 가는 걸음으로

만남

> 그러나 그럼에도 여전히 현 상황에 의구심이 드는 이유는 우리 교사들이 행복하지 않기 때문이다. 교사들은 여전히 아프고, 더 지쳐간다. 분명 학교가 변화하고 수업이 달라졌다는 이야기는 들리는데 정작 교사들은 수업하기가 더 힘들고, 학생들을 대하기가 너무 버겁다는 말을 더 많이 한다.
>
> -김태현,《교사, 삶에서 나는 만나다》중에서-

이번 연구는 어쩌면 나를 위한 연구일지도 모른다.

나는 소위 학교 지박령(어떤 장소에 얽매어서 계속 머물며 많은 일들이 일어나게 하는 귀신-나무위키)처럼 혁신연구부장으로 10년을 살았다. 2010년부터 두 학교에서 혁신 교육을 나름 성공시켰으며 12년 혁신학교 흥망성쇠를 같이 했다.

나는 수많은 시범학교 계획서나 보고서를 썼고, 지금은 없어진 100대 교육과정에서도 학교 상을 안겨 주었다. 그러나 정작 나를 위한 수업 실기 대회에 나가거나 현장 연구대회 보고서를 써 본 적은 단 한 번도 없고, 그것이 부끄럽지 않았다.

나는 혁신학교 연구회, 독서교육 연구회, 평화교육 연구회 등에 몸담았고 네트워크를 이끌기도 했다. 교육청에서 요청하는 일들을 거절하지 못해 나에겐 별 필요도 없는 위촉장도 여러 개 얻었다. 강의 요청을 받고 자랑을 늘어놓기도 했다. 그러면서 나의 노력이 어딘가에 또는 누군가에 기여되고 있다고 생각했다.

아이들과 한 해를 살아가기 위해 교육과정을 재구성하고, 학년 선생님들과 함께 수업을 준비했다. 성공과 실패의 순간 서로를 지지해 주는 순간들이 너무 좋았다. 그렇게 학년 부장 업무도 6년을 했고, 여전히 아이들과 교실에서 마주하며 웃는 순간이 참으로 행복하다.

하지만 그와 더불어 나는 최근 5년간 선생님들의 이런 이야기들도 마주했다.

"연구부장 경력 10년에 승진을 왜 안 하는 거야?"

"전문직 시험 준비해, 딱 어울려. 혁신연구부장 경력이 그 정도면."

"수석교사 어때? 이번에 다시 뽑는다는데. 아, 석박사 경력이 없네. 뭐 했어?"

그리고 보니 난 점점 소진되고 있다는 생각이 들었고, 내가 학교를 위해 노력한 것들이 흩어져 사라지는 듯한 상실감도 있었다.

그렇다면 나의 24년 교직 생활은 어떤 의미를 갖는 걸까?

나의 교사로서의 삶이 부장 교사 한 번 안 해 보고 15년 넘게 교직 생활을 한 선생님보다 의미 있고 가치 있었다고 말할 수 있을까? 또는 승진한 교사에 비해 영리하지 못한 허튼 세월을 보낸 게 아니라고 말할 수 있을까?

울림 그리고 나아감

회상 1. 그때 그 학교의 별명은 불야성(不夜城)

혁신학교를 시작하면서 개교 학교였던 학교에 발령을 받았다. 그리고 연구부장이 되었다.

전혀 해 본 적 없는 새로운 형식의 교육과정 설계와 운영, 쉴 새 없는 손님맞이(그때 학교를 보기 위해 온 전국 각지의 교감단 연수 같은) 각종 위원회와 끝없는 회의, 품의, 여러 개의 선도학교와 함께 들어온 많은 예산. 학부모들이 그들의 아파트에서 바라본 학교는 밤 10시까지 꺼지지 않는 불야성(不夜城)이었다. 그것이 우리가 조금은 뿌듯하게 받아 든 첫 번째 별명이었다.

선생님들은 빠르게 소진되었고, 치열했던 만큼 생채기가 났다. 누구를 위한 것이진 모르지만 그나마 나는 나름 교육과정 좀 한다는 명예와 나의 건강을 맞바꾸며 병원 신세를 지기도 했다. 함께했던 교사들 역시 나처럼 교육 철학의 변화를 겪으며 많이 성장했으나 교사의 성장통을 들여다봐 주는 누군가는 없었다. 만약 그때 서로의 삶을 들여다보고 쉬어가도 괜찮다고 말해 주는 그 누군가가 좀 더 많았다면 우리는 좀 덜 전전긍긍하고 주체적이며 단호할 수 있었을까?

회상 2. 결국 우리는 공동체였다.

나는 쉼이 필요했다. 혁신학교가 아니면서 부장 교사가 모두 정해진 학교를 찾아갔다. 안정되고 편안했다. 내 반 아이들만 잘 가르치면 되었고, 교사들끼리의 친목도 잘되었다. 안

정적이고 쉬웠지만 자기 성장은 각자 알아서 학교 밖에서 이루었으며, 다른 학년 선생님은 얼굴조차 생소했다. 굳이 몰라도 불편하지 않았고 오히려 몰라도 되는 것이 편했다. 하지만 큰 학교 폭력 사안이 발생했고 신규 선생님이 법정과 교육청 감사, 병가를 오가며 무너지는 모습을 보며 모두가 크고 작은 트라우마를 겪어야 했다. 결국 우리는 서로에게 연결된 공동체임을 알게 되었다.

나는 그때 아픔을 겪어낸 신규 교사와 지금도 함께하며 교사 공동체가 주는 믿음과 지지가 얼마나 중요한 것인지를 몸소 깨달았다.

회상 3. 서로를 세워 주며 함께 가는 걸음으로.

그래서 다시 혁신학교를 시작할 땐 함께 가는 걸음을 선택했다.

나는 학교 문화를 만드는 가장 기초적인 자산은 바로 안전한 교사 공동체라는 걸 알았기 때문이다. 우리는 학교의 비전을 세우고 교육과정을 만드는 일을 미뤄 두고 소진된 교사의 삶을 돌아보고 안전한 교사 공동체를 만들기 위한 연수를 우선에 두었다. 18시간에 걸친 NVC1 교사 연수 과정을 통해 모르는 게 편했지만 외로웠고 상처받고 있던 서로를 만나게 되었다. 변화는 여기서부터 시작되었다.

마음을 여는 이 연수를 시작으로 해서 인문학 독서 동아리, 토론수업 동아리, 교사 교육과정 공동체가 열렸다. 모두 자율적인 학습 공동체였다. 코로나19로 삼엄했던 2년 동안 힘들었던 서로를 다독이고 도와주며 어느 학교보다도 빠르게 디지털 수업을 안정화시켰다. 공감과 협업을 통해 서로가 가진 리더십이 발현되는 시간이었다. 교사의 삶이 회복된다는 것은 그냥 정서적 회복만을 의미하는 것이 아니었다. 교사로서 자긍심과 자존감을 함께 회복하는 것이 교사의 진정한 회복이었다. 배움에 열정이 가득했고 서로가 가진 능력들을 아낌없이 내어 주었다.

힐링캠프와 함께하는 교육과정 워크숍은 또 다른 공동체성과 자긍심을 갖게 하였다. 우리 학교에 와서야 25년 경력에 처음으로 학년 부장을 하며 이제야 적성에 맞는 업무를 찾았다고 말하는 선배 교사를 보는 특별한 경험을 하기도 했다. 이제 다른 학교에 가면 너무 비교되어 힘들 것 같다는 신규 선생님의 이야기도 들었다. 바쁜 교육과정과 STEAM, AI 선도학교, 민주학교 등 수많은 활동으로 힘들었을 텐데도 우리의 고백과 열정은 계속되었고, 이러한 우리 학교 교사들의 성장은 고스란히 교실 속 아이들과 학교 문화에 스며들었다.

나는 이제 경험으로 말할 수 있을 거 같다. 비록 승진 점수를 챙기지는 못했지만, 소중하고 아름다운 사람들을 만났고, 내가 교사로 살아가게 하는 힘이 그들과 만든 시간과 학교 문화에서 나왔다는 것, 이렇게 지금도 조금 더 성장하는 선생으로 아이들을 만나고 있다는 것을.

그래서 나는 연구년 과정을 통해 교사 리더십을 회복하고 발현하는 공동체 문화에 대해 좀 더 깊이 성찰하고 탐구하여 앞으로의 교직에서 의미 있는 학교 문화를 함께 실현하고자 한다.

07 연구년 addition 5
: 연구년 선발 기준

Q. 경기도 연구년 기준 중 나에게 득이 된 것

연구년 선발 기준에는 다양한 기준이 있어요.

2023년 경기교사 연구년 선발 예정 인원은 총 150명이었어요. 최종 137명이 함께 경기교사 연구년으로 선발이 되었지요.

분야는 총 4가지 영역 교육연구, 정책연구, 리더십연구, 교육회복연구 교사를 뽑았답니다. 각 분야별 선발 인원과 경력 기준은 차이가 있어요.

구분	교육연구	정책연구	리더십연구	교육회복연구
선발인원	80명	40명	30명	
경력기준	15년 이상			25년 이상

경기도의 경우 아래 배점처럼 정량평가(70점), 정성평가(30점)[1]으로 나뉘어서 총 100점 배점이 되었답니다.

---

1 경기도 교육청 2023년 경기교사연구년 선발 기준

구분	영역		배점	심사내용	비고
적격 여부	공통사항			- 2021학년도 교원능력개발평가 3.5점 이상 ※ 2021학년도 미근무(휴직 등)시 가장 최 근 년도 반영	P/F
				- 학교장 추천서	필수
정량 평가	교육 기여 (40)	교육 경력	20	- 교육경력 15년 기본점수 10점 배점 - 교육경력 15년 초과 경력 1년당 1점 배점 - 교육경력 25년 이상 최대 20점 반영 - 6개월 이하 0.5점, 6개월 초과 1점 반영	※2023.2.28. 기준 ※ 15년 6개 월은 10.5점, 15년 6개월 10일은 11점
		보직 교사 경력	10	- 보직교사 경력 1년당 1점 배점 - 보직교사 경력 최대 10년, 10점 반영 - 6개월 이하 0.5점, 6개월 초과 1점 반영	※ 5년 6개 월은 5.5점, 5년 6개월 10일은 6점
		담임 교사 경력	10	- 담임교사 경력 1년당 1점 배점 - 담임교사 경력 최대 10년, 10점 반영 - 6개월 이하 0.5점, 6개월 초과 1점 반영	※ 5년 6개 월은 5.5점, 5년 6개월 10일은 6점

	전문성
	향상
	(20)
		연구
		실적
			15	- 직무관련 학위(석사학위 2점, 박사학위 3점)
				- 연구대회 1등급 3점, 2등급 2점, 3등급 1
				  점(전국, 도단위 동일 적용, 초등수업실기
				  대회 포함)
				- 동일년도의 동일 연구대회는 유리한 등급
				  1회 적용
				- 서적 집필 (1권당) 1인집필 2점, 공동집
				  필 1점, 출판사를 통한 정식 출판(ISBN)
				  에 한함
					각 항목
					점수 누적
					합산
					(최대 15점)

		직무
		연수
		이수
		실적
			5	- 직무연수 15시간당 1점 배점
				※ 15시간 이하 1점, 30시간 이하 2점, 45
				  시간 이하 3점, 60시간 이하 4점 60시
				  간 초과 5점
				※ 2021학년도 미근무(휴직 등)시 가장 최
				  근 년도 반영
					2021
					학년도
					기준

구분	영역		배점	심사내용	비고
정량 평가	정책 기여 (10)	위 촉 장	10	최근 5년 이내 위촉장 연 2건 인정 교육감 이상 1점, 교육장(직속기관장, 경기 도교육연구원장) 0.5점, 최대 10점 반영	2018~2022 학년도 기준
	소계		70		
정성 평가	연구년 계획서 (30)		30	영역별 중요도에 따라 배점 1) 교사 소명의식 및 교육철학(5점) 2) 연구년 신청 배경 및 자기 성장 의지(5점) 3) 연구년 계획의 체계성, 구체성, 타당성 (10점) 4) 연구년 후 현장기여 계획(10점)	영역별 주제 적합성 필수
	합계		100		

우리 공동연구 7명의 선생님들은 위 기준에서 어떤 점이 자신에게 유리했는지 궁금하네요.

김혜영
초등 23년 차

20년 담임 경력, 석사 학위, 두 권의 책(공저, 개인 저서)을 냈지만, 부장 경험이 5년밖에 되지 않아 서류 심사에서 떨어질지도 모른다고 생각했습니다. 그래도 도전했고, 운이 좋게도 면접을 볼 기회를 얻었습니다!

이선아
초등 24년 차

일단 부장 경력과 담임 경력 점수가 높았고, 연구회나 컨설턴트 활동에서 얻은 위촉장들이 도움이 되었던 거 같습니다. 정리하면서 느낀 건데 이런 다양한 경험을 통해 정립된 나의 교육 철학이나 학교와 공교육에 대한 문제의식, 공동체에 대한 애정이 계획서 주제와 연구 내용을 작성하는 데 도움을 주었습니다. 이런 생각들이 면접에서 질문에 대답을 할 때 내용의 깊이를 풍부하게 만들어 주었다고 생각합니다.

이현영
중등 국어 24년 차

담임 경력, 부장 경력, 석사 학위 등이 연구년 지원에 도움이 되었습니다. 애정을 갖고 꾸준히 펼쳐 온 교육 활동, 수업 내용 등을 연구년 지원 계획서에 담았습니다.

한미경
초등 20년 차

연구년 지원 서류를 작성하면서 가장 득이 되었던 것은 교사로서 가진 다양한 경험이었습니다. 담임 경력, 부장 경력, 교육지원청 지원 업무, 연구회 참여, 대학원 등 교사의 역량을 쌓고 펼치는 다양한 기회를 천천히 하지만 꾸준히 찾아 참여했던 것들이 도움이 되었습니다.

김진수
초등 19년 차

2023년 선발 기준표에는 전문성 정책 기여 실적에 배점 30점 만점을 부여했는데 이 항목에는 학위과정, 연구대회, 집필 경력, 직무연수 이수 실적, 위촉장 등 5가지 항목이 있습니다. 학사가 전부인 저로서는 학위과정 0점과 또한 연구대회 전무한 저였기에 0점, 직무연수 이수 실적은 거의 모든 분이 만점인 5점을 받았을 것이라 여깁니다.

저에게 가장 힘이 되어 준 항목은 집필 경력입니다. 2017년부터 책을 써오기 시작하면서 개인 저서 4권, 공저 8권 등 다양한 책을 묵묵히 써온 것이 점수 반영이 많이 되었습니다. (2023년 선발 기준에는) 석사 학위와 개인 저서 1권의 환산 점수가 같으니 저에게는 유리한 기준이었습니다.

독서교육 관련 책을 쓰니 교육청에서 독서교육 지원단에도 위촉을 해주었기에 나름의 연구년을 지원하는 데 큰 도움이 되었습니다.

혁신학교에서 10년 넘게 근무하며 담임과 부장교사 경력을 계속 쌓았고, 혁신학교 리더십 과정을 이수하고 혁신 교육대학원을 졸업하며 개인 연구 관련 주제를 계속 고민하고 실천한 것이 도움이 되었습니다. 학교 밖 교사연구회 활동도 하면서 배움 중심 수업, 혁신교육 관련 교육청 사업에 참여하고, 교사 연수에 출강하여 위촉장을 받은 것도 점수에 포함되었습니다.

한민수
중등 국어 22년 차

연구년 선발 기준이 바뀔수도 있겠으나, 연구대회 참여 실적이나 책을 집필하거나 이런 경험이 거의 없는 평범한 교사였던 저는 사실 정량적 점수는 높지 않았습니다. 기껏해야 담임 점수나 부장 점수 정도만 있을 뿐이었습니다. 그래서 연구년 계획서가 중요하다는 생각을 했습니다. 정량적 점수가 빈약한 저로서는 연구년 에세이에 그동안 저의 열정적인 교직 생활을 잘 녹여내려고 노력했고, 마지막 면접 질문에서도 계획서를 꼼꼼하게 보고 면접 문제를 출제했다는 느낌을 받았습니다.

황희경
초등 22년 차

Q. 추가로 다른 시도는 어떤지 궁금해요.

구분	서울	충청남도교육청
특별연수 명칭	서울학습연구년	
지원자격	(유아) 교육실경력 10년 이상 (초·중등) 교육실경력 15년 이상	교육공무원 임용 후 휴직, 파견, 교환 등을 제외한 실 교육경력 10년 이상, 정년 잔여기간 5년 이상인 교사
연수과정	연수원 직무연수(60시간, 1개월) 회복력지원 자율연수(선택과정, 성장형/치유형 중 선택) 개인연수(연구비 비지급)	일반 / 혁신 · 마을교육공동체

구분	서울	충청남도교육청
기간	6개월	1년
선발인원	500명 내외	자율 30명 정책 (일반: 9명, 혁신 · 마공: 11명) 20명
처우	서울학습연구년 기간(6개월) 급여 지급, 호봉 인정, 교육경력 인정	급여, 호봉, 교육경력 100% 인정, 연수비 500만원 이내 지원 ※ 학습연구년 특별연수 참여자는 성과상여금 지급대상에서 제외
선발배점	1차 전형(30점): 적격 및 서류 심사 2차 전형(40점): 연구계획서 심사	1차 전형(지원자격 적부심사 60점 (계획서 40점, 교육활동 20점)) 2차 전형(40점, 심층면접)

*지역, 연도에 따라 매년 선발 기준이 상이하니 해당 공문을 참고하세요.

Q. 2024년 경기도 연구년교사 선발 기준은 무엇인가요?

- 영역: 연구 성과가 학교 교육력 제고 및 현장 교육 문제 개선에 기여될 수 있는 분야(4개에서 3개로 축소)

영역	세부 내용	선발 인원	경력 기준
교육 연구	학급, 학교, 지역 기반 현장 밀착형 교육연구 교육과정(수업, 평가), 기초학력, 생활교육, 진로교육 등	150명	교육 경력 15년 이상
정책 연구	정책연구 I 새로운 경기교육 정책 실행 및 효과 관련 연구 정책연구 II 정책부서 연계 현안 주제 연구		
교육 회복 연구	현장중심 교육력 회복을 위한 자율연구 교육활동 보호, 교원치유, 자율과제 등	50명	25년 이상

- 1단계 서류심사 기준과 배점

1) 교육연구, 정책연구(유, 초, 중등, 특수): 교육 경력 15년 이상

구분	영역		배점	심사내용	비고
석격 여부	공통사항			- 2022년 기준 교원능력개발평가 3.5점 이상 ※ 2022학년도 미근무(휴직 등)시 가장 최근 년도 반영	P/F
				- 학교장 추천서	필수
정량 평가	교육 경력 (20)	교육 경력	20	- 교육경력 15년 기본점수 8점 - 교육경력 25년 이상 최대 20점 반영 - 1개월당 0.1점 배점 ※ 최대 20점을 초과할 수 없음	※2024.2.29. 기준
	교육 기여 (10)	보직 교사 경력	5	- 보직교사 경력 1개월당 0.05점 배점 - 보직교사 경력 9년 이상 최대 5점 반영 ※ 최대 5점을 초과할 수 없음	
		담임 교사 경력	5	- 담임교사 경력 1개월당 0.05점 배점 - 담임교사 경력 9년 이상 최대 5점 반영 ※ 최대 5점을 초과할 수 없음	
	전문성 향상 (20)	연구 실적	15	- 직무관련 학위(석사학위 2점, 박사학위 3점) 연구대회(전국, 도단위 동일 적용) : 1등급 3점, 2등급 2점, 3등급 1점 - 한 학년도 2회 이상의 입상실적이 있는 경우 가장 높은 점수가 부여되는 실적 1회 반영 - 장학자료 개발 건수(자료 사진 첨부) : 도 단위 1점, 지역 단위 0.5점 - 교육 서적 집필 (권당) : 1인집필 1점, 공동집필 0.5점 ※ 출판사를 통한 정식 출판(ISBN)에 한 함(참고서 제외)	각 항목 점수 누적 합산 (최대 15점)

구분	영역		배점	심사내용	비고
정량 평가	전문성 향상 (20)	직무 연수 이수 실적	5	- 직무연수 15시간당 1점 배점 : 15시간 이하 1점, 30시간 이하 2점, 45시간 이하 3점, 60시간 이하 4점 60시간 초과 5점 ※ 2023학년도 미근무(휴직 등)시 가장 최근 년도 반영	2023학년도 기준
정량 평가	정책 기여 (10)	위 촉 장	10	연 1건 인정(최근 10년 이내, 최대 10점 반영) : 교육감 이상 1점, 교육장(직속기관장, 경기도교육연구원장) 0.5점	2014~2023학년 기준
	소계		60		
정성 평가	연구년 계획서 (40)		40	- 교사 소명의식 및 교육철학(5점) - 연구년 신청 배경 및 자기 성장 의지(5점) - 연구년 계획의 체계성, 구체성, 타당성 (15점) - 연구의 실행 가능성 및 현장 기여도(15점)	영역별 주제 적합성 필수
	합계		100		

2) 교육회복연구(유, 초, 중등, 특수): 교육 경력 25년 이상

구분	영역		배점	심사내용	비고
적격 여부	공통사항			- 2022년 기준 교원능력개발평가 3.5점 이상 ※ 2022학년도 미근무(휴직 등)시 가장 최근 년도 반영	P/F
				- 학교장 추천서	필수
정량 평가	교육 경력 (30)	교육 경력	30	- 교육경력 25년 기본점수 18점 반영 - 1개월당 0.1점 배점 - 교육경력 35년 이상 최대 30점 반영 ※ 최대 30점을 초과할 수 없음	※ 2024.2.29. 기준
	교육 기여 (10)	보직 교사 경력	5	- 보직교사 경력 1개월당 0.05점 배점 - 보직교사 경력 9년 이상 최대 5점 반영 ※ 최대 5점을 초과할 수 없음	

구분	영역		배점	심사내용	비고
정량 평가	교육 기여 (10)	담임 교사 경력	5	- 담임교사 경력 1개월당 0.05점 배점 - 담임교사 경력 9년 이상 최대 5점 반영 ※ 최대 5점을 초과할 수 없음	
정량 평가	전문성 신장 (10)	직무 연수 이수 실적	10	- 직무연수 15시간당 2점 배점 : 15시간 이하 2점, 30시간 이하 4점, 45시간 이하 6점, 60시간 이하 8점 60시간 초과 10점 ※ 2023학년도 미근무(휴직 등)시 가장 최근 년도 반영	2023학년도 기준
	정책 기여 (10)	위촉장	10	연 1건 인정(최근 10년 이내, 최대 10점 반영) : 교육감 이상 1점, 교육장(직속기관장, 경기도교육연구원장) 0.5점	2014~2023 학년 기준
	소계		60		
정성평가	연구년 계획서 (40)		40	- 교사 소명의식 및 교육철학(5점) - 연구년 신청 배경 및 자기 성장 의지(5점) - 연구년 계획의 체계성, 구체성, 타당성 (15점) - 연구의 실행 가능성 및 현장 기여도(15점)	영역별 주제 적합성 필수
	합계		100		

나. 2단계 심층 면접 심사

구분	영역	배점	심사내용	비고
정량 평가	1단계 심사	50	- 1단계 서류심사 합산점	환산점 반영
정성 평가	심층 면접	50	1) 교사 소명의식 및 교육철학, 교육경험(10점) 2) 학습과 연구, 전문성 신장 의지(10점) 3) 연구계획 및 적용 구안(10점) 4) 연구년 후 현장기여 및 자기 성장 의지(10점) 5) 자기소개서(10점)	
	합계	100		

출처: 2024 경기 교사 연구년 추진 계획(경기도 교육청 교원인사과)

06

교사라는 직에
진심입니다 한미경

01 수업에세이
: 솔뫼초 교사 학습 공동체 이야기

내가 근무하는 솔뫼초에서는 학기별로 대외 수업 공개가 있다. 한 학년에 한 분의 교사가, 한 학기에 3개 학년이 수업을 연구하고 공개한다. 대외 수업 공개에서는 '수업연구회'라는 학습 공동체와 동학년 수업 협의 공동체가 씨실과 날실처럼 협업하여 수업자가 교사로서 성공 경험을 할 수 있도록 지원한다.

학습 공동체가 튼튼하게 구성된 솔뫼초에서는 공개 수업자에게만 수업 연구의 짐을 지우지 않는다. 수업자가 아닌 교사들은 수업자가 세운 수업의 관점을 공유하고 함께 고민하는 시간을 갖는다. 그 고민의 결과와 성찰을 글로 드러낸 것인 수업 에세이이다.

수업 에세이를 작성하는 과정은 길고, 어렵고, 두렵다. 교사에게는 동료 교사와 함께 연구하는 과정도 어렵다. 하지만 글로 자신을 드러내는 과정은 더욱 어렵다. 그 글 안에 자신의 철학, 수업의 모습, 실행 연구자로서의 실체 등이 온전히 드러나기 때문이다. 그래서 어떤 교사는 글쓰기가 어렵다고 토로하기도 하고, 어떤 교사는 쓰지 못하겠다고 거부하기도 한다. 하지만 대부분 교사는 자신의 수업과 학생, 교실을 돌아보고 학습 공동체를 돌아보며 자신의 삶을 기술한다. 그 기술의 결과는 교사의 성장에 어떤 영향을 미쳤을까?

나는 솔뫼초에서 학년 구성원으로, 학년 부장으로, 교무부장으로 각각 2년씩을 보냈다. 각기 다른 역할들을 수행했던 경험과 그 과정에 도움을 주었던 멘토들의 조언으로 교사 성장의 과정을 경험한 것은 학습 공동체로서의 학교의 모습을 다양하게 살펴볼 수 있는 눈을 길러 주었다. 솔뫼에서 근무한 지 6년이 된 해에 작성한 수업 에세이를 소개한다.

〈수업 에세이〉

올해로 본교에서 여섯 번째 해를 보내고 있다. 긴 기간 동안 솔뫼초의 전문적 학습 공동체 속에서 생활하였기에 이 경험을 다른 학교 선생님들과 나누는 자리에 참여하게 되었고, 질문을 받았다.

"그래서 당신은 전문적 학습 공동체를 통해 어떤 능력이 향상되었는가? 무엇을 할 수 있게 되었는가?"

대답해야 하는 자리였기에 일단 나의 희망 사항을 나의 능력인 것처럼 대답했다.

"6년 전엔 교실 전체를 보며 수업했지만, 지금은 아이들 하나하나를 보아야 함을 알고 그렇게 하려고 애씁니다. 6년 전엔 교과서와 유료 교수 학습 자료 사이트, 인디스쿨이 나의 수업 준비의 전부였지만, 지금은 선생님들과 함께 꾸려 나가는 학년 교육과정과 다양한 자료와 성취 기준을 통해, 그리고 단원-주제 학습 계획을 세우는 방법을 통해 수업을 미리 준비할 수 있게 되었습니다."

이것이 나의 수업 연구 능력으로 인해 완성되는 결과이면 좋겠다. 늘 같은 학년에 기대고 다른 선생님들께 질문하는 방법으로 나의 빈 곳을 채워왔기에 늘 그것이 온전히 나의 능력이라고 확신이 들지 않았다. 그래서 이번 9월에 동료 공개 수업 지도안을 작성했을 때의 경험을 떠올리며 수업 연구에 대해 돌아보려고 한다.

이승호의 전문적 학습 공동체(전학공)에 대한 연구[1]에 따르면, 공동연구의 기본인 전문적 학습 공동체의 저해 요인은 1) 업무로 인한 시간 부족, 2) 비전 공유의 어려움, 3) 변화에 대한 열정과 동기 부족, 4) 관 주도의 성과 중시 문화, 5) 전문성 부족, 6) 리더의 부재, 7) 경쟁주의적 환경 등이다.

우리 학교의 경우 이러한 7가지 요인을 많이 걷어내었다.

1) 업무 전담팀이 행정 업무를 해결해 주고 있고, 2) 월례회와 학교교육과정의 공동 기술(협의 결과 누적 적용)을 통해 학습 결과를 공유하며,

---

1 이승호, 2017.1, 한국교원교육연구 제34권 제4호 183-212(30page), 한국의 전문적 학습 공동체 실행에 관한 탐색적 연구: 효과적 실천의 저해 요인에 대한 교사들의 인식을 중심으로

3) 공유한 목표와 고정되고 확정된 일정으로 확보된 강제 동력과 문제 상황을 공론화하여 함께 연구하게 하는 필요 동력이 끊임없이 선순환하며, 4) 교사에게 성과를 요구하되, 그 성과가 수업으로 드러나도록 하고, 5) 교사 스스로 느끼는 부족함을 다양한 연수와 협의회, 연구회를 통해 채울 수 있도록 기회를 제공하고, 6) 일관되고 전문적 관점을 유지할 수 있는 리더와 그 리더를 지지하는 또 다른 교사 리더들이 사방에 존재하고, 7) 경쟁이 아닌 협업과 협력하는 교사 문화로 공동 성장하는 구조를 가졌다.

솔뫼초에서는 내가 궁금한 것을 물어볼 수 있는 시간과 장소와 사람들이 확보되어 있으며, 해결을 돕는 인적 자원과 물적 지원이 가까운 곳에 있다.

또한, 공부는 약간의 강제성(성취 목표)이 있을 때 속도와 성과가 붙고, 내 수업에서 이것을 확인할 때 성장하며, 또다시 이 구조를 반복하기를 원하게 되기에 수업을 함께 연구하는 과정을 담는 수업 에세이 작성은 수업자인 교사로서 성공 경험을 만들어 주는 최적의 시스템이라고 생각한다.

9월, 나는 동료 공개 수업을 했다. 올해는 수업을 준비할 때 특이점이 세 가지 있었다. 처음으로 고학년의 단원 기획(프로젝트 수업)을 같은 학년 선생님들과 함께 이야기하며 구성하였다. 그리고 디지털 기반 수업을 어떻게 진행할 것인가에 대해 보여 주는 수업이면 좋겠다는 요청과 함께 학생들의 독서 능력 검사에 대한 분석 자료를 강의 자료의 데이터로 제공해 달라는 요청을 받았다.

솔뫼초에서 다음 학기의 교육과정을 준비하는 과정은 꽤 재미있다. 1학년을 세 해 동안 하면서 해마다 나름 새로운 내용과 새로운 양식을 만들어 넣는 재미가 있었다. 이를 위해 다양한 연수를 받고, 같은 학년 선생님들과 이야기를 나누는 그 수많은 일분 일초가 아이들의 수업에 고스란히 녹아드는 것을 확인한 것이 성취감과 효능감을 높여 주었다. 올해 7월 한 달 동안 같은 학년 교사들과 2학기 교육과정을 준비하는 과정은 꽤 힘들기도 했다. 지도서와 교과서가 오지 않은 상황에서 지난해 교육과정과 성취 기준만으로 수업 내용을 만들어서이다. 솔뫼초는 한 학교에서 지낸 세월이 6년이라, 이미 타성에 젖은 나에게 자극을 주는 것은 옆 반 선생님이었다. 그의 눈빛은 우리 협의 과정에 대한 평가 기준이 되어 주었다. 번뜩이고 날카로운 관점으로 수업의 방향을 제시하고, 순간적으로 자료를 찾아주는 모습이 보일 때 학년 협의는 괜찮은 방향으로 가고 있다고, 우리 수업에 대한 고민이 아이들에게 잘 적용될 거라고 느꼈다. 그의 강점은 나의 부족함을 채워 주었고, 그의 어려움은 내가 보완해 줄 수 있었다. 단원 프로젝트는 그렇게 완성되었다.

디지털 기반 수업에 대한 계획은 좀 어려웠다. 교사 자체가 디지털 환경 요소에 익숙하지 않았으며, 디지털 기반 학습과 수업을 다루어 보지 않았다. 학교에 기자재는 준비되었으나 소프트웨어적 기반 구축이 되지 않았다. 이를 구현하고 적용하는 것을 보여 주어야 했는데, 나는 그만큼 부지런하지 않았다! 또다시 공부는 강제로 하는 것임을 느끼며, 방학 중에 학급 교육과정을 작성하면서 '디지털 기반 수업을 위한 아이디어를 정리'했다. 연간으로 디지털 기반 수업을 운영한다면 과연 어떤 것들을 해야 하는지를 추린 후, 내가 할 수 있는 것과 추후로 미뤄야 할 것을 미리 정리하였다. 일단 1학기 말에 실무사와 협의하여 구글 기반 학교 플랫폼을 구축하기로 했다. 업무를 나와 실무사가 나누어 진행하기도 했고, 학교 내에 이 과정에 익숙한 사람이 없기도 하여, 10월 말이 되어서야 마무리될 수 있었다. 그래서 9월에 진행된 수업에서는 간단하게 태블릿을 활용한 아이디어 공유하기 플랫폼을 활용하였다. 사실이 과정은 교실 내에서 포스트잇 붙여 생각 공유하기 또는 전체 발표하기로 운영되던 방식인데, 오프라인 칠판이 온라인 플랫폼을 탑재한 스마트 기기로 대체된 것뿐이었다. 하지만 하나의 화면에 학생들의 생각을 모두 모아 한꺼번에 확인할 수 있다는 점과 학생 스스로 좀 더 살펴보고 싶은 것을 골라 생각해 볼 수 있는 접근성을 확보한 점에서 꽤 효과가 있었다.

독서 능력 검사에 관한 결과 정리는 사실 꽤 귀찮은 것이었다. 3월에 이미 실시한 독서 능력 검사의 결과를 살짝 머릿속에만 담고 있었다. 역시나 공부는 강제로 하는 것이어서, 생각만 하고 있던 것을 간단한 자료로 정리했다. 내 공개 수업은 국어 읽기 영역이었다. 정리한 자료는 읽기 활동을 위한 학생 진단 자료로 활용하기에 괜찮았다. 읽기 능력에 대하여 학생들이 겪는 어려움의 범주를 나눌 수 있었고, 그 아이들이 더 잘해야 하는 부분들을 추려서 짚을 수 있었다. 가장 많이 겪는 어려움을 해결해 주기 위해 책을 읽고 동료 교사의 학습 자료도 참고하는 등 연구 활동도 덧붙였다.

이 모든 과정은 학년군 사전 수업 협의를 통해 다듬어졌다. 버릴 건 버리고, 나의 관점이 엇나가 있는 것은 다시 좀 더 괜찮은 관점으로 돌려주고, 정리했다. 돌아보니 그 수업의 준비는 사실 꽤 오랫동안 진행한 셈이다.

이 수업 준비 과정 중 같은 학년 교사와 함께한 단원 프로젝트 협의 과정이 사실 진짜 수업 연구의 과정이라고 할 수 있다. 무엇을, 왜 가르쳐야 하는가부터 어떻게 가르쳐야 하는가까지 모든 것을 함께 이야기하고 더 좋은 방법을 찾는 탐색의 과정이었다. 혼자였다면 하지 못했을 과정이었다. 그리고 늘 멈춰 있기를 갈망하는 나에게 한 발짝의 전진을 할 수 있게 팁을 주는 것은 리더의 몫이었다. 생각만 하는 것은 실현되지 않는 것이 현실이고, 무엇인가 정리해 보고 하나라도 해 보는 것이 한 발짝을 위한 디딤이 된다. '내 수업에 대한 공동 협의'를 과거에 가장 어렵게 느낀 건 그것이 내 부족함을 드러내는 첫 단계이어서였다. 하지만 이제는 협의 과정을 부족함이 드러나는 부끄러운 장으로 생각하기보다 전문성을 채우는 도구로 사용할 수 있다.

동료 공개 수업을 마치고 한 가지 두려움과 불안함이 몰려왔다. 이제 솔뫼초가 아닌 다른 곳에서 교사로서의 삶을 살아야 할 때가 다가온다. 과연 그곳에서도 수업에 대한 이 과정을 경험할 수 있을 것인가? 아마도 어려울 것이다. 그 후엔 '내가 그 역할을 할 수 있을 것인가?'라는 질문이 따라온다. 그것이 나의 두려움이자 불안함이다.

서두에서 전학공 선생님들께 나는 어떻게, 왜 그렇게 답했던 것일까? 그 질문의 답이 내 두려움을 떨쳐 버릴 답임을 알고 있지만, 그것을 알고 있다는 사실이 나는 또다시 두렵다. 이 두려움이 내 두려움을 깰 도구가 되길 바랄 뿐이다.

어느 날 교장 선생님은 지나가듯, 내 수업 에세이를 다른 곳에 활용해도 되는지를 물었던 것 같다. 학교는 늘 정신없는지라 '물론이죠.'라고 대답하고 잊어버렸다. 교장 선생님은 이 글의 일부를 발췌하여 학교의 교육과정을 설명하는 책에 실었다. 그리고 마무리 코멘트를 이렇게 적어 주었다.

"교사의 행복은 학생의 성장으로 자신의 성장을 확인하는 것이다."

한번 생각해 보게 되었다. 나의 수업 에세이 속에 담긴 의미가 그것이었던가? 그저, 나의 부끄러움을 포장하기 위한 장치는 아니었던가? 내 손에서 나온 글이니, 나의 내면 어딘가에 있는 나의 모습인가?

교사에게 수업 에세이란 결국 교사로서 자신의 삶을 이렇게 살아가고 있는지를, 지향하는 바가 무엇인지 드러내는 도구이자, 자신이 지향해야 하는 바를 자신에게 한 번 더 강조하고 채찍질하는 도구이다. 그렇기에 내 글은 또 한 번 나 자신을 부끄럽게 한다.

02 아이들에게 쓰는 편지
: 누구에게 전하는 글인가

2019년 처음으로 학급 문집을 제작했다. 현재까지 근무하고 있는 학교는 혁신학교로, 학급 문집의 문화가 조성되어 있다. 첫 3년은 1학년 담임이었고, 이어진 2년은 업무 전담팀의 전담 교사여서 학급 문집 제작은 바라만 보는 그림 같은 존재였다. 많은 선생님이 만들어 내는 학급별 책자를 바라보며, 본교에 함께 재학했던 내 자녀들이 해마다 받아 오는 학급 문집을 바라보며, 이 어려운 작업을 어떻게 해내는 것이냐는 궁금증과 함께 과연 나라면 해낼 수 있겠느냐는 두려움이 따라왔다.

근무 6년 차에 드디어 부장도, 전담도 아닌 5학년의 담임 교사로 근무할 수 있게 되었다. 주변 선생님들께 좋은 문집 틀도 얻어 두고, 학생들에게는 수시로 문집 완성에 대해 압박을 해 댔다. 수업 시간에 완성한 많은 결과물을 스캔해 두고, 학생들의 글을 한글 문서로 작성했다. 그중에서도, 이러한 결과물을 산출해 내기 위한 수업을 어떻게 만들어 낼지 동료 교사들과 함께 고민하기도 하는 그 과정도 쉽지만은 않았다. 하지만 학생들의 산출물의 수준을 높이는 것보다 완성된 결과물을 학생들과 나누는 것에 목적을 두었기에 부담을 크게 갖지 않고 도전하기로 했다.

교사는 학생들에게 글쓰기를 가르친다. 정작 교사 자신은 글쓰기를 학생들만큼 많이 하지 않는다. 문집 작업에서도 마찬가지였다. 학생들의 글은 수십 편 중에서 추리고 추려 십여 편 정도를 싣지만, 교사의 글은 단 한 편이다. 그것이 바로 맨 첫 장에 들어가는 인사말이다. 하지만 한 해를 학생들과 부대끼며 살아가다 보니, 6학년으로 진학하는 우리 학생들에게 한마디를 남기고 싶은 생각이 들었다. 그래서 평생 학생들에게 사용하지 않는 표현까지 포함하여 글을 '짓게' 되었다.

다음은 2019년 5학년 학생들의 문집에 올린 교사 인사말이다.

사랑하는 오이반
사랑하는 5학년 2반… 처음으로 불러봅니다.
2019년도는 선생님에게 좀 특별한 한 해였어요. 왜냐하면 여러분이 우리 학교에 처음 입학하던 그 해 그 시작을 선생님이 함께했고 올해 또다시 여러분을 만났기 때문이지요. 마치 처음 만난 듯, 아니 오래된 옛 친구를 다시 만난 듯, 새롭고도 익숙하고 반가운 마음이 가득했습니다.

여러분이 1학년이었을 때, 선생님은 여러분이 그저 명랑하기를, 학교에서 행복을 느끼기를, 자신의 성장을 확인할 수 있는 학교생활이 되기를 바랐습니다. 그리고 올 한 해 동안, 선생님은 다시 한번 같은 기도를 했습니다. 올 한 해 동안 여러분이 명랑하기를, 학교생활에서 행복을 찾고 누리기를, 자신의 성장을 확인하고 그를 통한 기쁨을 통해 더 높은 성장으로 도약하기를.

이제 6학년이 되는 여러분에게 또 다른 기도를 해 봅니다. 자기 자신을 사랑하는 사람이 되기를. 그러기 위해 자신이 어떤 사람인지 자주 들여다보고 자존감을 키워 가는 사람이 되기를. 남의 눈에 좌우되지 말고 진정 자신이 하고 싶은 것이 무엇인지 찾는 사람이 되기. 어른이 되어간다는 건 그런 과정을 거치는 것이고, 그러다 보면 정말 행복한 인생을 사는 사람이 될 수 있을 거예요.

선생님도 지금까지도 자신이 무엇을 하고 싶은지를 쉬지 않고 탐색합니다. 그러다 보면 나의 부족함을 채우기 위해 노력을 하게 됩니다. 올 한 해 여러분에게 최고의 선생님이 되고 싶었어요. 아직 부족한 선생님이기에 최고라고 하기엔 부끄럽지만, 최선을 다했다고 말할 수 있습니다. 여러분도 올 한 해 최선을 다했다고 말해 준다면, 말할 수 있다면 정말 좋겠습니다. 나의 최선이 진정한 최선이었는지 깨닫는데 이 문집에 실린 결실들이 도움이 될 것입니다.

아무쪼록 우리 문집이 각 가정의 책꽂이에 보관되어 언제든 2019년을 돌아보는 추억 앨범이 되기를 바랍니다. 사랑과 정성의 마음 이 책에 담아 고이 전해 드립니다. 선생님과 함께 1년을 보낸 학생들, 학부모님께 고마움을 전합니다. 감사합니다, 고맙습니다. 사랑합니다.

2020년 1월 9일 5-2 담임 한미경

글을 '짓고' 나서 한 번 더 읽어 보는 것은 매우 어려웠다. 글을 썼다는 느낌보다 지었다고 느낀다는 것은, 이 글에 나의 진심이 담겼는지에 대한 확신이 덜 들어서이다. 글을 훑어보면서 한 문장이 다시 눈에 들어온다.

'올 한 해 여러분에게 최고의 선생님이 되고 싶었어요. 아직 부족한 선생님이기에 최고라고 하기엔 부끄럽지만, 최선을 다했다고 말할 수 있습니다.'

아, 사실, 나는 학생들에게 좋은 교사가, 실력 있는 교사가 되고 싶었구나. 그런데 그 확신이 아직 없는 것이었구나. 하지만 이 아이들에게 내가 할 수 있는 최선의 것을 쏟아부어 노력한 것은 맞구나.

그렇다면 이 글은 사실 학생들이 아닌 나 자신에게 보내는 편지글이었을 수도 있겠다고 생각했다. 정말일까? 학교를 옮겨 다른 곳에서 만난 5학년 학생들과 새롭게 만든 문집의 인사말을 다시 살펴보았다.

경이로운 오오반

5학년 5반 친구들에게

그대들은

새롭게 시작한 우리 공동체에서

코로나라는 커다란 산을 함께 넘어야 하는 숙명과 함께

선생님과 친구들과 함께 만났습니다.

온라인 수업과 등교 수업을 넘나드는 어려움 속에서도

우리는

우리의 마음을 모으고

머리를 모으는 법을

연습하고 익혔습니다.

긴 인생에서

우리 서로가 만난 것은

하나의 깃털과 같이 가벼울 수도 있겠으나

만겁의 시간 속에서 옷깃을 스치는 깊은 인연일 수도 있습니다.

우리가 함께한 웃음 속에서

우리가 함께한 시간 속에서

그대들의 시간이 의미로 가득 찼기를

그대들의 마음이 성숙으로 채워졌기를

그대들의 생각이 세상을 볼 수 있는 깊이를 갖추었기를

그대들의 인생이 한 페이지를 함께한 선생님은

바라고 또 바랍니다.

앞으로 펼쳐질 그대들의 삶이

풍요로움과 아름다움으로 채워지길

그 안에서 행복하길 늘 기원합니다.

사랑합니다.

2022년 1월 7일 5-5 담임 한미경

신설 학교에서, 코로나19 기간 동안 만난 그 학생들에게 교사는 어떤 이야기를 해 주고 싶었던 것일까? 이 글에서도 나는 나 자신에게 어떤 메시지를 보내고 있는 것이었을까?

두 글을 다시 한번 살펴보니, 나는 교사로서 내가 담당했던 학생들이 삶 속에서 성장하고 성찰하는 어른으로 자라나기를 기원하는 마음이 가득했었나 보다. 그리고 사실 그 말을 교사로서의 부족한 성찰에 애달파하는 나 자신에게 보내는 또 다른 편지이기도 했나 보다.

글을 짓는다는 것은 자신의 온전히 드러내지 않은, 포장이 덮인 글이라는 의미가 포함된 것처럼 느껴진다. 하지만 이렇게 지은 두 편의 글을 보니, 지은 글은 써 내려간 글이 되기도 하고, 미처 알기 어려웠던 내 마음을 살펴볼 수 있는 창이 되기도 한다. 그리고 보니, 나의 인사말은 지은 글이 아니라 토해 낸 글이었나 보다.

03 문서가 글이 된 과정

중학생이던 시절, 학교 앞에 작은 서점이 있었다. 그 서점에서 가끔 책을 사서 읽곤 했는데, 그 책들은 모두 애거서 크리스티의 탐정물이었다. 생각해 보니, 처음으로 책에 관심을 가지고 몰입하기 시작했던 건 5학년 때 학급 문고를 접하면서였다. 담임 선생님은 지금의 교사관으로 보더라도 깨어 있는 수업을 하시는 분이었다. 교과서에 얽매이기보다 학생들이 즐길 만한 다양한 문화를 수업에 활용하셨고, 도덕 시간에는 인성 관련 동화나 이야기를 통해 가치를 전하셨던 기억이 있다. 특이하게 그 교실에는 학급 문고가 있었는데, 특히 나를 사로잡은 것은 어린이 홈스 전집이었다. 몹시 몰입해서 읽었던 기억이 있다.

중학교에 입학하고 신규 교사 두 분이 우리 학급의 영어, 국어 선생님으로 배치되셨다. 영어 선생님은 어느 날 동생이 시집을 내었다며 전 학급에 시집을 선물로 주셨다. (그때는 몰랐지만, 한동안 유명했던 원태연 시인의 첫 작품집이었다.) 국어 선생님은 교과서의 《소나기》와 《무진기행》을 분석적으로 읽도록 가르쳐 주셨고, 별도의 수업 과제로 《제인 에어》 책을 읽고, 읽은 후 소감 나누기를 진행하셨다. 중학교에서 접했던 이 작품들을 돌아보며 나는 나의 글 읽기 스타일을 짐작할 수 있었다. 시집의 글은 말놀이의 측면에서는 재미가 있었으나, 그 안에 담겨 있는 은유와 새로운 의미를 세우고 파악하며 읽는 것은 재미도 없었고, 잘 되지도 않았다. 이는 소설인 《소나기》와 수필인 《무진기행》을 읽을 때도 비슷했다. 즉 우리말의 아름다움을 통해 전하는 문학의 감동이 거의 다가오지 않았다. 그리고 이는 지금까지도 마찬가지이다. 그렇다면 중학 시절에 그렇게 서점을 드나들며 샀던 책들의 공통점은 무엇일까? 셜록 홈스 이야기와 애거서 크리스티 이야기도 공통점이 있다. 글이 번역체라는 점과 글의 아름다움보다는 빠른 내용의 파악으로 전해되는 이야기가 중심이라는 점이다. 번역체는 대체로 짧다. 문장이 긴 경우는 번역이 부실하거나 억지 직역인 경우가 많았다. 더군다나 탐정물은 내용의 전개 과정이 중요하고, 언어의 아름다움은 중요성이 덜 한 장르였다. 언어의 맥락과 행간을 읽는 것보다는 글씨 자체를 읽고,

연결하면 이야기가 되었다. 이런 독서가 이어지다 보면 생각
하면서 글을 읽기보다는 자신이 흥미를 느끼는 부분에서만
훑어보는 글 읽기에 익숙해진다.

　중학교 1학년 때 만난 수학 선생님은 나의 사고방식에 좀 더
많은 영향을 미쳤다. 수학 선생님은 수업을 시작할 때 늘 칠판
을 육 등분한 후 6개의 문제를 먼저 쓰셨다. 그리고 대부분 문
제를 증명의 과정을 통해 해결하도록 가르쳤다. 연산, 도형,
통계 등 대부분 문제는 정의와 발견에서 시작하여 간소화하
는 과정을 거쳐 마침내 '따라서($\therefore$)'의 기호를 마지막으로 답
을 산출해 냈다. 하나하나의 과정은 매우 명쾌했고 재미가 있
었다. 영어와 국어는 암기도, 이해도 되지 않았지만, 수학의
경우, 문해력이 필요한 높은 난도의 문장제 문제를 제외하고
는 대부분 바로 체계적 단계를 거쳐 풀이할 수 있었다. 수학
선생님은 학생들에게 수학 공책을 사용하여 문제 풀이를 기
록하도록 하고, 문제 풀이한 공책 100쪽마다 교사 확인 사인
을 해 주었는데, 한 해 동안 2,000여 쪽이 넘는 공책을 사용했
던 기억이 난다. 즉 처음이자 마지막으로 체계를 갖추어 배운
글쓰기는 중학교 1학년에서 접한 수학의 증명 과정이었다. 번
역체의 단순한 문장 구조와 수학의 증명 과정은 닮았다. 간결

하고 핵심만 정리하여 전달한다. 아마도 그것이 내 기질과 맞았었나 보다.

　교사로서 작성하는 문서 중 많은 부분을 차지하는 것은 교육과정, 계획서, 보고서, 수업안, 참관록, 회의록 등이다. 이 중 수업 참관록, 수업 에세이 등 정도가 개인의 생각을 긴 글로 풀어내는 형식이며, 나머지는 공무원 조직에서 사용하는 기본적인 틀을 이용하여 작성하게 된다. 교직에 들어와서 첫 10년 동안은 문서를 작성한 기억이 거의 없다. 교육과정은 전년도 문서를 이어받고 진도표 작성 프로그램을 이용하여 내용을 수정한다. 경력이 짧아서 부장을 하지 않는 교사가 계획서, 보고서를 작성할 일은 그다지 많지 않다. 교사들의 수고로움을 덜어준다는 이유로 수업안은 1쪽으로 간소화되었다. 회의록은 업무 경감을 위해 간략하게 요약하여 작성한다. 즉 교사의 문서 작성에서는 효율과 요약, 간소화가 중요하며, 이를 위해 많은 문서는 목차와 표로 구성된다. 표는 자기 생각을 간략하게 한눈에 정리할 수 있는 좋은 도구이다. 그래서 표로 작성하는 문서 작업은 내 기질과 일부 맞기도 하였다. 초창기 수업 참관 후, 교사가 작성하는 참관록은 수십 가지 항목의 표에 점수를 표시하는 형식이었다. 자발적이라기보다는 실적을 위해 필요한 작업이었고, 서로의 생각 나눔을 동료 교사를 비난하는 것으로 간주하는 문화는 수업 비평이라는 형식으로 성찰과 통찰을 나누기엔 조심스럽게 만들었다. 즉 교직은 교사 글쓰기에 적합하지 않았다. 단지 문서 작업만 있을 뿐이었다.

 이러한 교직 문화는 점차 변화를 겪는다. 학교는 변화에 보수적이며 매우 개인적인 집단이다. 하지만 십수 년 전, 교육 문화의 변화에 대한 갈망이 교사 운동에서 시작되면서 학교에 교사 연구 문화가 점차 스며들었다. 교사 연구 문화가 시스템으로 정립된 학교에 근무하게 된 2014년은 나에게 많은 배움이 있었던 해였다. 모든 교사가 일일이 연구하여 작성했던 100여 쪽에 달하는 교사 교육과정들을 보고 기함하고, 나의 수업을 참관하고 은밀하게 전해지던 A4 3장의 참관록에 담긴 심장을 후벼 파던 비수를 보고 경악하였으며, 수업 에세이를 통해 에세이라는 장르의 글을 거의 처음 접하고서 동료 교사의 글에 담긴 깊이에 감탄하였다. 결국 교육과정은 교사의 철학을 기술하고, 교사가 이해한 학교 교육과정을 바탕으로 수업 계획과 결과를 기술하는 과정이었다. 각종 계획서와 보고서에는 그 교육 활동이 왜 필요하고 어떻게 작동되는지에 대한 철학과 이해가 담겨 있되, 타인이 잘 이해할 수 있도록 전

달력을 갖춰야 했다. 수업 에세이와 참관록은 교사가 교육과
학생을 바라보는 철학과 성찰의 결과가 담겨 있는, 교사 자체
를 드러내는 글이었으며, 회의록은 참석자들이 나눈 치열한
협의의 결과를 요약한 문서였다. 같은 문서 작업을 하더라도
그 과정은 괴롭고 많은 시간이 필요했다. 하지만 그 문서는 늘
활용되었고, 교사 성장의 기록이기에 전문가로서의 뿌듯함도
느낄 수 있었다.

이제 나의 글을 보자. 해마다 작성하는 교사 교육과정은
400여 쪽이 넘어갔다. 각종 프로젝트 계획, 그 계획을 위해 필
요한 자료의 요약본, 전년도 프로젝트에서 활용할 수 있는 참
고 자료 등을 모두 포함한다. 나는 아직도 그 400여 쪽 중 300
여 쪽에 가까운 글을 표로 작성한다. 수업 참관 후 작성하는
참관록은 늘 목차와 표로 작성되고, 3~4쪽의 분량의 글이 된
다. 연구하는 교사의 삶을 경험한 후 교사의 글쓰기에 대한 생
각이 바뀌었다. 교사가 늘 접하는 문서는 효용이 있으며 모두
에게 감동과 경탄을 주는 글이 될 수 있으며, 그러기 위해서는
결국 전문가로서의 교사를 제대로 증명하는 과정이 필요하
다. 아직도 표 없이 긴 글을 작성하는 것은 나의 기질과 맞지
않아 쉽게 되지는 않는다. 하지만 교사 삶에서 가장 많이 쓰는

문서들을, 어린 시절 나의 삶에서 만들어진 짧고, 단순하며, 표로 정리하는 방식을 이용하여 글로 표현한다. 어떤 형식으로든 교사의 연구와 성찰이 담긴다면 그것은 제대로 된 글이 된다.

나의 문서들은 그렇게 글이 되었다.

04 배우지 않는 방법으로 가르칠 수 있는 사람들

"교실 쓰레기통이 비어 있지 않네요."

"포스트잇을 사용한 것은 정말 새로운 아이디어예요."

교직 첫 10년 동안 수업 공개를 하고 나서 수업을 한 나에게 들려준, 장학사와 같은 학년 교사의 피드백이다.

혁신학교에서 근무하게 된 후, 첫 수업 공개를 마쳤는데 한 선생님이 A4 출력물 3장을 제 손에 쥐여 주며 이렇게 말했다.

"이건 선생님께 드려야 할 것 같아서요."

수업 참관록이었다. 3장의 종이를 가득 채운 10포인트의 작은 글씨들은 마치 자신을 돌아보는 듯 긴 이야기를 풀어내고 있었다. 하지만 그 글씨들이 말하고 있는 것은 이 한 문장이었다.

"교사라면, 학생 한 명 한 명의 성장 지점을 살펴보고, 피드

백해 주는 과정이 필요한데, 당신에게는 그것이 부족하오. 공부하시오."

학년의 교육과정을 다시 정리하여 수업을 진행하려던 어느 날 교무부장 선생님이 교실로 찾아왔다. 이런저런 이야기를 했지만, 그 말들이 전하고 싶은 것은 한 문장이었다.

"학생들은 실험용 쥐가 아니야. 교사 연구의 깊이가 부족한데, 함부로 수업에 적용하는 것은 위험해. 공부하시오."

초등 교사의 가장 좋은 점은 다른 사람에게 침해당하지 않고 권한을 행사할 수 있는 개인 사무실 20평이 확보된다는 점이다. 교사의 개인 연구를 가능하게 하고, 그 연구 결과를 학급 학생과 학부모를 대상으로 마음대로 펼칠 수 있다. 교사에게 주어진 법적 제한은 초·중등 교육법의 한 문장뿐이다.

"교사는 법령에서 정하는 바에 따라 학생을 교육한다."

즉 교사는 교장이나 학교, 교육청의 지도는 받지만, 법령을 어기지만 않는다면 수업권을 침해받지 않는다. 교무실의 하나의 책상을 배정받는 중등 교사와 달리, 담임 교사는 20여 평의 교실을 개인 사무실로 사용한다. 옆 반의 선생님이 교실에 들어오는 것조차도 조심스러워할 정도로 어떤 면에서 교실은 성역과도 같았던 적이 있다. 교사가 동료와 함께 고민해야 하는 부분은 평가뿐이다. '학업성적 관리규정'에 의해 평가는 같은 학년 또는 같은 학교와 교사가 함께 고민하도록 규정되어서이다. 따라서 마음만 먹으면 교사는 공동으로 연구할 수도, 혹은 아예 연구하지 않을 수도 있다. 이러한 문화는 동료 교사에게 조언하는 것조차 조심스럽게 만들었다. 대부분 교사는 비난과 비판과 비평을 잘 구분하지 못한다. 따라서 대부분의 조언과 비평을 비난과 비판으로 받아들이기에 성장의 도구로 삼기 어려워한다.

쓰레기통과 포스트잇을 언급했던 수업 협의회에서 나는 교사로 무엇을 배웠던가. 비난이나 비판으로 받아들여질 만한 꼬투리를 드러내지 않기 위해 애쓰던 선배 교사들의 미소를 배웠다. 역으로 나 역시 그러해야 한다는 것을 배웠다.

혁신학교에서 받은 A4 3장과 교실에서의 조언을 통해 나는 교사로서 무엇을 배웠던가? 사실 그 당시에는 그 두 사람의 조언을 이해하지 못했기에 큰 타격이 없었다. 그냥 기분이 좋지 않았을 뿐이다. 그들이 전하고 싶었던 메시지는 몇 개월이 지나 학교의 공동연구를 통해 공동의 가치를 이해하고 학교 철학을 이해한 후 알아들을 수 있었으며, 그제야 부끄러움을 느낄 수 있었다. 그렇다면 그 과정에서 교사는 배운 것이 없는 걸까? 근무했던 학교의 장점은 교사들의 연구가 필요한 부분을 세세히 들여다보고 모아서 한 달에 한 번씩 깊이 있는 공부를 함께한다는 점이다. 저녁 늦도록 이어지는 공부였지만, 그 협의회를 위해 이리 준비해야 하는 과제가 상당량이었지만, 그런데도 교사들은 그것이 자신의 부족함을 채워 줄 도구가 될 것을 알고 있었기에 기꺼이 함께했다.

그리고 연차가 지날수록 교사들은 서로가 서로에게 공부가 필요한 점을 직설적으로 이야기해 줄 수 있었다. 학년의 수업 연구는 매주 모여서 함께 협의하며 이루어진다. 따라서 좋은 수업의 결과는 함께 협의한 결과이며, 이를 잘 수행한 교사의 몫이다. 하지만 교사의 연구가 필요한 지점을 채워 주는 것은 학교 학습 조직이 할 일이며, 이를 이끌어가는 것이 교사 리더가 할 일이다. 솔뫼초에서는 리더 교사라는 말 대신 교사 모두가 리더가 되어야 한다는 교사 리더의 개념을 가지고 있었다. 교사 한 명 한 명이 전문성을 띠고 전문가가 되어야 학교 전체의 변화와 성장이 일어난다고 믿어서다. 따라서 부족한 점을 발견하고 보완할 점을 직시하는 것은 공동연구 과정에서 매우 중요하다. 물론 비평을 비난과 비판으로 받아들이지 않기 위해서는 구성원 간의 래포 형성이 중요하다. 서로의 조언이 서로를 깎아내리는 것이 아니라 함께 성장하는 방안을 찾기 위해서임을 함께 이해할 때 비평은 성찰의 밑거름으로 작동한다. 이를 위해 모든 구성원은 학습 공동체의 운영을 위한 역할들을 조금씩 나누어 맡아 진행한다. 리더란 그냥 생기는 것이 아니라 훈련과 연습을 통해 만들어진다. 조금씩의 훈련이 쌓이면 교사는 어느 곳에서든 문제를 발견하고, 해결 방법을 찾아 수행하는 능동적인 역할을 하게 된다.

이 학교에서 들은 이야기 중 가장 소화하기 어려운 것은 '교사는 배우지 않은 방법으로 가르칠 수 있어야 한다.'라는 말이었다. 학교 교육을 비판하는 사람들이 하는 말 중 유명한 표현이 있다.

"19세기 교실에서 20세기 교사가 21세기 학생들을 가르친다."라는 말이다.

100년 전과 비교했을 때 교실의 모습은 그다지 많이 변하지 않았다. 100여 년 전 조선 후기를 살았던 우리는 격변의 현대화와 과학화를 거쳐 현재를 살고 있다. 교사들은 대부분 20세기 중후반에 태어나서 세상에서 가장 빠른 변화의 시기를 거처 성장했다. 내가 속한 X세대는 중학교 시기에 PC가 처음 보급되었고, 고등학교 시기에 시티폰이 등장하여 개인 무선통신이 활성화되었으며, 삐삐와 2g 핸드폰을 거쳐 스마트폰까지 거의 모든 정보화 기기의 탄생과 성장을 경험했다. 반면 학생들은 이미 완성형에 가까운 스마트 기반 세상에서 태어나 살고 있다. 교사들은 프로그래밍 언어를 배우고 설계하는 시대를 거쳤지만, 학생들은 터치와 음성 인식으로 대부분이 해결되는 시대를 살고 있다. 따라서 두 세대가 배우고, 익혀야 하는 삶의 방식과 배움의 내용과 기술은 매우 다르다. 20세기에서 온 교사는 21세기에서 온 학생들에게 필요한 것을 파악하고, 그것을 가르칠 수 있어야 한다. 또한, 우리나라에서는 가정에서 해결해 오던 많은 교육과 보육 부분을 학교에 요구한다. 따라서 20세기에는 가르치지 않았던 것들을 가르쳐야 한다. 그것도 경험하지 않은 방식으로 가르쳐야 한다.

나는 '타산지석'으로 배우는 사람이다. 그리고 직접 교수법으로 배우는 사람이다. 이런 교사에게 배우지 않은 방법으로 가르친다는 것은 정말 어렵다. 이를 해결하기 위해 학교 밖의 수많은 연수와 배움의 장소를 찾아보았으나, 그것들은 현장에 바로 적용하기는 어려웠다. 결국은 학교 안에서 동료와 함께 고민하고 방법을 찾는 것이 가장 효율적이고 적용 가능하며, 결과적으로 교사로서의 배움과 성장을 가능하게 하는 것이었다. 솔뫼초의 장점은 배우지 않은 방법으로 가르칠 수 있는 교사들이 자신의 역량을 나누어 주는 것을 거리낌 없이 한다는 점과, 이를 보고 배우고 실천한 교사들이 스스로 그 역할을 이어서 해내게 된다는 점이었다.

수업 공개를 하는 경력이 짧은 교사에게 쓰레기통에 관해 이야기를 하기보다는 교실 환경이 학생의 학습에 미치는 영향에 대해 조언해 주었다면, 포스트잇이 아니라 활동에 주춤했던 학생이 눈을 반짝이든 한순간에 관해 이야기해 주었다면, 그리고 그 과정을 만들기 위해 함께 토론해 주었다면, 비난으로 상대를 깎아내리는 것이 성공으로 이어지는 것이 아니라, 비평을 비평으로 받아들이는 문화가 퍼져 있었다면 배우지 않은 방법으로 가르치기는 좀 더 일찍 숙달될 수 있지 않았을까.

05 교사는 전문가인가

발령 첫해에 같은 학년 교사들과 이런저런 이야기를 나누면서 나는 이런 의견을 제시한 적이 있다.

"교사는 성직이다, 천직이다, 라는 의견에 동의가 되지 않습니다. 교사는 학교라는 직장을 다니는 공무원이자 직업인이지 않습니까?"

그 순간 동료 교사들의 눈빛이 차가워지는 것을 느꼈다.

난 또 너무 빨랐나 보다.

이런 생각을 드러내는 것이.

이런 이야기를 나누는 것이.

밀레니엄이 지난 지도 한참인데, 아직인가?

교사는 학생을 가르치는 직이다. 그중에서도 공교육 교사는 공교육 기관에서 국가에서 설정한 공교육의 목표에 맞추어 학생을 지도하는 별정직 교육공무원이다.

공교육 교사는 교육을 통하여 국민 전체에 봉사하는 공무원이라고 정의되는 국가 특별직 공무원이다. 교육공무원법으로 명시된 '국민 전체에 봉사한다'는 점을 제외하고는 일반 직장인과 다를 바가 없다.* 정해진 8시간의 근무를 하고, 직무로 명시된 교수, 연구, 행정의 업무를 수행한다. 공무원이기 때문에, 세금으로 월급을 받기 때문에, 교사가 직장인이 아닌 것은 아니다. 그 고용 주체가 다를 뿐이다.

직장인의 삶을 살펴보자. 직장인이라면 조직의 성과를 위해 과업을 수행하고, 성과를 산출해 내야 한다. 교사에게 과업은 교수와 연구와 행정이며, 산출해야 할 성과는 학생의 성장이다. 이 모든 과정에는 교사의 전문성이 필요하다. 과거처럼 삶의 모범으로서의 스승의 삶을 사는 훌륭한 교사도 많지만, 지금 시대가 요구하는 것은 교육의 전문성을 가진 교사이다. 단 일반 직장인과 달리, 학생 성장의 결과가 바로 확인될 수 없기에 교사는 자신의 성과를 바로 증명해 낼 수 없다.

직장인은 한 전문 분야의 업무를 수년간 수행하며 숙달하고 숙련할 기회를 가지는 경우가 많다. 교사는, 특히 초등 교사는 이 부분에 어려움이 있다. 한 명의 담임 교사가 일 년이라는 기간 안에 같은 내용을 반복해서 가르칠 일은 없다. 190여 일의 수업일 동안 매일, 매시간 다른 내용의 수업을 진행한다. 수업 시간 외에도 교수는 진행된다. 아침 시간, 점심시간, 쉬는 시간, 하교 시간 이후. 한 명의 담임 교사가 다음 해에 같은 학년을 맡는다면 교육과정을 이해하는 시간을 약간 아낄 수 있다. 하지만 다른 학년을 맡게 되는 경우가 태반이며, 이 경우 교사는 맨바닥부터 다시 교재 연구를 시작해야 한다. 십 년을 근무한 교사가 같은 학년을 가르칠 확률을 살펴보자. 학교에는 6개 학년이 있고, 간혹 교과 전담 교사가 있어 한두 개의 교과를 맡아 지도하기도 한다. 어떤 교사의 경우에는 같은 학년을 여러 해 맡아 지도할 수도 있고, 어떤 교사의 경우에는 10년 동안 한 번도 같은 학년을 맡지 않고 해마다 다른 학년과 과목을 가르치는 경험을 할 수도 있다.

심지어 이것은 국가 교육과정이 한 번도 바뀌지 않았을 때 적용할 수 있다. 우리나라의 교육과정은 1~2년마다 지속적으로 조금씩 변화하며, 수능과 교과서에 영향을 주는 큰 변화 역시 3~5년마다 이루어진다. 교사가 같은 학년을 맡아 지도하더라도 그 내용이 바뀌면 새롭게 연구해야 한다는 뜻이다. 또한, 한 학교에서 근무하는 근무연수가 5년 이내로 제한되어 있다. 회사에 다니는 직장인이 매년 부서를 옮겨 다니며 업무를 하는데, 그 와중에 2~5년마다 회사도 바꾸어야 하고, 그 와

중에 직군의 변화가 계속 있다는 것과 같다. 이 와중에 '고객' 응대를 할 때 고객뿐 아니라 고객의 모든 가족을 함께 응대해야 한다. 회사원의 삶으로 비추어 볼 때 교사의 삶은 녹록지 않다.

이럴 때 이런 의견도 들려온다.

"초등학교에서 가르치는 내용은 준비 없이도 할 수 있잖아요. 너무 쉬워서."

그래서 이런 예를 들어준다.

1. 1학년 입학한 학생에게 '1'이라는 수에 대해 2시간 동안 수업을 진행하세요. 학생은 25명이고, 그중 1/2은 한글 미해득 학생이며, 1/10은 주의를 더욱 기울여야 하는 학생입니다. 학생들의 집중 가능 시간은 약 5분 정도이며, 초등학교에서의 2시간이란 80분을 의미합니다.

2. 1학년 학생에게 '2에 어떤 수를 더하면 5가 됩니다.'라는 내용에 대해 2시간 동안 수업을 진행하세요. 미지수 X는 당연히 사용 불가능합니다. 이항 등의 수학적 개념어는 사용 불가능합니다. 개념을 형성해 주세요.

두 경우를 안내하면 가장 먼저 들려오는 말은 다음과 같다.

"1이 1이라는 것을 가르치는 게 필요한가요? 당연한 것 아닌가요? 학생들이 이미 알고 있지 않은가요?"

"5에서 2 빼라고 하면 되잖아요. 왜 그렇게 해야 하냐고요? 그냥 그렇게 하는 거잖아요. 당연한 걸 설명해야 하나요?"

"다 이해했지? 하고 남은 시간에 놀면 되잖아요."

이것을 해결하는 것이 교사의 전문성이다. 교사는 월급을 받는 대신 이러한 전문성을 높이기 위해 지속해서 연구한다. 회사원도 자신의 역량을 위해 영어를 공부하고 컴퓨터 언어를 공부하며 연구한다고 한다. 맞다. 단 교사에게는 연구가 의무 사항이라는 점만 다르다.

이런 이야기를 하다 보면 쉽게 대답하지 못하는 질문이 등장한다. 과연 교사는 전문가인가? 교육 전문가라고 하기도 한다. 그러면 전문직인가? 선뜻 그렇다고 대답하기 어렵다. 그 이유는 무엇일까?

전문가라는 용어는 특정 직역에 정통한 전문적 지식과 능력이 있는 사람이라는 의미를 담는다. 전문직이라 하면 의사를 떠올린다. 전문성을 가지고 치료하며, 새로운 치료법을 연구하기도 한다. 또한, 전문직은 자신들의 연구 성과를 누적하고, 이를 기록하는 조직이 있으며, 자신들의 연구 성과를 발표하고 공유하는 공식적인 자리가 있다. 교사의 경우, 특정 직역이라고 하기에는 학생 교육의 범주가 너무 넓고, 전문성을 기르기에 직무의 내용과 과정에 변화가 수시로 있어 교사 성장을 누적하기에 어려움이 있으며, 교사의 성과를 드러내기에, 그 성과 자체를 측정하는 과정이 너무 어렵거나 불가능한 경우가 많아 성과물이 한눈에 파악되기 어렵다.

그러면 교사는 전문가가 아닌가? 교사가 아니면 그 역할을 맡아 수행할 수 있는 대체재가 있는지를 살펴보면 답을 얻을 수 있다. 코로나19 시기를 겪으며 교사는 스스로 전문직의 모습과 전문가의 모습을 보였다. 많은 학생이 비대면 수업으로 인해 사회성 발달 및 인지 성장의 속도가 더뎌졌다는 의견이 있다. 코로나19 이후, 학교 폭력 및 공동체 생활 부적응 모습이 증가한 현상도 관찰할 수 있다. 비대면 수업을 거친 학생들의 학력 유지는 어려워졌다. 이를 위해 교사들은 스스로 수업 도구를 개발하고 수업 기술을 숙련하였으며, 수업 자료를 생성하고 공유하였다. 가능한 한 많은 대면 수업을 위해 학교 운영 방안을 다각도로 모색했다. 학교를 통해서만 가능하고, 학원에서 해결하지 못하는 역할들이 확인된 것이다.

이것이 교사의 전문성이며, 교사를 전문가라 부를 수 있는 근거가 될 것이다. 이러한 노력이 지속되길, 우리 사회에서도 그렇게 생각하게 되길 바란다.

*(연금 제도가 분리되어 있고, 퇴직금이 없으며, 고용보험의 혜택을 받지 못하는 점, 겸직 금지 조항으로 투잡이 불가능한 점, 노동법에 보장된 권리 중 일부를 행사할 수 없도록 제한되어 있다는 점, 위법을 저지르지 않는 한 직을 잃을 위험이 적다는 점 등 교육공무원 처우에 관한 부분은 논외로 한다.)

06 교직 에세이
: 교사 연구년을 시작하며

21세기가 시작되었던 시기에 교직 생활을 시작하게 되었다. 첫 발령 학교에서 근무했던 6년의 세월 동안 교사로 근무하였으나 교육자로서 학생들과 시간을 보냈다고 할 수는 없었다. 막 교직에 발을 들인 초임 교사에게 교육이란, 수업이란, 학교란, 교사란, 무엇인지 성찰하게 하는 장치는 없었다. 20대 후반이라는 나이는 새로운 가정을, 인간관계를 구축하며 인간으로서 제2의 인생을 열기에 정신이 없기도 했다.

10여 년의 시간이 흐른 후, 학교의 역할, 공교육의 책무성, 교사 교육과정의 동료성과 자율성, 교육과정 기획자이자 연구자로서의 교사 전문성을 묻는 근무지와 동료를 만나게 되었다. 프로젝트 하나를 위해 수십 시간의 연수를 기획하여 운영하면서 교사 역량을 길러 가는 모습, 깊은 성찰의 모습, 학생의 성장을 증명하는 모습 등을 통해 그들이 한없이 높아 보이며, 교사로서의 자괴감은 깊어져 갔다. 그러한 자괴감은 교사가 스스로 움직여야 하는 필요성을 부여하는 동기가 되기도 했다. 무엇을 증명하기 위해서가 아니라, 학생에게 필요한 것을 찾는 방법을 배웠기 때문에 스스로 움직여야 할 필요성이 있어서이다.

혁신학교를 준비하는 교사들이 스스로 모여 만든 공부 모임에서 프로젝트를 주제로 한 독서 토론과 독서 토론의 결과물이 실제 수업에 적용되는 모습을 처음 보았다. 그리고 그 교사들의 모임은 혁신교육 실천연구회, 그리고 혁신학교로 연결되고 이어졌다.

솔뫼라는 혁신학교에서 보낸 6년의 세월 동안, 교사로서 교육과정 기획, 운영, 평가의 과정을 배우고, 익히고, 실천하였다. 교사의 성장을 지원한 다양한 시스템의 효과였다. 이 학교에는 학습 공동체로서 동료와 함께 연구하며 성장하는 구조가 구축되어 있었다. 담임으로서, 학년 부장으로서, 업무 전담팀의 교무 혁신, 연구부장으로서, 다양한 역할을 경험하며 공교육의 학교가 가져야 하는 책무성을 실천하는 방법에 대한 고민도, 이를 해결하기 위한 정책의 실천도 함께했다.

8년간 함께한 의정부초등혁신교육실천연구회에서는 수업과 업무에 매몰되기 쉬운 교사의 매너리즘을 깰 수 있는, 교사 성찰의 연구를 함께할 수 있었다. 독서 토론과 이를 이론으로 정리하는 과정, 이것을 수업으로 실천하는 과정, 또다시 연구 주제와 실천 과제를 산출해 내는 깊은 열정과 학생에 대한 책무성 등은 교사 혼자의 힘으로는 발견할 수 없는 것들이었다. 최근에는 연구회 차원에서 학술대회에 지속해 연구 결과(마을 교육 공동체, 교사 리더십 등의 주제)를 공유하기도 하였다.

이러한 분위기는 교사로서 깊이를 채워야 할 필요성을 다시금 만들어 냈으며, 2019년에는 교육청으로부터 혁신대학원 지원을 받아 2년간 교육과 사회를 바라보는 관점을 기르기도 하였다. 또한 2021년에는 실천을 위한 깊이를 위해 혁신교육 지역 전문가 과정에 참여하여 '교사 리더십'을 연구하고 학술대회에 발표하기도 하였다.

혁신학교에 근무를 시작한 후 10여 년의 시간이 흘렀다. 이제 교사가 가지는 자괴감에서는 벗어났으나, 시대의 흐름과 변화의 속도는 매우 빠르고, 교사는 정체되기 쉬웠다. 코로나19로 인한 2년간의 온라인 시기, 1년간의 혼돈의 회복기는 학생에게도, 교사에게도, 학교에도 많은 상실과 변화를 만들었다. 학생은 학습하는 방법을 배울 수 없었고, 교사는 편리함을 선택하는 것에 익숙해졌으며, 학교는 방임에 능숙해졌다.

잠시 혁신학교를 벗어나 일반 학교에서 있었던 2년간, 교사 조직이 학습 공동체로 운영되기란 쉽지 않다는 것을 느꼈다. 의외로 학교란 여러 종류의 이익 집단으로 작용하는 경우가 있어 순수한 목적의 연구에 몰입하기는 쉽지 않았다. 더구나 20평의 개인 사무실을 가지고 있는 초등 교사들은 온라인에서 자료를 공유하는 것은 쉽게 접근하였으나, 옆 반의 동료와 함께 이야기를 나누고 고민을 공유하는 것은 어려워했다. 경력 교사 3명, 신규 교사 5명으로 이루어진 학년에서 간신히 얻어낸 15시간의 전문적 학습 공동체를 이끌면서 함께 수업을 고민하는 자리를 만들었고, 이 과정에서 신규 교사들이 수업을 구성하고 만들어 내는 재미를 느꼈다는 후기를 들었다. 교사들이 함께 모이기는 쉽지 않았으나, 꼭 모여야 하는 연구 시간의 의무감과 수업의 필요성이 만나 수업 연구의 효과를 만들어 냈다. 즉 교사 공동체가 학습 공동체가 되기 위해서는 책무성과 의무감, 그 안의 자율성이 함께 어우러져야 함을 새삼 확인할 수 있었다.

학생을 중심에 둔 수업을 하는 교사와 학교에게 편리함과 방임은 버려야 하지만 버리기 어려운 달콤함이다. 모든 교사는 이 달콤함을 벗어나기 어려우며, 이를 탓하기도 어렵다.

달콤함에서 벗어나려면 교사는 끊임없이 자신을 돌아보고 세상의 변화를 감지하며, 함께 변화해야 한다. 이제 그 변화를 바라보는 깊이를 채워야 할 시기이며, 그 방법으로 교사 리더십 아카데미에 참여하고자 한다.

2022년 한 해는 교육 패러다임의 변화가 시작된 한 해이다. 교육감의 새로운 정책 방향 제시가 그 방아쇠이기는 하였으나, 사실 코로나19 시국을 통해 교사들이 겪은 여러 문제의식이 표출된 시기이기도 하다. 코로나19 시국 동안 교사들은 학생들의 학력을 지키기 위해 무던히도 애썼고, 교사와 학교의 존재 의미를 증명하고자 애썼다. 결국 현재 학생들의 모습은 오프라인의 교사와 학교의 필요성을 역으로 증명하였다. 한 해 동안 폭증한 학교 폭력 건수, 높은 비율로 늘어난 기초 학력 부진, 전보다 지연되고 있는 학생 신체 발달 등이 모두 그 증거이다. 이 모든 것을 회복해야 하는 시기에, 시대의 변화를 반영한 교육 방법에 대한 고민이 늘었고 결국 학생에 대한 이해, 이를 바탕으로 한 평가 방법의 변화가 그 한 방편으로 제기되었다. 2022 개정 교육과정의 역량 중심 교육과정, 2028년 서술형으로 예고된 수학능력평가, 각 시도교육청에서 도입되고 있는 IB 교육과정. 이 모두의 공통점은 기존의 평가 방식을 탈피한 것이며, 이를 통해 교육과정의 변화를 도모한다는 점이다.

즉 평가의 변화 방향이 학교의 미래 모습의 변화 방향이라는 의미이기도 하다. 이러한 시기에 수없이 많이 연구되었던, 하지만 학교 현장에서는 제대로 안착하지 못했던 평가를 다시 돌아보는 것이 필요하다. 학생의 성장이 교육의 목표이며, 성장을 만들어 내는 과정이 교육과정과 수업이며, 이를 증명하는 것이 평가라는 관점. 이것이 지식 중심 수업, 암기 중심 수업을 탈피하고자 수십 년간 대한민국이 고민한 지점이며, 현 지점에서의 지향점이다. 따라서 다양한 모델 학교의 평가 시스템을 살펴보고, 공립학교와의 비교 분석을 하면 교육 현장이 얼마나 시대의 변화를 따라잡고 있는지 알아볼 수 있다.

또한, 이러한 변화가 초등학교에 묶여 있다는 점 또한 교육 현장이 직면한 문제이다. 수학능력 평가가 바뀌지 않는 한, 대입을 준비하는 모든 학생에게 적용되는 평가 형태는 바뀌기 어렵다. 그나마 중학교에서의 평가가 초등학교와 고등학교를 이어 주는 중간 역할을 할 수 있다. 따라서 중학교의 평가 변화를 살펴보면 중등 교육에서 평가의 변화 가능성을 예측해 볼 수 있다.

이러한 연구는 혼자의 힘으로 가능하지 않다. 초등 교사는 중등교사와 만나는 기회가 거의 없고, 중등교육과 학교에 대한 이해가 떨어진다. 교사 리더십 아카데미는 다양한 교사를 만나고, 서로의 관점을 나누며 교육 전반을 이해하는 역량을 길러 주는 역할을 하게 될 것이다. 또한, 서로 연구 과정을 나누면서 서로의 학교급에서 보완해야 할 점을 발견하는 상호 지원의 역할도 하게 될 것이다.

07 연구년 addition 6
: 연구년을 준비하는 교사에게 주는 꿀팁

Q. 연구년을 준비하는 교사에게 주는 꿀팁

 연구년 선발 기준을 보면 담임 교사 경력이나 보직 교사 경력 뿐만 아니라 다양한 활동 영역에 점수를 부여하고 있음을 알 수 있어요. 또 연구년 계획서도 써야 하고, 최종 선발되기 위해서는 심층 면접도 봐야 하지요. 연구년을 준비하는 선생님들에게는 이러한 과정을 준비하는 것이 쉽지만은 않을 것 같은데, 우리 공동연구 선생님들께서 꿀팁을 주시면 어떨까요?

김혜영
초등 23년 차

교사 생활을 하는 동안 어디에 눈길을 주고 시간을 많이 줬는지, 교사로서 어떤 주제에 흥미를 느끼고 성장하기를 느끼는지를 아는 것, 발견하는 것이 중요하다고 생각합니다. 그 주제가 지금 시대의 필요와 연결되어 있다면 더할 나위 없이 좋을 것 같습니다. 또 실패가 두렵더라도 한 번 도전해 보는 용기도 필요합니다.

이선아
초등 24년 차

교육에 대해 고민해 온 진정성이 아닐까요? 그동안 학교에 대해, 교육에 대해 진지한 고민 없이 흉내 내기, 짜깁기 계획서를 내면 면접에서 틀림없이 할 말이 없습니다. 일단 그동안 교육에 대해, 학교에 대해, 아이들에 대해 얼마나 애정을 갖고 헌신하고 노력했는지 양적 결과물들을 보여 주어야 하고, 자신의 교육 철학을 분명하고 진정성 있게 계획서에 표현하여 앞으로 어떤 교사로 살 것인지 표현하면 좋을 것 같습니다. 만약 연구 주제를 잡기 어렵다면 일단 다양한 연구년 계획서를 탐독해 보면 좋고, 주제를 정하면 연구 논문들을 살펴보면 계획서를 쓸 때 훨씬 수월합니다.

이현영
중등 국어 24년 차

교사로 지내며 꾸준히 관심을 가져왔던 분야, 혹은 현재 가장 관심이 가는 분야에서 주제를 선정하여 연구년을 지원하라고 말씀드리고 싶습니다. 관심과 애정이 가는 주제라면 연구년 지원 계획서를 쓰기도 쉬울 것이고, 무엇보다 연구년에 하고 싶은 연구를 하며 즐겁게 보낼 수 있을 것입니다.

한미경
초등 20년 차

학교 안팎에서 다양한 경험을 하되, 모든 학생을 중심에 두고, 교사의 역량을 키우는 것에 집중해 보는 것이 도움이 됩니다. 학생의 성장을, 교사의 성장을 중심에 둔 연구 활동들은 교사의 본질이자 연구의 필요성이기 때문입니다.

김진수
초등 19년 차

제일 중요한 것은 "내가 원하는 연구 주제가 무엇이냐?"라는 것을 인지하는 것입니다. 연구를 위한 연구가 아닌 그동안 내가 해 왔던 것 중에서 깊이 있게 탐구하고, 탐구한 것을 어떻게 환류할지 바로 서는 것이 중요합니다.

김진수
초등 19년 차

관련 분야 독서는 기본으로, 해당 전문 분야의 사람을 월 1~2회 정도
는 꾸준히 만나서 배우는 것이 좋습니다. 가능하면 관련 저서를 쓴 저
자를 만날 것을 추천합니다. 책을 읽고, 오가는 질문 속에서 발견되는
지혜가 많습니다. 배운 지혜를 어떻게 교사에게, 학교에서 환류할지
실천할 수 있는 것들을 하나씩 모아 간다면 연구년이라는 좋은 제도
가 실질적인 성장 연대를 잘 구축되어지도록 힘이 될 것입니다.
가장 좋은 연구는 해당 주제에 관한 책을 쓰는 것입니다. 보고서에서
끝나는 것이 아닌 책 출간은 또 다른 시작과 끝을 연결해 주는 좋은
매개가 될 것입니다.

한민수
중등 국어 22년 차

연구년에 지원하기 전에 미리 연구 주제를 모색하면서 교사가 된 이후
의 성장 과정을 차분하게 적어 보고, 관심 있는 교육 이론 서적도 찾
아보면서 명확한 연구 주제와 목적을 정하면 좋겠습니다.

황희경
초등 22년 차

정량 점수도 중요하지만 계획서의 실행 가능성과 진정성이 중요하다
고 생각합니다. 그동안 교육에 대해 꾸준히 고민해 오시던 주제를 잘
잡아서 계획서를 작성하셔야 계획서에 진정성을 담을 수 있고, 면접도
잘 진행할 수 있을 것이라고 생각합니다. 주제에 관해 꾸준히 책도
읽고 연구하면서 연구하고 싶은 주제의 목적, 방향 등을 잘 정리해 보
시면 좋겠습니다.

07

책 쓰기에 진심입니다 김진수

01 당신을 위한 책 쓰기

"내겐 공부의 출발역은 관심 분야가 생기는 것이고 종착역은 이를 책으로 쓰는 것이다."

한근태 작가는 《고수의 학습법》에서 위와 같이 이야기를 한다. 이 한 줄을 읽는데 30분의 시간이 걸렸다. 이와 연결된 내 삶이 심연에 있던 기억의 끝자락을 꺼내 주어서이다.

2012년부터 책을 읽기 시작하여 이제 독서 나이 13세가 되었다. 처음에는 어떤 책을 읽어야 할지 몰라서 무작정 손에 잡히는 대로 독서를 했고, 서서히 수평적이었던 독서(남독)는 깊이 계보로 읽는 독서(계독)하는 단계까지 이르렀다.

'내가 좋아하는 것은 무언인가?'

'나는 어떤 삶을 살아가길 원하는 걸까?'

'오늘이 내 생의 마지막 날이라면 나는 무엇을 할 것인가?'

책을 읽으며 나와 대화하는 것이 즐거웠다. 독서 나이 5세까지는 그저 읽는 데만 치중했는데 독서 항아리에 물이 조금씩 채워져 물이 넘치는 것같이 내면의 깊이가 가득 채워지는 느낌을 받았다. '기록하고 싶다.'라는 생각이 들었을 때 마침 아내가 하고 있던 블로그가 보였다.

'블로그에 삶을 기록하고 싶다.'

2016년 1월 말부터 시작하여 기록하는 교사의 삶을 살아가기 시작했고, 매일 보고 싶은 친구를 만나듯이 글감을 가져와 한 편씩 글을 쓰기 시작했다. 스스로 원해서 하는 일이 이렇게나 즐겁다는 말인가. 블로그에 글이 쌓여갈수록 세상에 하나뿐인 글을 내놓았다는 사실 하나만으로도 가슴이 벅차올랐다. 대단한 글은 분명히 아니겠지만, 나에게만큼은 그 어떤 훌륭한 명작보다 더 빛을 발하는 글이었기에.

쓰다 보니 알게 된다. 내가 어떤 것을 좋아하는지를.

쓰다 보니 알게 된다. 내가 어떤 생각을 하며 살아가는지를.
쓰다 보니 알게 된다. 내가 어떤 행동을 하며 하루의 흔적을
남기는지를.

> "알기 때문에 쓰는 것이 아니라 쓰기 때문에 참으로 알게 된다. 책을 쓴
> 다는 것은 가장 잘 배우는 과정 중의 하나다."

1인 기업가, 칼럼니스트, 작가이며 변화경영연구소 소장이
었던 《익숙한 것과의 결별》의 저자인 구본형 작가의 말은 나
에게 새로운 영역을 나아가는 빛과 같은 신호였다.

책 쓰기의 세계에 입문하다

독서 나이 여섯 살, 글쓰기 나이 두 살이 되었을 때(당시 37
세) 책 쓰기의 세계에 문을 두드렸다. "거인의 어깨에 올라타
라."라고 했던 뉴턴처럼 다수의 책을 쓴 작가를 찾아가 특강
을 듣고 책을 쓰는 방법에 대해서 알고 나니 나도 할 수 있겠
다는 무모한(?) 자신감이 생긴다. 요즘은 내비게이션이 있어
서 원하는 곳에 어디든 갈 수 있지 않던가. 책 쓰기의 세계도
마찬가지다. 그동안의 나의 고민과 경험이 내가 가고자 하는

책 쓰기의 목적지로 데려다준다.

가만히 앉아 책 쓰는 목적에 관해서 기술해 본다.

1. 나만이 이야기할 수 있는 콘텐츠는 무엇인가?

2. 나는 어떤 책을 쓰고 싶은가?

3. 왜 나는 이 책을 쓰고 싶은가?

4. 이 책과 비슷한 콘셉트의 다른 책이 있는가?

5. 경쟁 도서와 내 책의 다른 점은 무엇인가?

6. 이 책을 내가 써야 하는 이유는 무엇인가?

7. 나는 이 책을 통해 어떤 미래가 펼쳐지길 바라는가?

《출판사 에디터가 알려주는 책 쓰기 기술》의 저자 양춘미는 책을 쓴다면 위 7가지 질문부터 고민해 볼 것을 이야기한다. 질문에 답을 할 수 있다면 당신도 당신만의 이야기를 펼쳐갈 시간이 된 것이다.

이런 일련의 과정을 거쳐 다양한 책을 출간할 수 있었다.

관심 분야	어떤 책	책 제목	출판 형태
독서법	내가 어떻게 독서인이 되었는지, 이를 통해 삶에 녹이고, 교실에 적용한 독서 경영을 나타냄.	《행복한 수업을 위한 독서교육 콘서트》	종이책/단행본

관심 분야	어떤 책	책 제목	출판 형태
교사 성장, 수업	독서, 필사, 사색, 글쓰기를 통한 교사 성장 방법을 토대로 다양하게 운영된 수업 성장 레시피를 제공	《교사가 성장하면 수업도 성장한다》	종이책/단행본
글쓰기	독서, 육아, 교육, 일상 등 삶의 모든 영역이 어떻게 글로 표현되는지 실제적인 예시를 제시함.	《평범한 일상은 어떻게 글이 되는가》	종이책/단행본
자기경영	성장하는 교사의 핵심 키워드 37가지를 통해 흔들리지 않는 교사 삶을 제시	《밀알샘 자기경영노트》	종이책/단행본
책쓰기	초고 쓰기, 퇴고하는 방법, 출판사 투고, 선정하는 방법 등 책 쓰기에 대한 절차 소개	《당신을 위한 책 쓰기》	전자책/ E-BOOK

큰 흐름은 4가지다

관심 분야가 생긴다.

관련된 책을 읽는다.

관련 글을 쓴다.

쓴 글을 토대로 책을 출간한다.

일련의 과정은 나를 더욱 살찌운다. 자립할 수 있게 된 것이다. 동시에 주변에 나눌 수 있으니 기여하는 마음도 든다. 자립과 기여를 통해 씨앗이 싹을 틔우고, 뿌리를 내리며, 줄기를 뻗어 열매를 맺듯 나날이 성장하는 이 느낌이 좋다. 이 좋은 느낌, 이번에는 누구에게 나눠 줄까?

강의하고 나면 누군가 한 사람의 마음이 움직인다. 한 사람은 다시 연락이 온다. 내가 그동안에 경험했던 시행착오를 다시 겪지 않도록 성심성의껏 돕는다. 《중용》 23장에 "작은 일에도 최선을 다하면 정성스럽게 된다."라고 하지 않던가. 그런 마음으로 초고 쓰기부터, 퇴고, 출판사 연결까지 함께 동행한다. 내가 쓴 글인 것처럼 함께 힘을 낸다. 결국, 초고가 완성되고, 출판으로 이어진다. 이렇게 도와드린 교사만 수십 명이된다. 그들은 하나같이 이야기한다.

"진짜 되네요. 자신감이 붙었습니다."

한 분의 긴 장문의 편지글이 또 다른 이에게 동기 부여가 될 것이 분명하다.

"선생님의 강의 덕분에 책 쓰기에 다시 도전할 수 있었고, 원고 교정과 투고, 탈고까지 모든 과정에 코칭해 주셔서 기쁘게 마무리 짓게 되었습니다.

선생님의 블로그를 보고 책 읽기 하고 글쓰기를 해야겠다고 자극받았어요.

《평범한 일상은 어떻게 글이 되는가》 속에서 100일 동안 33권 읽기에 도전하셨다는 말을 읽고 저를 다시 돌아보게 되었어요. 마음을 다시 다잡는 전환점이 된 것 같아요.

그 후에도 책 읽기에 대한 미련이 있었는데 책을 쓰고 출판을 하게 되니까 '더 공부하고 배우고 싶다.'라는 마음이 더 올라오더라고요. 이제는 완전히 변화한 제 모습을 마주하고 싶다는 마음이 마구마구 솟구치고 있습니다.

온라인 세상이 찾아와서 저자이신 선생님을 만나게 되었고, 저자와의 만남이 저에게 큰 자극이 되어 선생님의 말씀들을 곱씹으며 삶을 살아가게 되었어요.

'책을 쓰면서 하나씩 공부하게 된다.'와 비슷한 말씀을 해 주셨는데 더 배우고 싶고 공부하고 싶다는 마음에 그대로 연결되었습니다.

앞서 가신 선생님의 여정을 곁에서 보게 해 주셔서 참 감사합니다. 선생님은 제게 너무나 탁월한 동기 유발자이십니다."

이 선생님은 현재 《아이의 뇌를 깨우는 보드게임》의 개인 저서를 집필하였고, 《선생님의 해방일지》 공저자로 참여하였으며, 보드게임 공동체 게임성장연구소(겜성)를 운영하는 김한진 선생님이다. 책 쓰기의 씨앗이 이번에는 어디로 번져갈지 기대가 된다.

02 96세 그림 삼매경 vs 44세 글 삼매경

내가 좋아하는 5명(나태주 시인, 이해인 수녀, 최화정 배우, 노희경 작가, 김창옥 교수)이 강력 추천하는 도서가 있다니. 책 표지를 보자마자 동심의 세계를 만난 듯하다. 바로 83세에 그림을 그리기 시작했고 96세 김두엽 할머니의 삶과 그림 이야기를 실은 《그림 그리는 할머니 김두엽입니다》라는 책이다.

이 책은 내가 사는 지역의 대표 도서로 선정되어 김두엽 할머니와 그의 자녀인 화가 정현영의 저자 강연을 들을 기회를 얻었다. 5m 앞에 앉아 있는 두 모자의 모습에서 빛이 난다. 후광이 빛난다는 표현이 부족할 정도로 강의 내내 몰입도가 있었고, 무엇보다 96세에도 그림 삼매경에 빠져 있다는 할머니의 말씀에서 내내 삶의 기쁨과 행복 에너지가 느껴졌다.

강의를 마치고 한 참여자가 질문했다.

"할머니께서는 그림을 그릴 때 무슨 생각을 하시나요?"

"저는… 아무… 생각도… 안 해요. 그냥 그려요."

정현영 화가가 좀 더 부연 설명을 한다.

"저희 어머님은요, 5시간 동안 한자리에 앉아서 그림을 그리세요."

맞다. 내가 글을 쓸 때와 비슷한 '무의식'과 '몰입'을 김두엽 할머니를 통해 배울 수 있었다. 김두엽 할머니는 '그림 삼매경'을, 나는 '글 삼매경'을 만나는 중이다.

모닝페이지 쓰기

새벽에 일어나 글을 쓴다. 보통 책 속에서 한 문장을 가져와 글과 어울리는 내 생각과 삶을 적는다. 어떤 특별한 기법이 없다. 무의식적으로 내 손가락 끝에 맡긴다. 타이핑을 하는 것이다. 특히 새벽에 효과가 컸는데 줄리아 카메론의 《아티스트 웨이》에 제시한 손으로 적는 모닝페이지와는 약간 다르다. 나는 타자를 활용한다는 것. 마침 이에 대하여 보충 설명이라도 해 주는 듯 《모닝페이지로 자서전 쓰기》에서 송숙희 작가는 아래와 같이 이야기를 한다.

"내가 권하는 모닝페이지 쓰기는 줄리아 카메론의 방법과 약간 다르다. 줄리아 카메론은 손 글씨로 3쪽씩 써야 한다는 단서를 붙였지만, 내가 권하는 모닝페이지 쓰기는 분량은 물론 손 글씨든 타자기든 컴퓨터든 상관없이 단지 매일 아침 고정적으로 쓰기만 하면 된다. 모닝페이지 쓰기에서 가장 중요한 것은 모닝페이지를 쓰는 방법이 아니라 모닝페이지로 어떤 결과를 얻어 내는 것이다."

어릴 적 무언가를 만들고 가족에게 작품 설명을 할 때 그 자체가 참으로 좋았던 기억이 있다. 무언가를 만들었다는 그 자체만으로도 느껴지는 희열이 또 다른 작품을 만들 수 있는 성취감을 주곤 했다. 글이라는 것도 마찬가지였다. 나는 그저 내가 보고, 느끼고, 생각한 것을 무의식 흐름에 맡겨 쓰고, 또 쓰면서 한 편의 글을 완성하여 '발행' 버튼을 눌렀을 뿐인데 무언가 느껴지는 기쁨은 뭐라 표현하면 좋을까? 누군가는 그 글을 보고 '좋아요'를 누르고, 또 다른 누군가는 '댓글'을 달아 준다. 일상적인 댓글도 있지만 내 글이 도움이 되었다는 글 하나에 세상 가운데 작은 이바지를 했다는 느낌이 들 때가 많다. 놀라운 것은 타인도 타인이지만 가장 영향을 받는 것은 바로 '자아'에 있다. 생각의 생각을 바라보게 되고, 감각의 감각을 느끼게 되며, 자아의 자아를 바라보게 된다. 철학자는 이것을 가리켜 '성찰'이라 거창하게 표현하지 않았을까? 바삐 돌아가는 세상 속에서 잠시 물가에 흐르는 소금쟁이를 바라보듯 나 자신을 바라본다. 기억의 저편의 나와 담소를 나누며 나눈 이야기를 이렇게 타이핑을 하다 보면 한 편의 글이 된다.

나를 표현하다

예전에는 나를 소개할 때 제2의 피터 드러커처럼 3년에 한 번씩 주제를 바꿔가며 90세가 넘는 나이까지 책을 집필할 정도로 나의 지식을 함께 나누며 살아가는 사람이 되고 싶다고 표현했는데, 이제는 제2의 김두엽 할머니처럼 살고 싶다고 소개하고 싶다. 가까이서 뵈니 더 확실해졌다. 무언가를 좋아하는 일을 하는 사람의 90세 인생은 참으로 찬란하다는 사실을 말이다.

"안녕하세요. 저는 읽고 쓰는 삶을 살아가는 밀알샘 김진수입니다. 자기 일을 좋아하며 늦깎이 화가가 된 김두엽 할머니를 존경합니다. 제2의 김두엽 할머니처럼 남은 여생을 글쓰며, 그 기쁨을 함께 나누며 살고 싶습니다."

03

연구년을
맞이하는 자세
(오전 2시간의 힘)

우연한 기회로 2023년 경기 교사 연구년을 보내고 있다. 아는 선생님의 소개로 연구년이란 제도를 알게 되고, 가만히 앉아 공문을 살펴보니 딱 나를 위한 제도인 것 같은 착각이 들 정도로 지금까지 내가 해 온 것들의 연장선이었기 때문이다.

2017년부터 안정된 학급, 독서로 경영되는 학급을 위해 열심히 연구한 결과 앞서 이야기한 대로 《독서교육 콘서트》를 시작으로, 2018년 교사의 성장과 수업의 연결 이야기를 담은 《교사가 성장하면 수업도 성장한다》, 2020년 교사에게 글쓰기가 얼마나 중요하며 이를 어떻게 실생활에 적용할 수 있는지를 기술한 《평범한 일상은 어떻게 글이 되는가》, 2022년 37개의 키워드를 통해 자기 경영을 넘어 수업 경영, 학급 경영, 인생 경영까지 스토리를 담은 《밀알샘 자기 경영 노트》 등의 개인 저서를 집필할 수 있었다. 이 힘으로 공동 저서까지 이어져 《어서 오세요, 좌충우돌 행복 교실입니다》, 《책 속 한 줄의 힘》외 6권의 책을 더 낼 수 있었고, 아이들의 시집을 엮어 《꼬마 작가들의 작은 시집》외 6권을 출간할 수 있었다.

함께 성장

나에게는 교실이 곧 성장하는 발판이고, 무대가 된다. 독서와 글쓰기로 이를 승화시킬 수 있으니 나답게, 너답게, 우리답게 자신만의 빛깔을 발하며 살아가는 진정한 리더십을 발휘할 수 있게 된다.

연구년. 반드시 도전하고 싶은 영역이다. 결국 도전을 통해 이뤄냈다.

평소 같으면 분주했을 3월이었지만 연구년의 3월은 지나온 교직 생활 19년의 생활 중 가장 평온하다. 나를 위한 시간이 주어졌기에, 시간을 온전히 내 것으로 만들어서 활용할 수 있기에, 개학날인 3월 2일부터 나는 나만의 시간표대로 연구년을 맞이하였다.

누군가는 쉼을 위해 연구년을 지원했다고 하지만, 나는 그

동안 바쁨이란 핑계(?)로 하지 못했던 것들을 하나씩 하기 위해 시간을 안배하고 도장 깨기처럼 즐거운 마음으로 도전의 시간을 보내는 중이다.

연구년의 하루 루틴(독서, 산책, 글쓰기)

새벽에 기상하여 30분 독서를 한다. 뇌가 정화되는 느낌이다. 지저분한 차에 물줄기를 강하게 뿜어내고 곳곳에 수북이 쌓여 있는 쓰레기를 정리하며 뭉쳐져 구석에 소복이 자리 잡은 먼지를 흡수하는 느낌이랄까. 나에게 독서는 뇌를 세차하는 기분이 든다. 하루 30분만 투자해도 새로운 하루를 맞이할 수 있으니 얼마나 행복한가.

아침에 아이들이 학교 갈 준비에 한창이다. 오히려 나는 느긋하다. 아이들을 챙겨 주고 아이들이 등교하기 전까지 못다한 집안일을 한다. 아이들이 등교할 때 우리 부부도 함께 나간다. 산책할 시간이다. 집 앞에 도서관이 있는데, 가는 길에 작은 숲길이 있다. 도시에서 만나기 힘든 자연의 아름다움을 이곳에서 매일 만난다. 자연의 섭리를 날마다 깨달을 수 있으니 책을 읽고, 글쓰기를 좋아하는 우리에게 진정 최고의 입지 좋은 곳이다.

숲길을 넘으면 대자연의 광활한 저수지가 우리를 맞이한다. 때로는 고라니가 뛰어다니는 모습까지 볼 수 있고 후투티같은 새들의 향연과 새끼오리들이 졸졸 엄마 오리 뒤를 따라다니는 모습에서 대자연을 실감한다. 저수지 주위를 3바퀴 돌면 대략 1만 보를 걷게 된다. 주로 아내와 이야기를 나누며 돌고, 때론 혼자 거닐면서 나와 대화한다.

"요즘 무슨 생각하며 지내니?"
"오늘은 어떤 행운과 행복이 다가올까?"

다른 사람들이 보기에 누군가와 통화하는 오해를 불러일으킬 정도로 혼잣말을 많이 하는 편이다. 생각에만 맴돌던 것을 말이라는 수단으로 꺼내니 정리가 된다. 이때는 핸드폰에 있는 녹음 기능을 활용하면 좋다. 요즘에는 녹음하면서 동시에 텍스트로 변환되니 얼마나 좋은지 모른다. 집에 도착해서 복사 붙이기만 해도 한 편의 글이 만들어져 있다.

산책하고 돌아오면 간단히 씻고 이제 오전의 가장 중요한 시간인 글쓰기를 한다. 독서만 했을 때와는 전혀 다른 느낌을 주는 시간이다. 나에게 있어서 독서는 인풋(IN PUT)이 주를 이루고 진정한 아웃풋(OUT PUT)은 이렇게 글을 쓸 때 나온다.

2016년부터 글을 쓰기 시작하여 이제 글쓰기 나이 7세가 되었다. 글쓰기 유치원생이라고나 할까? 유치원의 풍경을 보면 이해가 쉽다. 그저 논다. 즐겁게 놀고 또 논다. 글과 노는 것이다. 거창하지 않다. 책을 읽다가 좋은 문장이 나오면 잠시 멈춰 서서 그 문장과 연결된 내 생각을 적기도 하고, 최근 찍은 사진을 가져와 그와 어울리는 스토리를 구상하기도 하며, 문득 떠오른 글감을 가져와 다양한 논리로 한 편의 칼럼을 쓴다. 이렇게 쓰인 글들이 훗날 한 권의 책으로 펼쳐지니 신기한 세상이 아닐 수 없다. 독서만 했을 때와는 전혀 다른 글 쓰는 세상에 사는 축복을 누린다.

연구년을 하기 전에는 글쓰기를 위해 새벽 시간을 주로 활용하였다. 바쁜 일정 속에서 조금이라도 내 생각을 꺼내 마주하기 위한 나만의 최전방인 셈이었다.

내가 하는 연구년 주제 또한 리더십 함양을 위한 독서와 글쓰기를 하고 있으니 이렇게 딱 맞는 옷이 없다. 맞춤형 옷이라 해도 이렇게 마음에 드는 옷을 만날 수 없겠다고 생각될 정도이니.

나에게 주어진 이 시간. 그 어떤 때보다 글에 매달릴 예정이다. 오전은 글을 쓰면서 아웃풋하기에 최적의 시간이다. 오전 2시간 덕분에 내 삶이 더욱 풍요로워진다.

04 혁신을 위한 필수적인 재료, 고독

> "고독은 혁신을 위한 필수적인 재료이다. 타인에게 무한정 둘러싸인 공간에서 메타 사고는 깨어나지 않는다. 조용한 방 안에서 자극적인 신호들을 차단하고 자기 생각을 글로 써 내려가는 과정을 통해 생각은 정교하고 날카로워진다."
>   - 김단, 《역주행의 비밀》 중에서

그동안 생산적인 고독의 장점을 많이 경험했다. 2014년 8월 ~ 2015년 2개월(6개월) 동안 강제적으로 고독한 환경을 만들었다. 육아 휴직을 한 것이다. 쌍둥이 육아를 하다 보니 아내와 나, 둘의 힘으로도 한없이 벅찼다. 나 하나 편해지자고 친구조차 만날 여유가 없었다. 철저히 양가 부모님의 도움 없이 우리 부부 내외가 책임져야 할 것이었기에 6개월간 칩거 생활에 돌입했다. 당시 유일한 벗은 책이었다. 아내도 책을 통해서, 나도 책을 통해서 서로에게 힐링이 되는 구절을 나누며 우리는 서서히 생산적 고독을 경험하기 시작한 것이다. 돌이켜

보면 그때 읽었던 육아서와 자기 계발서를 통해 끊임없는 자아를 만나곤 했다. 육아가 쉽지 않음을 알기에 더 처절하게 책과 동행하는 삶을 살아가기로 마음먹은 것이 아니었을까? 그때의 고독이 없었다면 지금의 나는 없었을 것이라는 생각을 하곤 한다.

사이토 다카시의 《혼자 있는 시간의 힘》에는 단독자의 자질이 나온다.

"뭔가를 배우거나 공부할 때는 먼저 홀로서기를 해야 한다. 머리의 좋고 나쁨이나, 독서의 양보다는 단독자의 자질이 필요하다."

혼자 있는 시간을 제대로 내 것을 만들지 못하면 숏츠와 릴스 같은 것에 자신의 시간을 내어 주게 된다. 영상이 나쁘다는 것이 아니다. 필요한 순간에 활용하면 도움이 되지만, 무분별하게 습관처럼 클릭으로 시간을 할애한다면 그것 또한 중독과 다를 바가 없다.

독서를 하니 혼자 있는 시간이 참으로 값지게 다가온다.
글을 쓰니 혼자 있는 시간이 참으로 보물처럼 다가온다.
혼자 있는 시간을 통해 소비되던 에너지가 생산적인 에너지로 바뀐다.

혼자서 묵묵히 사색하고 기록하며, 글로 남기는 이 시간이 참으로 즐겁다.

오롯이 '나'에게만 집중할 수 있는 혼자만의 이 시간! 단독자의 자질은 나를 또 다른 곳으로 인도한다.

김종원 작가의 《사색이 자본이다》를 읽으며 고독과 외로움의 차이를 알게 되었다. 책 속에서는 외로움을 혼자 있는 고통을 표현하는 말, 고독을 혼자 있는 즐거움을 표현하는 말이라고 하면서 고독은 내가 부르는 것이고, 외로움은 끌려가는 것이라고 했다. 이보다 적확한 표현이 어딨을까? 외로움과 고독의 차이를 알고 나니 혼자 있는 것이 두렵지 않게만 느껴진다. 오히려 "나는 고독한 사람이야."라고 당당히 이야기하며 가방에서 책을 꺼내 읽고, 노트북을 펼치며 타이핑을 하는 모습에서 왠지 미소가 피어나기도 한다.

예전에는 혼자 카페 가는 것도 부끄러웠고, 혼밥하는 것도 부끄러웠지만 이제는 아니다. 혼자가 이렇게 좋은 것을. 왜 그동안 남의 눈치를 보면서 고독이 아닌 외로움을 자처했던가. 나는 고독을 즐기는 사람이었다.

"고독한 시간을 가지며 강력한 내공을 가진 자신을 발견할 수도, 민망할 정도로 빈약한 자신을 발견할 수도 있을 것이다.

물론 강력한 내공을 가진 자신을 발견하는 게 가장 좋은 일이 겠지만, 당신이 후자일지라도 자신을 똑바로 바라볼 수 있어 야 한다. 아니, 오히려 후자이기 때문에 더욱 자신을 제대로 바라봐야 한다."

김종원의 《사색이 자본이다》 덕분에 이와 같은 좋은 구절을 알게 되니 든든한 고독 후원자를 만난 느낌이다.

연구년에 주어진 시간은 고독한 시간이다. 기존에는 교실 속 아이들과 대부분 시간을 보내고, 학교 업무를 하면서 같은 학년 선생님들과 협력하여 보낸 하루였겠지만, 연구년은 오 롯이 자신에게 주어진 시간이 대부분이다. 이 시간을 어떻게 활용하느냐에 따라 고독에 관한 결과가 다르게 펼쳐진다.

독서와 글쓰기를 만나면서 고독과 친해졌다. 고독은 내 생 각을 정교하게 만들고 그 과정을 통해 한 걸음 더 나아가는 행 동력까지 연결되었다. 혁신을 위한 필수적인 재료인 생산적 인 고독과 오늘도 즐겁게 동행하는 중이다.

"고독은 좋은 것입니다.
나 자신과 평화롭게 살아가며
무언가 해야 할 것을 확실히 갖고 있다면."   - 괴테

05 상대방에게 진정한 관심을 기울이는 방법(책 쓰기)

> "고객에게 진정한 관심을 기울이는 방법은 아주 많다. 가장 중요한 것은 고객의 어젠다를 나의 그것보다 우선시하는 것이다. 고객이 그들의 목표를 달성하도록 돕는 일에 당신의 주된 목적을 두어야 한다.
> 그들의 성공을 당신의 성공 원천으로 만들어라. 진부한 조언으로 들릴지 모르겠지만 이것만큼 진정으로 따르지 않는 조언도 드물다."
>
> - 빌 비숍, 《핑크 펭귄》 중에서

2017년부터 책 쓰기의 세계를 경험하다 보니 무엇보다 내가 하고 있던 모든 것에 의미가 부여되면서 참으로 소중히 다가왔다. 그 경험과 느낌을 이론적인 것과 연결하며 한 권씩 만들어 가는 재미가 있었고, 무엇보다 그로 인해 성장하는 느낌을 받으면서 본업(초등교사)에도 긍정적인 영향을 가져오게 되었다.

교실 속에는 이미 수많은 이야깃거리가 많았다. 그것을 그 동안 보지 못했고, 알지 못했고, 아니 정확히 표현하자면 알려고 관심도 기울이지 않았다.

흔히 말하듯 아니깐 보이더라. 그 느낌을 나누고 싶어서 교사 성장 모임 '자기 경영 노트'를 만든 이유다. 함께 알고, 느끼며, 읽고 쓰는 삶을 통해 성장하는 교사 공동체이다.

"함께 책을 읽고, 나누고,
함께 글을 쓰고, 나누며
함께 책을 쓰고, 나눕니다."

누구에게나 1가지 이상의 메시지는 가지고 있다. 그것에 의미를 부여하면 새롭게 탄생이 된다. 글로 나타내고, 나타내어진 글을 모아 책으로 만든다. 이것이 누군가와 연결이 되니 또 다른 힘이 된다. 무엇보다 그 과정을 통해서 오롯이 자신을 만나게 되고, 그동안 덕지덕지 가려져 있던 진흙 덩어리를 벗겨내니 참 자아를 만나게 된다. 글이란 것이 자신을 만나게 하는 진정한 친구가 된 셈이다.

한 분 한 분 초고가 완성되고, 출간 계약을 맺고, 출간되었다는 소식이 들려올 때마다 내 책인 것처럼 기분이 좋다. 이 글을 쓰는 와중에도 교직 경력 20년이 된 한 선생님께서 그동안의 경험을 담은 책이 출간되었다는 소식이 전해졌다. 예전과 다른 삶을 살아가는 선생님의 모습이 그려진다. 그것을 직접 볼 수 있으니 더 확신이 가는 이유다.

▶ 아이들이 교실과 가정 속에서 고전을 통해 마음을 보듬고 생각 나누는 것을 좋아해요.

→ 이은정,《아이를 움직이는 한 줄 고전의 힘》

▶ 책 속 한 줄의 문장을 통해 삶이 담긴 글쓰기를 좋아해요.

→ 자기경영노트 성장연구소,《책 속 한 줄의 힘》

▶ 영어 실력 향상을 위해 초등부터 무엇을 준비하고 계획해야 하는지를 알려주는 것을 좋아해요.

→ 위혜정,《초등생의 영어 학부모 계획》

▶ 교실 속 이야기의 웃음 포인트를 찾아서 에세이 쓰는 것을 좋아합니다.

→ 유영미,《교사이지만, 직장인입니다》

▶ 시 쓰는 것을 좋아하고요, 아이들의 삶을 좋아합니다.

→ 유민아,《아이 마음이 보이는 교실 이야기》

▶ 주로 아이들과 여행 다니는 것을 좋아해요. 교과와 연계한 체험학습이 좋네요.

→ 김가영,《교과 체험학습 가이드북》

▶ 중년 교사로서 그들에게 하고 싶은 말이 있어요.

→ 김지은,《50대, 중년을 위한 변명》

▶ 하브루타를 통한 자존감을 높이고, 자녀와 저를 이해할 수 있었어요.

→ 배수경, 《하브루타 자존감 수업》

▶ 초등학교 1학년 학생들과 삶을 기록하는 것을 좋아해요.

→ 곽도경, 《초등학교 1학년 학교생활 궁금하시죠?》

▶ 고학년 친구들과 《논어》에 대한 이야기 나누는 것을 좋아해요.

→ 이도영, 《초등 논어 수업》

▶ 혁신학교에서 이뤄지는 교육 이야기가 좋아요.

→ 배정화, 《나는 혁신학교 교사입니다》

▶ 상처를 이겨낼 수 있게 해준 것은 새벽 기상, 독서, 글쓰기였어요.

→ 최정윤, 《엄마를 위한 미라클 모닝》

▶ 엄마와 함께 여행 다니는 것이 좋았어요.

→ 오수정, 《엄마와 함께 춤을》

이 밖에도 개인의 관심사가 책으로 펼쳐질 경우가 많다. 모두 '자기 경영 노트 성장연구소' 선생님들의 책들이다. 자신이 좋아하는 것, 니즈를 글과 연결하면 이렇게 책이 된다. 그리고 그 책은 또 다른 사람과의 연결을 가져다준다.

다양한 프로젝트를 기획하고, 함께하면서 그들의 성공을 돕는다. 돕다 보니 책에서 말한 그들의 성공이 나의 성공 원천이 된다. 그 에너지 덕분에 나는 또 다른 글을 쓰고 실천하며 나눌 수 있게 된다.

'함께 성장'이란 말은 책에서만 있는 것이 아닌 삶에서도 충분히 재현할 수 있다.

"책을 써 보니, 왜 선생님께서 책을 쓰라고 하는지 알게 되었습니다. 써 보니 알겠더라고요. 에너지가 소비되지 않고 생산적으로 변하는 것. 교실 속에서 이뤄지는 모든 것이 다 글감이라는 것을요. 이 느낌이 좋아서 저도 함께 공부 모임을 하는 선생님들과 공동 저서 프로젝트를 하게 되었습니다. 만나는 분마다 책을 써 보라고 권면도 하고 있고요. 교실은 설레는 공간으로 바뀌게 되었네요."

좋은 분들과 함께하며 또 다른 성장 프로젝트를 한다. 어떤 에너지를 가져다줄지 기대가 된다.

"당신은 이미 당신이 그린 그곳에 와 있습니다."
이 글을 읽는 당신이 멋진 성장을 이뤄가고 있음을 응원하는 바이다.

06 교직 에세이
: 독서가 시작이었습니다

저는 한 알의 밀알이 떨어져 많은 열매를 맺길 바라는 '밀알 샘'이란 닉네임으로 활동하고 있습니다. 교사 생활 19년 동안 우여곡절이 많았습니다. 평안했던 시기도 있었고, 한없이 무너져 퇴직하고 싶은 순간도 있었습니다. 과거를 회상해 보니 저에게는 티핑 포인트 되는 시점이 몇 개가 있습니다.

책과 만남

교직 경력 5년 차(32세)에 만난 《독서 천재가 된 홍대리》와의 만남입니다. 이때까지 책과는 거의 담을 쌓고 지낼 정도로 1년에 1권도 제대로 읽어 냈던 기억이 없습니다. 매너리즘에 빠질 시기에 만난 책은 저에게 강한 동기 부여가 되었습니다. 책 속에서 〈100일 동안 33권 읽기 프로젝트〉가 있었고, 당시 아내와 둘이서 '100일만 책을 읽어 보자'는 생각으로 단순하게 시작했습니다. 솔직히 전혀 기대도 하지 않았던 책과 만남이었는데, 100일 동안 꾸준히 읽다 보니 책에 대하는 자세가 전과 달랐습니다. 세상 속에서는 무기력감과 공허감이 있었지만, 책 속에서는 전혀 달랐습니다. 가능성, 희망, 도전, 목표, 성취, 성장, 기쁨, 환희 등 긍정적인 메시지가 가득했습니다. 그때 저는 앞으로도 계속 책과 동행하고 싶다는 마음으로 하루하루를 살아가곤 했습니다.

글자의 소중함을 깨닫다 (터닝 포인트)

그렇게 독서를 시작한 지 5년쯤 지난 어느 날 《48분 기적의 독서법》에서 다음과 같은 구절을 만나게 됩니다.

해마다 수천수만의 어린이들이 학교에 입학하여 처음으로 글자를 써보고 한 자 한 자 글을 깨치는 모습을 보게 된다. 그런데 얼마 지나지 않아 대부분 아이는 읽기 능력을 그저 당연하고 대수롭지 않게 여기지만 어떤 아이들은 한 해 두 해를 넘기고 십 년 이십 년이 지나도록 학교에서 배운 그 마법의 열쇠를 사용하며 새록새록 매료되고 탄복한다.

오늘날 읽기는 누구나 다 배우지만, 얼마나 강력한 보물을 손에 넣었는지를 진정으로 깨닫는 이는 소수에 불과하다는 얘기다. 난생처음 글을 배워 혼자 힘으로 짧은 시나 격언을 읽어내고 또 동화와 이야기책을 읽게 된 아이는 스스로 얼마나 대견해 하는가?

그런데 소명을 받지 못한 대개의 사람은 이렇게 배운 읽기 능력을 그저 신문기사를 읽는 데나 활용할 뿐이다.
하지만 소수만은 철자와 단어의 그 특별한 경이에 여전히 매료당한 채
(그들에게 이는 그야말로 하나의 마술이요 마법의 주문이 되었으므로)
살아간다.
바로 이들이 진정한 독자가 된다.

헤르만 헤세의 글귀였습니다. 이 글을 읽는데 눈물을 흘리고 있는 저를 발견하게 됩니다. 글자를 아는 소중함을 알게 된 참회의 눈물이었습니다. 글자를 아는 기쁨을 처음으로 알게 되었고, 독서를 왜 해야 하는지를 그때 처음으로 깨닫게 된 사건이었습니다. 저는 이때를 이렇게 표현합니다. '독서 나이 5세' 나이를 붙인 것은 새롭게 태어났다는 의미이기 때문입니다. 그 뒤로 책은 이제 저에게 취미가 아닌 생존이 된 셈입니다.

기록과 글쓰기의 만남 (관점의 변화)

독서는 이제 삶의 일부가 되어 매일 책을 읽는 사람이 되었습니다. 그런데 또 뭔가 허전함이 있는 것이었습니다. 기록하지 않으니 모래성을 쌓은 기분이 들었죠. 분명히 읽었던 것인데도 전혀 생각이 나질 않은 것입니다. 그때 눈에 들어온 것은 네이버 블로그였습니다. 블로그를 개설하여 '책 속의 명언'이

란 카테고리를 만들어서 책을 읽다가 좋은 구절이 나오면 바로 사진을 찍어 블로그에 올리기 시작했습니다. 공책에 노트 필기조차 싫어했던 제가 이렇게 기록을 하겠다고 마음먹은 것은 놀라운 사건이었습니다. 정리하는 것을 좋아하지 않았기에 말이죠.

블로그 기록이 어느 정도 쌓이니 서서히 단순한 기록을 넘어 제 생각을 담기 시작했습니다. 비로소 자발적 글쓰기와의 만남이 이뤄지게 되었고, 놀랍게도 글 한 편씩 생산할 때마다 기분이 좋았습니다. '글이란 것이 이런 느낌을 줬나?' 할 정도로 저는 매일 읽고, 쓰고를 무한 반복하고 있었습니다. 나중에 알게 된 사실이 이 작은 행위가 자존감을 드높이는 데 일등공신이었다는 것입니다. 블로그에 어느덧 5천 개의 글이 쌓였습니다. 저는 이제 기록쟁이가 되었고, 글쟁이가 되었습니다. 감사했던 것은 늘 반복되는 일상이었는데 관점을 달리하니 매우 특별한 순간을 맞이한다는 것이었습니다. 기록하는 순간이 즐겁고, 글을 쓰는 순간이 저에게는 보약과 같은 시간이었습니다.

새벽을 만나다

순탄할 것 같았던 일상에서 한순간 어려움을 만나게 됩니다. 2세가 된 쌍둥이 육아가 한창이었고, 개인적인 어려움이 봉착하면서 극심한 우울증에 빠지게 됩니다. 정신과 상담을 받았을 정도로 마음이 무너진 상태였기에 하루하루가 힘들었습니다. 그러던 중 조성희 작가의 《뜨겁게 나를 응원한다》 표지에 나온 "하루 10분의 필사 100일 후의 기적"이란 문구를 보고 동아줄이라도 잡아 보자는 심정으로 새벽에 일어나 필사하고 관련 내용을 글을 쓰고 하루를 시작했습니다. 그렇게 30일, 60일, 100일, 365일, 600일이 이어가면서 제 삶은 전과 전혀 다른 삶을 살아갈 수 있었습니다. 우울증은 온데간데없어졌고, 새벽 기상과 글쓰기를 제대로 만나면서 일상을 바라보는 관점이 부정에서 긍정으로 전환되는 순간이었습니다.

책쓰기를 만나다 (나날이 성장하는 교사)

제 삶이 안정화되니 학급을 안정화하는 데는 훨씬 수월했고 교직 경력 12년 차 때부터는 학생들과 함께 성장하는 학급의 문화를 만들 수 있었습니다. 자기 경영을 토대로 학급 경영, 수업 경영, 더 나아가 인생 경영까지 이어가는데 독서, 기록,

글쓰기가 많은 영향을 주었고, 수많은 책에서 읽었던 "자기 계발의 끝은 책쓰기다."라는 말이 가슴 깊이 다가와 2017년부터 매년 1권씩 관심 분야에 관한 연구를 통해 관련 책을 써서 독서법을 연구한 결과 《독서교육 콘서트》를, 성장과 수업을 연구한 결과 《교사가 성장하면 수업도 성장한다》를, 기록과 글쓰기를 연구한 결과 《평범한 일상은 어떻게 글이 되는가》를, 자기 경영에 대한 핵심 습관을 연구한 결과 《밀알샘 자기경영노트》 등의 개인 저서를 쓸 수 있었습니다. 책 쓰기를 해보니 어제보다 좀 더 성장하는 하루를 살아가는 자기력이 생겼고, 읽고 쓰는 삶으로 인한 긍정의 느낌을 함께 나누기 위해 선생님들을 모아서 함께 《책 속 한 줄의 힘》, 《어서오세요, 좌충우돌 행복 교실입니다》를, 학부모님과 함께 나누기 위해 《책에 나를 바치다》를, 학생들과 나누기 위해 《밀알 한 줄 긋기》 외 6권을 출간하기도 했습니다.

메신저가 되다 (연구년 지원 목적)

책 쓰기는 저에게 많은 영향을 주었습니다. 주변을 돌아보는 여유가 생기니 많은 선생님이 참으로 힘들게 하루하루를 살아가는 모습이 보였습니다. 작은 도움이 되고자, 본교 선생님들과 수업 연구를 하는 '작은 수업 친구'를 시작으로, 인근 학교 선생님들과 독서 모임을 만들어서 독서를 기반으로 기.글.책 (기록, 글쓰기, 책 쓰기)을 함께 나누고 비법을 공유하면서 자기 계발을 할 수 있는 토대를 마련했습니다. 힘들어하시던 선생님께서 자기애를 찾아가는 과정을 직접 목격하면서 기쁜 마음으로 모임을 더 확장하기 시작했고, 코로나 이후 대면 만남이 어려워지자 온라인 줌 모임으로 만나는 '자기 경영 노트'라는 모임을 만들어서 자기 성장을 소망하는 50여 명의 선생님과 함께 지난 3년 동안 모임을 지속하고 있습니다.

처음에는 반신반의했던 선생님들조차 모임이 마무리되는 순간까지 소중한 고백을 통해 자신의 성장은 물론 학급 성장까지 이어간다는 확신이 들었습니다.

자랑스러운 '자기 경영 노트'에 내가 있었다는 것…. 꿈만 같아요. 꿈이라 느낄 정도로 행복했습니다. 선생님들 응원을 받으면서 책을 읽고 글을 써보면서 '글쓰기를 좋아하는 나'를 발견했고 '글쓰기'로 치유하였습니다. 무엇보다 함께 성장한다는 것을 진정으로 느꼈어요.

자기 경영 노트의 시간은 나를 위한 존중의 시작이 되었습니다. 성장을 거창한 이야기라며, 너니까 그렇게 외치는 거라며…. 다소 힘이 빠지는 이야기가 일상을 채운 적이 있었습니다. 다른 사람들로부터, 때로는 나 자신에게도 힘이 되지 않는 이야기를 전했지요. 자기 경영 노트를 함께 하면서, 진짜 성장을 말하는 선생님들을 보는 것만으로도 힐링이 되었습니다. 어떤 것을 잘하고, 돋보이는 것이 아니라 서로가 성장하는 모습을 지켜보는 것만으로도 저에게도 행복이 되어 줍니다. 그 에너지를 아이들에게 나눕니다. 올해 존중의 꿈 리더로 함께 성장, 배움을 실천하는 우리 교실 이야기가 자랑스럽습니다.

내 경험은 굉장히 촘촘하고, 단단해지고 있습니다. 아이들도 나도 서로를 바라보고 있고, 우리는 그곳에서 서로를 존중의 리더로 서로를 응원하고 있어요. 완벽하지 않아도, 실수해도 우리는 함께라서 괜찮아요. 성장하는 사람들과 함께하는 느낌이 무엇인지 알고 있거든요. 앞으로 삶의 방향은 이런 감각을 찾아 나서는 것이라 확신합니다. 나는 좋아집니다. 함께라서 말이죠. 이 느낌이 참 좋았어요.

교사가 최고의 콘텐츠라는 말이 있습니다. 교실 안에서 교사의 에너지가 그 어느 때보다 중요한 요즘 흔들리는 수많은 선생님께 이번 연구년을 통해 자기를 발견하고, 자아를 존중하여 학급에, 공동체에 선한 영향력을 끼칠 수 있도록 힘껏 돕고 싶은 마음입니다. 그동안 저와 모임을 성장시켜 준 독서, 기록, 글쓰기, 책 쓰기의 영역을 구체화하여 많은 선생님께 쉽게 접하고 힘을 낼 수 있는 토대를 마련하고 싶습니다.

지금까지 저만의 노하우를 나누면서 많은 분이 자존을 찾고, 자신의 지도력을 발휘할 수 있도록 저자의 삶을 살아가는 데 도움을 줄 수 있었습니다. 개인 저자 40명, 공저자 90명, 학생들의 경우 200명이 넘는 아이들에게 글 삶을 살아갈 수 있는 통로가 되었습니다. 개인적인 소망은 저자 100명 만들기인데 벌써 절반은 이룬 셈입니다. 교사가 변하면 학급은 변하게 됩니다. 학급이 변하면 교사 또한 더욱 성장하게 됩니다. 선한 에너지가 선순환되니 흔들리던 교직관이 바로 세워져 긴 호흡으로 자신만의 리더십을 발휘할 수 있게 되는 것입니다.

교육 정보가 많은 시대에 사는 우리, 중요한 것은 교육의 기술이 아닌 교육의 본질입니다. 본질을 바라보는 데 있어서, 교육 철학을 확고히 다지는 데 있어서 읽고, 쓰는 삶이 교육과 연결되도록 '자기경영노트 성장연구소'를 만들어서 함께 성장을 꿈꾸고 있습니다.

지난 19년의 교직 생활을 돌아봅니다. 5년 차 때까지는 특별한 목표도 방향도 없이 그저 하루하루를 살곤 했던 제가 이제는 꿈도 꾸고 매일 성장하는 삶을 살아가고 있습니다. 연구년을 통해 함께 꿈을 이뤄가길 소망하는 바입니다.

07

연구년 addition 7
: 남은 연구년 기간을
어떻게 보낼 것인가?

Q. 남은 연구년 기간을 어떻게 보낼 것인가?

3월부터 시작하는 경기 교사 연구년은 5월과 9월에 개인 연구 과정 보고서를 제출하고 7월 말에는 중간 보고서를 제출합니다. 11월 말에 최종 보고서를 제출하기 때문에 8월부터 연구년 2학기를 시작하는 셈입니다. 그래서 연구년 선생님들께 중간보고서 제출 이후, 남은 기간을 어떻게 보낼 것인지를 물어보았어요.

우리 공동연구 7명 선생님은 연구년 1학기를 보내고 남은 2학기를 어떻게 보낼 계획인지 궁금하네요.

김혜영
초등 23년 차

1인 인생 학교인 창문학교는 계속될 겁니다. 남은 시간 동안 무용해 보이지만 제가 가장 좋아하는 읽고 쓰는 시간을 충분히 누리고 싶습니다. 남은 날도 저를 위해 교육과정을 계획하고, 사람들과 함께 배우고, 실행하는 힘을 키우겠습니다. 틈틈이 기록한 〈하고 싶은 일〉 목록을 하나하나 지워 갈 예정입니다.

이선아
초등 24년 차

아직 할 일이 많은 거 같아요. 일단 건강을 잘 돌보고 평일에는 갈 수 없었던 한적하고 멋진 국내 가을 여행지들을 다녀볼 계획입니다. 개인 연구 실행과 공동연구 글쓰기를 마무리하고 1학기에 도전하고 배운 것들이 많은데 (예를 들면 퍼실리테이터 종합과정, 갈등 중재 전문가, 리더십 코칭, 타로 상담 1급 등) 잘 정리해 놓아야겠습니다. 내년에 학교로 돌아갈 준비도 미리 하려고 합니다. 그동안 아무렇게나 쌓아 둔 노트북 속에 파일들을 좀 정리하고 교육과정에 맞게 정비해 놓을 생각입니다.
그런데 가장 하고 싶은 건 아무것도 안 하는 시간에 죄책감 느끼지 않기입니다. 나를 스스로 다그치지 않는 방법도 이번 기회에 꼭 배우고 싶어요.

이현영
중등 국어 24년 차

마음이 가는 책과 개인 연구 주제와 관련된 책을 꾸준히 읽을 계획입니다. 마음의 여유가 있으니, 책의 내용도 깊이 들여다보는 연습도 하려고 합니다.

한미경
초등 20년 차

연구년의 백미는 여유로움 속에서 자율적으로 학습 주제를 탐색하는 것입니다. 연구 주제와 관련이 없어 보이던 다양한 세미나, 워크숍, 탐방, 연수, 연구회 활동 들도 결국은 연구 주제를 뒷받침하는 내용적 요소이자 연구자의 역량을 길러 주는 과정 학습의 역할을 했습니다. 남은 연구년 기간에는 그동안 살폈던 이론들의 실제를 살펴보고 실행하는 경험을 만들어 갈 예정입니다.

김진수
초등 19년 차

지금과 비슷한 루틴입니다. 독서, 기록, 글쓰기, 책 쓰기, 메신저로 나누는 과정입니다. 올해 공저 작업 3개를 운영했고, 이 글을 쓰고 있는 시점에서 2권 출간, 2권은 계약이 되어 퇴고 작업을 하는 중입니다. 동시에 개인 저서를 쓰고 있습니다. 결국, 읽고 쓰는 삶을 남는 연구년 기간 꾸준히 이어갈 예정입니다.

한민수
중등 국어 22년 차

학교생활과 개인 연구를 병행하기가 무척 어려운 일인데, 연구년을 하면서 건강도 좋아지고 마음도 편해지니 관심 있었던 논문과 서적을 찾아 읽는 것이 유익했고 재미있었습니다. 남은 기간에는 그동안 읽은 내용을 정리해서 개인 연구에 반영하고, 다른 선생님들께 도움이 되는 내용을 연구보고서 형식보다 읽기 편한 형식으로 쉽게 정리해서 공유할 계획입니다.

황희경
초등 22년 차

이제 절반 정도 남은 연구년 기간에 개인 연구나 공동연구를 잘 마무리해서 유종의 미를 거두고 싶고, 건강도 챙기고 나의 내면도 채우는 알찬 시간으로 만들어 가고 싶습니다. 이 시간 동안 에너지를 가득 채워서 내년부터 다시 10년을 열심히 달릴 수 있도록 후회 없는 시간으로 잘 만들어 보겠습니다.

에필로그

'교육에 진심입니다만'에서 '만'을 내려놓으며

'-마는'이 줄어든 '-만'은 앞의 사실을 인정하면서도 그에 대한 의문을 나타내는 보조사입니다.

우리 7명의 공동 저자는 책의 제목에서 '만'을 넣을 것인가, 뺄 것인가를 고민했습니다.

결국 '교육에 진심입니다'로 정한 까닭은 우리의 진심에 어떤 조건을 달고 싶지 않기 때문입니다.

우리가 연구년을 보내는 방식과 목표는 달랐지만, 연구년이라는 선물 상자를 조심스럽게 여는 마음은 같았습니다.

가장 큰 선물은 '조건 없는 글쓰기'였고 그것에 대한 작은 의문도 없었습니다.

글을 쓰면서 이 땅에서 교사로 산다는 것의 의미와 교사로서 각자가 지닌 고유성을 찾아보았습니다.

글을 쓰면서 질문을 만들고 천천히 답을 찾아가는 진짜 공부를 할 수 있었고, 자신의 힘든 과거를 반복하는 삶이 아니라 교사로서 만나는 모든 사람의 미래를 먼저 살아보려고 하는 따뜻한 마음의 씨앗을 얻었습니다.

서로의 글을 함께 읽고 대화를 나누면서 교사 공동체에서 전문가로 성장했던 경험을 나눴고, 배우지 않는 방법으로 가르칠 수 있는 사람 앞에 놓인 오솔길을 디딜 수 있는 용기가 생겼습니다.

그렇게 우리의 조건 없는 진심이 모여 한 권의 책이 되었습니다.

지난 교직 생활에서 알맹이와 부스러기를 걸러낸 후, 소중한 알맹이를 다시 모아 바닥에 채우고 그 위에 맑은 물을 붓는 마음으로 학교로 돌아가기로 했습니다.

크고 작은 실수, 상처, 후회, 고독했던 순간도 있었지만 돌아보면 교사였기 때문에 매우 힘들었던 하루에도 행복한 순간은 늘 있었습니다.

학교에서 만나는 사람을 진심으로 대하면 다른 사람의 진심도 내 앞에 도착해 있었습니다.

그래서 교육에 대한 크고 작은 의문은 잠시 내려놓고, 지금은 다만 '교육에 진심입니다'라고 말하고 싶습니다.

이 책이 동료 선생님, 학부모님, 학생들 그리고 교육에 관심이 있는 모든 분에게 저마다의 진심을 비춰 주는 작은 햇살이 되기를 소망합니다.

홍덕고 교사 한민수 드림

글쓴이 소개

황희경 (불정초등학교)

23년간 아이들 곁에서 아이들과 함께하는 삶을 살아온 평범한 초등교 사입니다.

아이들이 '희경샘'이라고 불러줄 때 가장 행복합니다.

'어울림, 함께하는 즐거움'을 실천하는 아이들로 키워 내고자 열심히 공부하고 성장해 온 혁신학교에서 보낸 10여 년을 귀하게 생각하고 있습니다.

현재 연구년을 통해 학교를 잠시 떠나 먼발치에서 바라보며 우리의 교육과 학교의 모습에 대해 고민하는 시간을 갖고 있습니다.

이 시간을 통해 사유하고 성찰했던 내용을 글로 쓰면서 글쓰기의 매력을 새롭게 알아가고 있는 글쓰기 신생아입니다.

김혜영 (덕장초등학교)

아이들을 저마다 고유성과 가능성을 지닌 존재로 여기며 2001년부터 하늘씨앗숲반을 꾸려가고 있습니다. 평소 자신을 '창문'이라는 별칭으로 소개하는데, 햇살 비추는 창문 곁에 머무는 이들이 자기 내면의 힘을 발견할 수 있도록 따스함과 여유를 선물하기를 소망합니다. 2022년 5월부터 스스로 세운 1인 인생 학교 '창문학교'를 운영하며 삶의 의미를 향한 성장을 지속하고 있습니다. 세상에 펴낸 책으로는 안양관악초에서 마을교육공동체 담당자로서 경험을 쓴《업무명, 마을교육공동체》가 있고, 공저로 경제 체험교육 도서《교실 속 마을활동》이 있습니다.

한민수 (흥덕고등학교)

수줍음이 많은 집돌이 문학 중년. 2002년에 늦깎이 교사가 되어 '장이불재(長而不宰)', 가르치되 지배하지 않는다'는 생각으로 아이들을 만나고 있습니다. 용기를 내어 교실, 학교, 세상 속을 탐험하며 배우고 느낀 점을 나누고 싶어 '민수샘의 장이불재'라는이름으로 블로그와 브런치스토리에 글을 씁니다. 배움중심수업, 글쓰기와 독서토론, 혁신교육을 주제로 전국의 선생님을 만나면서 함께 성장하고 있습니다. 저서로《이번 생은 교사로 행복하게》가 있습니다.

이현영 (시곡중학교)

'국어'라는 과목이 좋아 20년이 넘는 시간 동안 교사로 지내고 있습니다. 독서를 통해 좋은 글들을 무수히 만날 수 있어 설레며, 학생들과 함께 나눌 수 있어 행복합니다. 학생들이 국어 시간 만나는 글을 통해 자신과 타인과 세상을 따뜻한 시선으로 바라보며 풍요로워지길 바라고 있습니다.

이선아 (둔전초등학교)

아이들을 보면 자꾸 웃음이 나는 24년 차 초등교사입니다.
예전에는 아이들 각자가 가지고 있는 가치를 발견하여 지지해 주는 것
이 중요하다고 생각했는데, 지금은 그저 존재만으로도 빛이라는 걸 알
려주고 싶은 선생님입니다. 벌써 혁신연구부장을 포함하여 16년 정도
의 부장 경력을 가지고 있고 교육과정 지원단 및 컨설팅, 교육청 평가
프로그램 개발위원, 지역교과서 집필을 했습니다. 연구회와 교사 독서
모임 등 배우고 가르치는 일에 열심을 내며 살고 있습니다.
그런데 무엇보다 사람, 사랑을 제일 좋아합니다.

한미경 (의정부 솔뫼초등학교)

교사로 20년을 살았습니다. 교사라는 직에 둔 첫 10년은 교사 역시 인
간으로 성장하는 시기이기에 온전히 교사로 살아가기에 집중하기 힘들
었습니다. 그 후 10년은 교사관을 어떻게 세우느냐에 따라 교사로서의
숙련과 성장의 정도와 그 방향이 정리되는 시기였습니다. 이제 교사로
서, 인간으로서 성장의 방법을 익힌 시기가 되었나 봅니다. 하지만 아
직도 제대로 된 인간으로 서기 위해 고민이 끊이지 않습니다.

김진수 (평택 새빛초등학교)

32세에 독서를 시작으로, 36세에 기록과 글쓰기를 만나고 37세에 책쓰기를 만나서 제2의 인생을 살고 있다고 고백하는 19년 차 초등교사입니다.

교실 속에서 아이들의 가능성을 발견하고, 진정한 교학상장의 발판을 마련하기 위해 첫째도 본보기, 둘째도 본보기, 셋째도 본보기를 외치는 교사입니다.

저서로는《밀알샘 자기경영노트》,《평범한 일상은 어떻게 글이 되는가》외 다수의 작품이 있습니다.

2023 경기교사 연구년 3-1분임 공동연구 주제 〈자발적인 글쓰기를 통한 교사의 치유와 회복, 교육 공동체 성장 방안 연구에 대한 공동 연구〉 보고서 입니다.

교육에 진심입니다

경기 교사 연구년 7인의 이야기

1판 1쇄 인쇄	2023년 11월 22일	
1판 1쇄 발행	2023년 11월 30일	

지은이 | 김진수·김혜영·이선아·이현영·한미경·한민수·황희경
펴낸이 | 박정태
편집이사 | 이명수　　　　　　　　　　　출판기획 | 정하경
편집부 | 김동서, 전상은, 김지희
마케팅 | 박명준　　　　　　　　　　온라인마케팅 | 박용대
경영지원 | 최윤숙, 박두리

펴낸곳	BOOK STAR
출판등록	2006.9.8 제313-2006-000198호
주소	파주시 파주출판문화도시 광인사길 161 광문각 B/D
전화	031)955-8787
팩스	031)955-3730
E-mail	kwangmk7@hanmail.net
홈페이지	www.kwangmoonkag.co.kr

ISBN	979-11-88768-77-6 03800
가격	20,000원